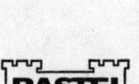

BASTEI LÜBBE MARIE-CLAIRE VILLEFRANCHE IM TASCHENBUCH-PROGRAMM:

13 945 Amour Amour
14 152 Bonjour mon Amour

Marie-Claire Villefranche

Bonjour mon Amour

Erotischer Roman aus Paris

Aus dem Französischen
von Arnaud Soumagne

BASTEI
LÜBBE

BASTEI LÜBBE TASCHENBUCH
Band 14 152

Erste Auflage: Oktober 1998

Deutsche Lizenzausgabe 1998 by
Bastei-Verlag Gustav H. Lübbe GmbH & Co.,
Bergisch Gladbach
Originaltitel: Amour encore
Titelbild: Bavaria
Umschlaggestaltung: QuadroGrafik, Bensberg
Satz: KCS GmbH, Buchholz / Hamburg
Druck und Verarbeitung:
Brodard & Taupin, La Flèche, Frankreich
Printed in France
ISBN 3–404–14152–0

Der Preis dieses Bandes versteht sich einschließlich der gesetzlichen Mehrwertsteuer

Marie-Claire Villefranche ist die Tochter der bekannten Schriftstellerin Anne-Marie Villefranche, deren Bücher in sechzehn Sprachen in der ganzen Welt erhältlich sind.

AMOUR ENCORE spielt im Paris der Mittfünfzigerjahre und erzählt die Geschichte von Suzette Bernard, einer jungen und sexy Nightclub-Sängerin, die ein Star wird. Suzette war ein Showgirl in den Folies Bergère und hat viele Freunde aus jenen Tagen zurückbehalten – und einige Geliebte.

Auf ihrem Weg nach oben gewinnt sie neue Freunde und teilt mit ihnen ihre Triumphe und Niederlagen, ihr groteskes Leben und ihre Liebesaffären.

Vor dem Kino, auf den Champs-Elysées, schwangen acht Flics lange, weiße Schlagstöcke, um die begierige Menge zurückzuhalten. Suzette genoß jeden Augenblick ihres Auftritts. Sie lächelte den Leuten zu, während ihr gutaussehender Begleiter ihr höflich aus der glänzenden, schwarzen Citroën-Limousine half und ihren Arm ergriff, um sie über den breiten Bürgersteig ins Kino zu führen.

Sie wußte, daß sie besonders hinreißend aussah – sie hatte den ganzen Nachmittag und einen großen Teil des frühen Abends damit verbracht, sich auf diesen Moment vorzubereiten. Ihr rabenschwarzes Haar war kunstvoll hochgesteckt, die Ponyfrisur paßte tadellos dazu, und ihr Make-up war perfekt. Sie trug ein langes, weißes Satinkleid mit goldenen und silbernen Stickereien, das tief ausgeschnitten war, um die Aufmerksamkeit auf ihre prächtigen Brüste zu lenken.

Fotografen drängten sich nach vorne, und Blitzlichter zuckten. Die Fans jubelten, als Suzette am Arm von Antoine Ducasse über den Bürgersteig schritt. Sie waren sich nicht sicher, wer sie war, aber sie sah so atemberaubend aus, daß sie ein Filmstar sein *mußte*. Warum sonst würde sie bei der Premiere sein? Autogrammbücher wurden ihr entgegengestreckt. Sie lächelte herzlich und nickte beim Weitergehen allen freundlich zu.

Einige der Fans glaubten sich an die Filme zu erinnern, in denen sie diesen Star gesehen hatten. Ihr Begleiter mußte ihr Liebhaber sein, wer denn sonst? Er mußte ebenfalls ein Filmstar sein, um eine solche Schönheit begleiten zu dürfen – aber vielleicht begann seine Karriere im Filmgeschäft erst, denn keiner konnte sich an seinen Namen erinnern. Welch eine Ehre, *sie* an diesem Abend zur Premiere zu begleiten!

Und welch ein Privileg für ihren Lover! Die Männer in der Menge starrten neidisch auf Antoine und dann zurück auf Suzette, als sie graziös vorbeischritt. Sie stellten sich neidisch vor, wie er sie in den Armen hielt und küßte, wie er zärtlich über ihren Po streichelte, dessen Umriß sich unter dem engen Satinkleid abzeichnete.

In ihrer heißen Phantasie sahen sie Suzette nackt und mit gespreizten Beinen auf dem Rücken liegen.

»*Ah, Mademoiselle, je t'aime!*« stöhnte ein Mann in der Menge so leidenschaftlich, daß die in seiner Nähe Stehenden lachten und sich gegenseitig anstießen.

»Er möchte Sie *küssen*, Mademoiselle«, rief ein anderer, und Suzette lächelte im Vorübergehen. Sie war sich ihrer Wirkung auf Männer sehr bewußt. Manchmal war es ärgerlich, wenn sie zu aufdringlich waren, aber meistens quittierte sie es mit Stolz.

Obwohl die Zuschauer Suzette anhimmelten und auch Antoine ein wenig bejubelten, war das nur eine Ablenkung, um die Zeit vor dem Hauptereignis auszufüllen. Die Stars des Abends, die großen Namen des Films, auf den die Fans warteten, waren Jean Gabin und Simone Signoret.

Es war *ihr* Film, *ihr* Ruhm. Deshalb würden sie als letzte eintreffen, wenn alle als Statisten auf ihrem Posten und bereit für ihren Einzug waren – das war ihr Recht. Bis zum Eintreffen *ihrer* Limousine wurden die weniger berühmten Stars bejubelt und gefeiert. Einschließlich Suzette Bernard und ihres Begleiters.

Aber in Wirklichkeit war die schöne Mademoiselle Bernard kein Filmstar, weder ein Starlet noch eine Statistin. Und ebensowenig ihr Begleiter. Seine Beziehung zum Film war nicht anders als die von Suzette und den ihr zujubelnden Menschen – er hatte Eintrittskarten gekauft, und sie würden im dunklen Kino sitzen, um die Stars auf der Leinwand zu bewundern.

Dieser Antoine Ducasse war ein Fremder für Suzette – sie hatten sich erst vor einer Stunde kennengelernt –, doch aus einem besonderen Grund hatte sie das Gefühl, daß er ihr nicht ganz fremd war. Er ähnelte sehr einem Mann, mit dem sie bis vor kurzem gut bekannt war: Vincent Lafoye.

Zugegeben, Vincent war größer, und die Ähnlichkeit beschränkte sich auf das Profil. Antoine hatte im völligen Gegensatz zu Vincent ein tiefes Grübchen im Kinn, und seine Augen hatten einen anderen Braunton.

Vincent war sehr charmant und freigebig. Man konnte ihn leicht gern haben, und Suzette mochte ihn – aber er hatte die peinliche Angewohnheit, auf sein bestes Stück zu den unmöglichsten Augenblicken aufmerksam zu machen. Natürlich war es immer steif, wenn er es präsentierte. Das war der Sinn seines Spiels. Er konnte es nach Belieben hart werden lassen, überall und zu jedem Zeitpunkt, indem er nur daran dachte. Und er dachte sehr oft daran.

Suzette erinnerte sich, in einem Magazin gelesen zu haben – oder vielleicht in einem Zeitungsartikel –, daß ein durchschnittlicher Mann dreimal pro Stunde an Frauen denkt, jede Stunde, womit auch immer er jeweils beschäftigt ist. Und obwohl in dem Artikel von *Frauen* die Rede war, war für Suzette klar, daß damit Sex gemeint war. Männer dachten also nicht an Frauen, sondern an Sex. Und folglich war Vincent für sie kein Durchschnittsmann. Er dachte anscheinend dauernd daran!

Genauer gesagt, es war nicht der Gedanke an Sex selbst, der die meisten seiner wachen Stunden ausfüllte. Immer wenn er seinen Penis herausholte, ging es ihm nicht um Sex mit Suzette. Er entblößte sich oftmals in unmöglichen Situationen, in der Öffentlichkeit, wenn andere Leute in der Nähe waren. Wenn sie zum Beispiel über eine Brücke über die Seine gingen, der Verkehr vorbeirauschte und es von Passanten wimmelte, legte Vincent einen Arm um sie, blickte über die Brüstung hinab auf den Fluß und öffnete mit der freien Hand seine Hose. *Et voila!* Ein Glied von fünfzehn Zentimetern!

Wie jeder wahre Franzose war er übertrieben stolz darauf und wollte es von Frauen bewundern lassen. Er wünschte sich auch Suzettes Bewunderung, und deshalb zeigte er ihr sein Glied so oft. Sie amüsierte sich über dieses kindische Verhalten und erfreute ihn dann meistens ein bißchen, indem sie ihn ein wenig streichelte. Er behauptete, sein Rekord stehe bei siebzehnmaligen unentdeckten Auftritten in der Öffentlichkeit an einem einzigen Tag. *Wenn das stimmt,* dachte Suzette, *dann war er dabei allein oder mit einer anderen Frau zusammen, gewiß nicht mit mir.* Aber insgeheim nahm sie an, daß er seine Kühnheit übertrieb.

In einer Menschenschlange vor einem Kino nach Einbruch der Dunkelheit war Vincent einfach nicht in der Lage, seinen persönlichen Besitz anständig bedeckt zu halten. Selbst wenn Leute dicht bei ihm standen, grinste er, drehte das Gesicht zur Wand – und zog Suzette an sich. Niemand nahm jemals daran Anstoß. Ganz Paris ist voller Liebender, die sich küssen, in Cafés, an Bushaltestellen, in den Parks oder auf den Straßen. Vincent hatte jedoch mehr im Sinn, als sie zu küssen. Unter seinem Regenmantel öffnete er die Hose und führte Suzettes Hand, damit sie ihn berührte.

Wenn er mit Suzette ins Bett ging, um mal richtigen Sex mit ihr zu haben – was häufig vorkam –, wollte er von Suzette hören, daß sein Penis groß und stark war, das größte, das sie jemals gesehen hatte – das längste und dickste, das sie jemals in sich gespürt hatte! Nichts davon stimmte, aber weil sich Vincent über eine einfache Lüge so sehr freute, murmelte sie stets, was er hören wollte.

Ihre Affäre war nicht von langer Dauer. Schließlich kam Suzettes Sinn für Humor dazwischen, und das war fatal. Da war letztlich aber auch gar nichts Amüsantes an Vincents zwanghaften und regelmäßigen Entblößungen – nur Einbildung und Eitelkeit. Sie trennten sich als Freunde, und er machte sich auf die Suche nach einer schönen Frau, die von dieser improvisierten Zurschaustellung seiner Männlichkeit mehr als Suzette beeindruckt war – eine, die seine fünfzehn Zentimeter ernster nahm.

Antoine Ducasse ähnelte Vincent im Profil sehr, und Suzette erwartete fast, daß er auch ähnlich handeln werde, um sich von ihr bewundern zu lassen. Natürlich tat Antoine so etwas nicht. Er war eben nicht Vincent, und die ähnlichen Gesichtszüge hatten nichts zu bedeuten. Antoine hatte also nicht an seinem Schoß herumgefummelt, als sie zu den Champs-Elysées gefahren waren.

Suzette war zwar kein Filmstar, doch eine Schönheit. Sie war dreiundzwanzig Jahre alt und Sängerin in einem Kabarett, keine berühmte, zugegeben, doch auf dem Weg nach oben, daran glaubte sie fest. In Wahrheit sang sie erst ein knappes Jahr lang in teuren Nightclubs.

Das war eine unsichere Art, sich den Lebensunterhalt zu verdienen, besonders nachdem sie einen festen Job aufgegeben hatte, um berühmt und reich zu werden.

Der gutaussehende Begleiter dieses Abends wußte nicht, daß Suzette bis vor einem Jahr Showgirl bei den Folies Bergère gewesen war. Wegen der Schönheit des Gesichts und der Figur war sie eine der Tänzerinnen des Ensembles gewesen, die nackt auf der Bühne auftraten. Nackt bis auf ein winziges goldenes *cache-sexe* und eine schneeweiße Straußenfeder.

Schön zu sein, war sozusagen Suzettes Beruf. Aber es mißfiel ihr, nur ein lebendes Bühnenbild zu sein, eine der zwölf Schönheiten mit perfekten Brüsten und langen Beinen – ganz zu schweigen von den entzückenden kleinen Bauchnabeln –, die den Hintergrund für die Sänger mit großen Namen bildeten. Sie wollte selbst ein Star sein.

Sie hatte Schauspielunterricht genommen, jeden Tag stundenlang geübt und trotz aller Fehlschläge durchgehalten. Und jetzt stand sie endlich mit einem Fuß auf der untersten Sprosse der Karriereleiter, die eines Tages vielleicht zum Ruhm führen würde.

Im blumengeschmückten Foyer des Kinos wurde ihr von unzähligen Männern, die sie nie zuvor gesehen hatte und deren Namen ihr nichts sagten, die Hand geküßt. Es waren Leute der Filmgesellschaft: Produzenten, Regisseure, Finanziers. Sie verneigten sich über ihrer Hand, peilten in Suzettes Ausschnitt und genossen den Anblick ihrer Reize.

Es störte Suzette überhaupt nicht, angestarrt zu werden, nicht nach ihrer Erfahrung bei den Folies Bergère.

Dort hatte sie sich schnell daran gewöhnt, von unzähligen Männern anerkennend betrachtet zu werden. Jeden Abend hatte sie Hunderte von begierigen Männerblicken auf ihrem Körper gespürt, wenn sie im Scheinwerferlicht mit einem *cache-sexe* posiert hatte, das – nicht größer als die Handfläche eines Mannes – ihre Reize zwischen den nackten Schenkeln bedeckte.

Sie war sich dieser heißen Blicke stets bewußt. Es war, als glitten unsichtbare Hände über ihren Körper, liebkosten ihre Nacktheit, betasteten ihre Brüste, streichelten über ihren flachen Bauch und zwischen ihre Schenkel. Ah, diese heißen Blicke zwischen ihre Schenkel – fast, als versuchten unsichtbare Finger ihren winzigen *cache-sex* fortzureißen und ihr letztes Geheimnis zu entblößen! Und zu streicheln!

Diese Filmleute wußten nicht, wer sie war. Aber höchstwahrscheinlich hatte bereits jeder Anwesende bei der Premiere in den Tagen vor ihrer Zeit als Sängerin ihre nackten Brüste und schönen Schenkel gesehen. Bestimmt waren sie irgendwann allesamt in den Folies Bergère gewesen. Aber die Männer kamen nicht auf den Zusammenhang zwischen einem prächtigen nackten Körper auf der Bühne und der elegant gekleideten Schönheit, deren Hand sie jetzt küßten.

Aber selbst bekleidet spürte Suzette die begehrlichen Blicke der Männer auf ihrem Körper. Natürlich fragten sich diese Kino-Impresarios, wer sie war und wie sie sich unter privateren Umständen mit ihr treffen konnten.

Einer der Filmzaren erkannte sie tatsächlich, als er ihre Hand zum Handkuß ergriff. Er erkannte sie nicht als nacktes Showgirl aus den Folies Bergère, das hätte ein zu gutes Gedächtnis erfordert, sondern ihm fiel ein, daß er sie vor kurzem in einem teuren Klub in der Avenue George-Cinq als Sängerin gehört hatte.

Er war sehr beeindruckt von ihrem Gesang gewesen und noch mehr von ihrem atemberaubenden Aussehen. Er hätte Mademoiselle gewiß näher kennenlernen wollen. Aber an jenem Abend hatte er einen hübschen, blonden

Möchtegernfilmstar in den Nachtklub geführt, um über eine Zukunft zu sprechen … oder etwas in dieser Art. Was auch immer es gewesen war, er hatte die Hand unter dem Tisch auf dem Schenkel der hübschen Blondine halten müssen und hatte Suzette nur höchst unauffällig bewundern dürfen.

Vielleicht hatte er später in dieser Nacht noch an sie gedacht, als er mit der nackten Blondine zusammen war. Vielleicht waren ihm Suzettes Brüste nicht aus dem Sinn gegangen, und er hatte sich in seiner Phantasie ausgemalt, Suzette zu lieben – vielleicht aber auch nicht. Männer können unbeständig in der Liebe sein und ihre Begierde von einer Frau auf eine andere übertragen, je nachdem, welcher sie das Höschen ausziehen.

Aber es gibt Situationen, in denen man sich zurückhalten muß, sogar für einen Filmmogul, und hier bei der Premiere konnte er sein Verlangen nicht offen äußern.

»Julien Brocq«, flüsterte er Suzette zu, so daß Madame Brocq an seiner Seite es nicht hören konnte. »Rufen Sie mich in meinen Büro an, wir sollten Wichtiges über Ihre Karriere besprechen, Mademoiselle Bernard.«

Suzette belohnte ihn mit einem strahlenden Lächeln und vergaß sofort seinen Namen. Sie konnte sich genau vorstellen, welche Karriere er für sie im Sinn hatte, und sie war nicht interessiert.

Das Kino war für die Premiere ausverkauft. Es war ein wichtiger Anlaß, und jeder, der auf sich hielt, war anwesend, elegant gekleidet und herausgeputzt. Die Männer gaben sich vornehm oder doch fast so, während die Frauen mit tiefen Dekolletés nackte Haut zur Schau stellten. Suzettes Begleiter war von all den Reizen ein wenig überwältigt und gab der Platzanweiserin in mittleren Jahren fünfzig Franc Trinkgeld statt der üblichen fünf.

Alle sprachen über jeden sonst, und keiner hörte zu. Bei fast zweitausend Personen im riesigen Zuschauerraum war das Stimmengewirr unglaublich. Der Leumund von Leuten wurde zerstört oder gefördert, während registriert wurde, wer wen begleitete, welche Paare Sexaffären mit wem hatten. Schließlich trafen die großen Stars ein und nahmen unter stürmischem Applaus ihre Plätze ein. Bald wurde es dunkel, und die Vorhänge gingen auf.

Suzette hatte keinerlei Ehrgeiz, ein Filmstar zu werden. Bei dieser Karriere kam es ihrer Meinung nach hauptsächlich auf das Aussehen an. Nur sehr wenige hatten ein wahres Schauspieltalent. Die meisten weiblichen Filmstars wurden berühmt, weil sie ein schönes Gesicht und einen reizvollen Körper hatten. Und das war genau das gleiche wie bei Suzettes ehemaligen Job bei den Folies Bergère.

Antoine Ducasse zum Beispiel, dieser gutaussehende junge Mann, der sie an diesem Abend begleitete, war kein Filmstar, aber ein Schauspieler. Kein sehr bekannter Schauspieler, noch nicht, aber er war in einigen bedeutenden Stücken in richtigen Theatern aufgetreten. In unbedeutenden Nebenrollen, aber wenn man ihn reden hörte, hatte allein er die Zuschauer begeistert.

Aber so redeten fast alle Schauspieler. Die zwei Zeilen, die sie sprechen durften, waren zwangsläufig die wichtigsten im ganzen Stück, dessen Erfolg nur davon abhing, wie sie von ihnen gesprochen wurden. Und wie sie dabei standen oder sich bewegten.

Antoine wollte das seriöse Schauspielen aufgeben und ein berühmter und reicher Filmstar werden. Suzette hatte ihn noch nicht auf der Bühne gesehen, aber sie war überzeugt, daß sein Talent auf sein Aussehen begrenzt war. Was bedeutete, daß er sich vielleicht sehr gut in Filmen machen würde. Es war bekannt, daß Intelligenz in Filmen kaum gefragt war, sondern gutes Aussehen und deutliches Sprechen.

Als Suzette im dunklen Zuschauerraum neben Antoine saß, versuchte sie, sich auf den Film zu konzentrieren. Sie mochte Filme, und sie bewunderte Simone Signoret, eine schöne und talentierte Frau. Natürlich gefiel ihr Jean Gabin mit der heiseren Stimme, dem zerfurchten Gesicht und dem rauhen Charme. Sie hätte den Film genießen sollen. Aber eine Premiere hatte nichts mit einer normalen Filmvorführung zu tun. Jeder Anwesende wollte gesehen, beneidet und vor allem zur Kenntnis genommen werden.

Es amüsierte Suzette, Antoine mit sich selbst in den Tagen ihrer Nacktauftritte bei den Folies Bergère zu vergleichen. Er hatte das Aussehen, um ein Filmstar zu sein, aber das war auch schon alles. Da war ein gewisser aufgesetzter Charme in seinem Verhalten, doch seine Unterhaltung war extrem langweilig. Er redete fast nur über sich. Höchstwahrscheinlich machte er sich überhaupt nichts aus Frauen und betrachtete sie als Konkurrenz für die Aufmerksamkeit der anderen. Suzette hatte die Erfahrung gemacht, daß viele gutaussehende Schauspieler schwul waren.

Dieser Gedanke kam Suzette nicht grundlos in den Sinn. Als Antoine sie in ihrem Appartement abgeholt hatte, war ein flüchtiger Handkuß alles gewesen, was er für sie übriggehabt hatte. Er hatte sie weder als schönste Frau bezeichnet, die er jemals kennengelernt hatte, noch erklärt, daß es für ihn eine Ehre sei, sie an diesem Abend zur Premiere zu begleiten. Er war kühl und distanziert gewesen.

Auf der Fahrt zu den Champs-Elysées hatte er nicht versucht, einen Arm um ihre Hüfte zu legen, oder sie auf die Wange zu küssen oder über ihr Knie zu streicheln. Sie konnte sich kaum an eine Fahrt mit einem Mann in einer Limousine oder einem Taxi erinnern, der nicht versucht hatte, sie zu küssen oder ihre Brüste zu betatschen.

Nicht so Antoine Ducasse. Er hatte entspannt und mit übereinandergeschlagenen Beinen dagesessen und Distanz zu ihr gehalten, und auf dem ganzen Weg zum Kino hatte er nur Unsinn geredet.

Seit dem Erlöschen der Lichter und dem Beginn des Films war eine Viertelstunde vergangen. Eine geschlagene Viertelstunde! Und Antoine hatte noch immer nicht versucht, Suzettes Hand zu ergreifen oder sie zu küssen oder zu umarmen – obwohl sie sich absichtlich mit einem teuren Parfum besprüht hatte, bei dem Männer wild vor Verlangen wurden (wie in der Werbung behauptet wurde).

Und ihre prächtigen Brüste waren in dem Abendkleid nur halb bedeckt. Ein normaler Mann wäre längst zum Angriff übergegangen. Es wies also alles darauf hin, daß Antoine vom anderen Ufer kam.

Es gab eine einfache Möglichkeit, es herauszufinden, und es würde interessant sein, wenn sie ihn aus der Fassung brachte. Sie legte die Hand auf seinen Oberschenkel, streichelte hinauf. Seine Hose war aus feinem Tuch, und sie spürte, daß seine Beinmuskulatur bei der Berührung zuckte.

Abgesehen von seiner Kühle, als er sie in ihrem Appartement abgeholt hatte, gab es etwas anderes, das Suzette mißfallen hatte. Er trug einen weißen Smoking. Damit hatte sie nicht gerechnet; sie war ebenfalls weiß gekleidet. Es war äußerst ärgerlich, den Vorteil des Kontrastes zu verlieren. Wenn sie gewußt hätte, daß er einen weißen Smoking trug, hätte sie schwarzen Samt angezogen.

Sie wußte eigentlich nichts über Antoine, denn an diesem Abend waren sie zum erstenmal gemeinsam ausgegangen. Es war ein rein zweckdienliches Treffen, von Suzettes Agenten, dem fetten, rotnasigen Emile, arrangiert, der anscheinend all seine Geschäfte in Bars abwickelte. Emile war zugleich Antoines Agent, und er versuchte, Filmrollen für ihn an Land zu ziehen. Damit Antoine von all den richtigen Leuten in der richtigen Umgebung gesehen werden konnte, hatte Emile ihn zur Premiere geschickt.

Natürlich in attraktiver Begleitung, denn ein Schauspieler mit Antoines Aussehen und seinen großen Ambitionen konnte sich nicht in der Öffentlichkeit zeigen, ohne von einer schönen Frau an seiner Seite bewundernd angeschaut zu werden.

Antoine hätte eine seiner vielen Schauspielerkolleginnen als Begleiterin wählen können, aber Emile war dagegen gewesen. Er hatte ihm vorgeschlagen, die schönste Frau mitzunehmen, die er kannte, was den zusätzlichen Vorteil hatte, daß sie selbst kein Filmstar sein wollte und ihn nicht übertrumpfen würde. So fiel die Wahl auf Suzette.

Sie hörte Antoine scharf einatmen, als sie über die Innenseite seines Oberschenkels aufwärts streichelte. Sie betrachtete den Test als narrensicher. Er würde so oder so reagieren, wenn sie ihn zwischen den Beinen berührte. Seine Reaktion war im Grunde unwichtig, denn ihr Interesse an ihm war nicht besonders groß. Trotzdem war sie über seine offenkundige Gleichgültigkeit verärgert, und entschlossen, herauszufinden, ob ihre Annahme stimmte.

Sie bekam die Antwort fast sofort, denn Antoine seufzte leicht und spreizte die Beine. Suzette griff in seinen Schritt und zeichnete mit der Fingerspitze die Wölbung unter dem feinen Stoff seiner Hose nach. Sein Glied war bereits hart.

Dennoch hielt er sich zurück. Er versuchte nicht, sie zu berühren, während sie mit den Fingerspitzen den Umriß und die Größe der Wölbung in seiner Hose erkundete. Die Eitelkeit spielt eine außergewöhnlich wichtige Rolle bei den Gefühlen von Männern, wenn dieser Teil ihres Körpers zur Diskussion stand. Nicht nur Vincent hatte Zwangsvorstellungen! Suzette hatte nur sehr wenige Männer kennengelernt, die nicht erfreut gewesen wären, ein paar Zentimeter mehr zu haben, als vom Schicksal bestimmt.

Das harte Glied in Antoines Hose zuckte bei Suzettes Berührung. Und offenbar war Antoine doch nicht schwul; er reagierte auf die übliche Weise auf das Streicheln einer Frauenhand. Eigentlich hatte er sogar empfindlicher reagiert als ein normaler Mann.

Der Grund für seine vorherige Gleichgültigkeit gegenüber ihren Reizen mußte anderswo gesucht werden. Es war kaum Mangel an Selbstbewußtsein – es gab nur wenig schüchterne Schauspieler. Vielleicht liebte er eine Frau und hatte kein Interesse an einer anderen, nicht einmal an einer so begehrenswerten wie Suzette. Sein Glied kannte keine solche Zurückhaltung – es wurde ohne Zögern hart. Ihre Neugier war geweckt.

»Möchtest du den Rest des Films sehen?« fragte sie flüsternd und streichelte zärtlich über seine Hose.

»Nein …«, murmelte er, »aber wir müssen danach auf der Party bei Julien Brocq sein, alle werden dort erscheinen.«

»Wir haben jede Menge Zeit, um dorthin zu fahren«, versicherte ihm Suzette und drückte leicht die Wölbung der Hose.

Sie verließen leise das Kino, bemüht, nicht gesehen zu werden und keinen zu stören. Draußen stolzierten die Polizisten immer noch herum, doch viele Fans hatten sich davongemacht, nachdem sie die Stars gesehen hatten. Ein paar Unentwegte blieben noch und warteten darauf, Gabin und die Signoret beim Verlassen des Kinos zu sehen.

Antoine winkte einem Taxi. Der Fahrer bemerkte ihn und stoppte am Bordstein.

Die verlorene kleine Gruppe von Fans stimmte halbherzige Hochrufe an, als das Taxi mit Suzette und Antoine im Fond davonfuhr und die vermeintlichen Filmstars mit königlicher Herablassung winkten. Suzette hörte nicht, welche Adresse Antoine dem Fahrer nannte, aber als das Taxi von den Champs-Elysées abbog, neben der Seine und dann über die Pont Alexandre III fuhr, erkannte sie, daß er auf dem linken Seineufer wohnte. Natürlich! Die meisten Leute mit künstlerischen Hoffnungen und Ambitionen bestanden darauf, dort zu wohnen – als ob die Nähe von so vielen Akademien ihrer Arbeit eine gewisse Glaubwürdigkeit einhauchen könnte.

Antoine bewohnte ein Appartement am Fluß in der Rue des Beaux-Arts. Und auf der Fahrt gab er sich damit zufrieden, Suzettes Hände zu halten, leicht zu streicheln, sich an ihre Wange zu schmiegen, leise zu seufzen und ihr exotisches Parfum einzuatmen.

Suzette übte keine solche Zurückhaltung, denn sie wußte nicht, ob sein soeben entfachtes Feuer bis zu seiner Wohnung brennen würde, ohne geschürt zu werden. Sie knöpfte sein weißes Smoking-Jackett auf und schob eine

Hand in den Bund seiner Hose, um seine Erektion zu umfassen. Ein zartes Auf und Ab ihrer Fingerspitzen hielt ihn in Spannung.

Seine Wohnung befand sich im ersten Stock. Antoine schloß die Tür auf und schaltete das Licht an. Er ergriff Suzettes Hand und führte sie ohne Zögern ins Schlafzimmer. Zögern war auch nach Suzettes Meinung nicht angebracht, denn Antoine konnte angesichts seiner Passivität im Taxi kaum als feurig bezeichnet werden, und sie befürchtete, daß er ganz erkalten könnte, wenn Zeit vergeudet wurde.

Das Schlafzimmer war groß und freundlich, das Bett breit und niedrig, ohne Kopf- oder Fußteil. Es war eine Art Diwan, eine Plattform zum Schlafen und Sex. Ein riesiger Spiegel mit vergoldetem Rahmen verlieh dem Zimmer einen eigenen Charakter. Der Spiegel bedeckte fast eine ganze Wand. Der Rahmen berührte beinahe die Decke, und unten reichte er bis dicht über den Boden. Suzette konnte sich nicht vorstellen, wie soviel Glas jemals in das Schlafzimmer hatte getragen werden können. Sie hätte es für unmöglich gehalten – doch der Spiegel war da.

Er sah antik aus, zumindest der Rahmen. Er hätte seit der Erbauung des Hauses an dieser Wand hängen können. Der Gedanke hatte etwas Romantisches – vielleicht hatte ihn ein reicher Mann für das Schlafzimmer einer *poule-de-luxe* gekauft! Aber wahrscheinlicher hatte Antoine ihn dort aufgehängt, um seine Haltung und Mimik davor zu üben, bevor er im Theater auftrat.

Er hatte sein weißes Smoking-Jackett aufgeknöpft gelassen, als sie aus dem Taxi gestiegen waren. Suzette stand dicht bei ihm, küßte ihn leicht auf den Mund, während sie seinen Gürtel löste und den Reißverschluß seiner Hose öffnete. Sie schob eine Hand unter sein Hemd, legte sie flach auf seinen Leib und streichelte ihn. Er legte die Arme um ihre Hüften und auf ihren Po und streichelte sie zärtlich durch das dünne Kleid und den Slip.

»Ah, *chérie*«, flüsterte er, als er Suzettes warme Hand um seine Erektion spürte. Er schien sich damit zufriedenzugeben, so zu verharren, solange sie ihn umfaßt hielt. Suzette begann sich zu fragen, ob sie ihn doch falsch eingeschätzt hatte. Sie schlug ihm flüsternd vor, sie zu entkleiden.

Er machte das bemerkenswert gut. Er zog ihr das Kleid und dann den hauchdünnen BH mit Finesse aus. Als er ihre Brüste entblößte, küßte er sie und umschmeichelte die rosigen Spitzen auf sehr fähige Art und Weise mit der Zungenspitze, nicht gerade wie ein Liebender, jedoch zärtlich genug, um bei ihr kleine Wonneschauer hervorzurufen.

Er streichelte ziemlich beiläufig über ihren Leib, über die samtweiche Haut, bei deren Anblick unzählige Männer in den Folies Bergère vor Verlangen geseufzt hatten. Er streifte ihr elfenbeinfarbenes Seidenhöschen über ihre Beine hinab.

Weil Suzette pechschwarzes Haar hatte, nahmen ihre Bewunderer an, sie wäre ebenso dunkel zwischen den Beinen. Das war ein völliger Irrtum, und die Wirklichkeit war erregender als die Phantasie. Suzette war zwischen ihren makellosen Schenkeln völlig glattrasiert.

Bei dem erregenden Anblick stöhnte Antoine leise auf – endlich eine Reaktion!

»Wie reizend«, murmelte er. »Wie entzückend raffiniert, *chérie*!«

Endlich erfüllte er ihre Erwartung. Er ließ sich auf ein Knie nieder und küßte die köstlichen rosafarbenen Schamlippen. Es war kein leidenschaftlicher Kuß, mehr ein förmlicher Beweis seines Respekts wie ein Handkuß! Und während er kniete, löste er Suzettes Hüftgürtel und streifte ihre Seidenstrümpfe hinab.

Suzette gewann den Eindruck, zur falschen Zeit am falschen Ort zu sein. Antoines Glied war immer noch steif – es ragte aus der offenen Hose –, aber abgesehen davon wirkte er überhaupt nicht erregt beim Anblick ihres nackten Körpers. War dem idiotischen Kerl nicht klar, daß er die schönste Frau vor sich hatte, die er jemals nackt sehen würde? Was war mit ihm los?

Sie zog ihn am Ohr auf die Füße, leicht verärgert und

fast bereit, sich wieder anzuziehen und zu gehen. Aber zuerst würde sie einen letzten Versuch machen, ihn so zu reizen, daß er zur Tat schritt. Sie streifte schnell sein weißes Jackett und sein Seidenhemd ab und fuhr mit einem roten Fingernagel über seine Brustwarzen, daß ihm der Atem stockte.

Als er so nackt war wie sie, ergriff sie seine Hand und wollte ihn zum Bett führen. Aber er murmelte *Noch nicht* und drehte sie sanft zu dem gewaltigen Spiegel an der Wand.

»Sieh mal«, sagte er.

Er stellte sich dicht neben sie und legte den Arm um ihre Hüfte.

»Wir sind ein schönes Paar, Suzette«, sagte er und wies entzückt auf ihr Spiegelbild.

Sie sah, daß es stimmte. Sie paßten ausgezeichnet zueinander. Sie waren fast gleich groß und langbeinig.

Suzette betrachtete kritisch und bewundernd ihr eigenes Spiegelbild, ihren üppigen Körper, die vollen schönen Brüste, den flachen Leib und die prächtigen Schenkel. Der Spiegel sagte ihr, daß sie eine phantastische, begehrenswerte Frau war, nahezu perfekt. Sie wandte ihre Aufmerksamkeit Antoine zu und betrachtete sorgfältig sein Spiegelbild.

Er war schlank, kein Athlet, aber gut proportioniert und attraktiv. Seine Brust war breit und kaum behaart, nur mit einem schmalen Fleck bräunlicher Kräusel. Sein Bauch war flach, die Oberschenkel waren lang und kräftig und sein Glied stand erigiert dazwischen. Es war nicht übermäßig lang, nicht zu dick wie bei einigen Männern, die sie gekannt hatte, sondern wohlgeformt und großartig für seinen Zweck.

Er streichelte zart ihren Leib hinab, über die Oberschenkel und zu den Schamlippen.

»Ich sollte dich dort küssen, bis du vor Ekstase schreist«, sagte er kühl. *Ja!* dachte sie, doch er tat es nicht, sondern drückte gegen die weichen Lippen und schob den Zeigefinger hinein.

Sie nahm an, er wolle ihre geheime Knospe liebkosen, doch sein Finger bewegte sich nicht. Es war ein erregendes Gefühl, ihn dort zu spüren. Mit der anderen Hand streichelte er leicht über die samtene Haut ihrer Pobacken, und Wonneschauer durchrieselten sie.

»Antoine«, seufzte Suzette und dachte träumerisch: *Wie zärtlich er mich berührt! Er liebt mich!*

Aber Liebe oder nicht, Antoine schaute sie nicht an – er starrte in den großen Spiegel und betrachtete darin die Bewegungen seiner eigenen Hände. Es war, als säße er immer noch im dunklen Kino und schaue auf die Leinwand und die Aktionen der Liebenden darauf. Er war staunend vertieft in das, was er sah; sein Mund war ein wenig geöffnet, und Suzette sah seine weißen Zähne.

Suzette erkannte, daß sie allein nicht die Quelle für Antoines Entzücken war. Sein Blick war nicht nur auf ihr Spiegelbild gerichtet, sondern auf das Paar im Spiegel, auf seinen eigenen nackten Körper ebenso wie auf ihren. Was ihn wirklich erregte, war nicht Suzettes nackter Körper, sondern der Anblick, sich selbst beim Sex zu sehen.

So hast du also doch mehr mit Vincent gemein, als ich dachte, doch es mangelt dir an seinem Mut, dachte Suzette.

Sich selbst beim Streicheln ihres schönen Körpers zu beobachten und zu sehen, wie seine Erregung wuchs – dies war für Antoine ein unvorstellbarer Genuß. Seine dunkelbraunen Augen spiegelten Verzückung beim Anblick seiner eigenen Lust wider.

Ah, du Egotist! Du Schauspieler! Du kleiner Narziß! dachte Suzette, die jetzt seine Veranlagung erkannt hatte. Sie seufzte, als sich die Finger zwischen ihren Schenkeln spreizten und sich sein Zeigefinger langsam in ihr bewegte. Sie verstand Antoine jetzt, und sie wußte, wie sie seine Veranlagung zu ihrem eigenen Vergnügen nutzen konnte.

Sie umfaßte sein steifes Glied. Ihm stockte der Atem, als er im Spiegel sah, wie ihre langen, roten Fingernägel langsam auf und ab glitten.

»Suzette«, stöhnte er. »O Suzette!«

Sein Gesicht war gerötet, und seine Brust hob und senkte sich unter heftigen Atemzügen. Der Anblick seines eigenen Körpers, der gestreichelt wurde, hatte eine derart starke Wirkung auf ihn, daß Suzette sich fragte, wie weit sie das Spiel fortsetzen konnte, ohne daß Antoine erkannte, daß sein Verhalten beobachtet wurde. Sie wich langsam zurück zu dem großen Spiegel an der Wand, ohne seine pulsierende Steifheit loszulassen.

Sie lehnte sich mit dem Po gegen das Glas und neigte sich noch ein wenig zurück, bis ihre Schulterblätter auf dem Spiegel ruhten und sie das kühle Glas an der Haut spürte. Für Antoine wirkte es, als wären sie und ihr Spiegelbild miteinander verschmolzen. Er hatte über ihre Schulter gestarrt, als sie sich auf den Spiegel zubewegt hatte, und er hatte ihren Po näher kommen sehen, bis sich das Bild und das Fleisch berührt hatten.

Ihre Beine waren gespreizt, seine Hände lagen auf ihren Hüften und sie zog ihn zwischen ihre Schenkel. Ein schneller Stoß, und sie spürte ihn in sich. Und die Gefühle, die dieser lange Stoß in ihr auslöste, waren für Suzette höchst erstaunlich. Sie fühlte sich überwältigt, und sie ergab sich ihm völlig.

Er preßte sich gegen sie. Sie spürte ihn eindringen und hinausgleiten. *O ja, ja, ja ...*, seufzte sie.

Antoine stieß härter und schneller zu, und ihr Leib zitterte vor Wonne. Doch bevor sie in Ekstase geriet, wechselte er in einen langsamen Rhythmus mit köstlich langen, dosierten Stößen, die ihre Erregung nur noch steigerten und trieb sie mit seiner kapriziösen Art von einem Wonneschauer zum nächsten.

Und die ganze Zeit blickte er weder auf ihr schönes Gesicht, das so dicht vor seinem war, noch in ihre Augen, um ihr Entzücken zu genießen. Er schaute über ihre Schulter auf sein eigenes Gesicht im Spiegel. Antoine hatte Sex mit sich selbst, ohne es zu wissen.

Suzette hatte die langen Beine weit gespreizt und preßte sich an ihn, um ihn so tief aufzunehmen wie möglich. Während ihr Körper vor Lust erbebte, hörte sie sich keuchen und seufzen und lachen und nach Luft schnappen, als sich der Höhepunkt näherte.

»Antoine, Antoine!« stöhnte sie. »Mehr, mehr, mehr!«

Er umfaßte ihre Hüften fester. Er atmete stoßweise. Im nächsten Augenblick wurde Suzette heftiger in Ekstase getrieben, als sie je gedacht hätte. Ihr Po zuckte und ruckte gegen das kühle Glas des Spiegels. Sie schrie und schluchzte, und ihr Mund und die Augen waren weit aufgerissen, als sie sich Antoine entgegenstemmte, um seine Härte unglaublich tief in sich zu spüren.

»Oh, du, du!« seufzte er bewundernd, als es ihm kam, und seine Züge spiegelten Verzückung wider.

Suzette hatte das Gefühl, von einer heißen Woge erfüllt zu werden, und sie nahm seine Worte in diesem glücklichen Moment gar nicht wahr. Zum Glück, denn sein zärtlicher Ausdruck war in Wirklichkeit nichts als eine Komödie. Suzette hätte sich sonst fragen müssen, wem diese überschwengliche Erklärung galt. Meinte er mit *du* sie oder sich selbst?

Vielleicht hätte sie leicht eine Antwort auf diese Frage finden können. Dann hätte sie die Achseln gezuckt und sie als unwichtig abgetan. Antoine hatte ihr wunderbare Wonnen verschafft, wenn auch auf merkwürdige Weise. In einer anderen Stimmung wäre sie nicht ganz so verständnisvoll gewesen, sondern hätte ihn offen gefragt – um ihn zu provozieren –, ob sein Sex wirklich ihr gegolten hatte.

Aber sie hatte sein gestöhntes *O du!* nicht gehört, obwohl sie wußte, daß sein Blick auf sich selbst gerichtet gewesen war und nicht auf ihren schönen Körper, den er besessen hatte – ein Privileg, für das andere Männer, die weniger selbstverliebt waren als Antoine, vieles gegeben hätten. Aber was sollte es? Sie war tief befriedigt und wollte Antoine nicht aus der Fassung bringen. Jedenfalls nicht diesmal.

Als sie sich etwas erholt hatten, setzten sie sich nebeneinander aufs Bett und tranken ein Glas Cognac. Und bald war Suzette bereit, den sonderbaren Sex fortzusetzen, um zu erkunden, was Sie Neues über diesen Schauspieler herausfinden konnte.

Sie streckte sich auf dem Bett aus, damit ihr Körper mit den vollen Brüsten, dem flachen Leib, den seidenglatten Schenkeln und den rosigen Lippen dazwischen vorzüglich zur Geltung kam.

Aber Antoine hatte anderes im Sinn. Sein Eigendünkel war nach dem Sex vor dem Spiegel enorm verstärkt worden, und er war bereit, die Welt zu erobern – oder wenigstens die Welt des Films.

»Wir müssen uns anziehen und gehen«, sagte er, neigte sich über Suzette und küßte einen ihrer Oberschenkel mit einer Geste, die etwas Endgültiges hatte. »Die Party wird jetzt voll im Gange sein, und jeder von Bedeutung wird dort anwesend sein.«

Beim zweiten Lied ihres Auftritts sah Suzette ein vertrautes Gesicht im Publikum. Es war ein Mann, der allein saß – was höchst ungewöhnlich in einem Nachtklub ist. Der Mann wirkte vornehm. Er saß an einem Tisch rechts am Rand der kleinen Tanzfläche. Suzette konnte sich weder an seinen Namen erinnern, noch wann und wo sie ihn schon gesehen hatte. Doch sie war überzeugt, ihn irgendwo kennengelernt zu haben. Sein Interesse an ihr war offenkundig.

Beim normalen Ablauf der Dinge hätte sich eines der Mädchen des Klubs zu ihm an den Tisch gesetzt, die blonde Zoe oder die vollbusige Regine. Natürlich nur, um mit ihm zu trinken, damit er nicht so einsam war. Wenn er wünschte, die Bekanntschaft in intimerer Umgebung zu vertiefen, war das seine Entscheidung. Der Monsieur mittleren Alters in dem grauen Anzug war absichtlich allein. Er hatte die Gesellschaft von den Animiergirls abgelehnt. Wahrscheinlich wartete er auf jemand.

Suzette hatte Regine oder Zoe nie gefragt, wieviel Francs sie für eine nähere Freundschaft verlangten, aber sie war überzeugt, daß der Preis hoch war. Beide Mädchen sahen gut aus, und dies war ein teurer Klub, kein *café-dansant* in Pigalle, wo die Mädchen zuerst zuviel forderten und sich dann auf die Hälfte herunterhandeln ließen.

Der Klub, in dem Suzette in diesem Monat als Sängerin engagiert war, befand sich in der Avenue George-Cinq. Natürlich konnten nur Leute mit viel Geld die hier verlangten Preise bezahlen. Die Besucher waren Berühmtheiten, und einige davon waren sogar gewichtige Persönlichkeiten.

Meistens verstummte ihre Unterhaltung, wenn Suzette sang. Männer, die noch keine Hand auf den Rock ihrer Freundin gelegt hatten, um einen bestrumpften Oberschenkel zu streicheln, wurden jetzt veranlaßt, das nach-

26

zuholen. Suzettes Lieder hatten diese Wirkung; sie waren geistig anspruchsvoll und zärtlich, sinnlich und prickelnd.

Das Chanson, das sie jetzt sang, war eines ihrer Lieblingslieder und hieß ›Palais Garnier‹. Es erzählte von einer jungen und schönen Frau, die an der Oper aus ihrer glänzenden schwarzen Limousine stieg. Die Schönheit trug ein Ballkleid von Dior und ungefähr ein Kilo Diamanten. Ihr Liebhaber war ein großer, gutaussehender Mann mit Frack und Zylinder. Er reichte ihr den Arm und führte sie zur Loge, die für sie reserviert war.

Alle von Suzettes Liedern spielten sich vor der Kulisse von *grande luxe* ab, eine Umgebung, die den Zuhörern vertraut war. Sie sang für Frauen, die Diamanten und Rubine, Smaragde und Saphire und lange schwarze Mäntel trugen. Und sie sang für Männer, die diese teuren Beweise der Wertschätzung für ihre Freundinnen kaufen konnten. Männer von Bedeutung, die in Luxuslimousinen mit uniformierten Chauffeuren eintrafen und in großen und teuren Appartements mit Blick auf den Bois de Boulogne wohnten und sich von vielen Dienern umsorgen ließen. Jedenfalls erweckten sie den Eindruck, daß sie diesen Lebensstil hatten. Suzettes Lieder schmeichelten ihrem Stolz, und deshalb war sie so beliebt bei ihnen.

Die Männer beteten sie natürlich ebenfalls an, weil sie schön war und sie mit ihr schlafen wollten. Normalerweise konnte man erwarten, daß dies ihre Freundinnen eifersüchtig machte, aber Suzette schaffte es, das zu vermeiden. Die Frauen applaudierten zu ihren Chansons, weil sie sich geschmeichelt fühlten, denn sie waren überzeugt, daß die Lieder von ihnen selbst handelten.

Ja, das bin ich mit dem Ballkleid von Dior und dem Diamanthalsband in der Limousine, dachte jede von ihnen beim Zuhören. *Ich bin so sexy, daß die Männer danach gieren, mir die Hand zu küssen. Sie ist clever, diese Chanteuse, sie versteht mich und weiß, wie ich lebe.*

Suzette besaß die Exklusivrechte an ihren Chansons. Der Text stammte von Michel Radiguet, einem zwanzigjährigen Studenten, der sich hoffnungslos in sie verliebt hatte, als er sie zum erstenmal gesehen hatte. Das war in einer billigen und schäbigen Bar in Montmartre gewesen, am Abend ihres Debüts als Sängerin, als sie alte, allseits bekannte Favoriten wie ›J'attendrai‹ und ›La vie en rose‹ gesungen hatte. Er war ein Poet, dieser Michel, und ein romantischer obendrein. Er hatte ohne zu zögern sein Studium aufgegeben, um Gedichte für Suzette zu schreiben.

Sie mochte Michels Verse, und sie hatte einen anderen Freund überredet, die Gedichte für sie zu vertonen. Der andere Freund war Jacques-Charles Delise, Barpianist und Trinker, der Mann, der ihr Gesangsunterricht gegeben hatte, als sie ein nacktes Showgirl bei den Folies Bergère gewesen war. Natürlich war er ebenfalls in sie verliebt.

Suzette erinnerte sich jetzt, wo sie den Mann kennengelernt hatte, der allein am Tisch bei der Tanzfläche saß. Es war bei der Filmpremiere gewesen, die sie mit Antoine Ducasse besucht hatte. Er war irgendein hohes Tier im Filmgeschäft, und er hatte im Foyer des Kinos die Stars bei ihrem Eintreffen begrüßt.

Er hatte Suzette vorgeschlagen, mit ihr über eine Filmkarriere zu reden – natürlich im Flüsterton, denn seine Frau hatte neben ihm gestanden. Selbstredend hatte Suzette ihm kein Wort geglaubt. Die einzige Karriere, die er für sie im Sinn hatte, war die im Bett mit ihm, davon war sie überzeugt.

Nach der Premiere hatte er eine Party für die Prominenz gegeben, was zeigte, daß er bedeutend war. Aber er hatte keinen weiteren Annäherungsversuch unternommen, als sie dort mit Antoine nach dem Sex vor dem großen Spiegel eingetroffen war. Vielleicht hatte Madame ihn im Auge behalten, als er von so vielen jungen Frauen umgeben gewesen war, die beschwipst und begierig darauf gewesen waren, ihn für ihre Talente zu interessieren – vielleicht auch als Schauspielerinnen.

Er hieß Brocq, fiel Suzette jetzt ein, Julien Brocq.

Rufen Sie mich in meinem Büro an, hatte er an jenem Abend im Foyer des Kinos gesagt, aber sie hatte darauf verzichtet.

Das Chanson von der Oper gefiel Monsieur Brocq anscheinend besonders gut – Jacques-Charles hatte eine sehr eingängige Melodie komponiert. Es war natürlich ein Original, aber eines von der Art, die vage Erinnerungen an andere Melodien weckt. Jacques-Charles hatte das Talent, bekannte Tonfolgen so zu ändern, daß sich etwas Neues ergab, was aber an Altes erinnerte. Suzette hatte viel von ihm gelernt. Sie schuldete ihm Dankbarkeit und war entschlossen, irgendwann die Schuld zu begleichen.

Hätte sie ihm während der gemeinsamen Gesangsstunden Sex schenken sollen? Es war nie dazu gekommen, vielleicht weil er es nie wirklich versucht hatte.

Fast ein Jahr lang war sie zum regelmäßigen Gesangsunterricht in Jaques-Charles' kleinem Zimmer im Viertel Montmartre erschienen, nie weniger als zweimal pro Woche, manchmal auch öfter. Zuerst hatte sie für die Stunden bezahlt. Und als klar wurde, daß er sich in sie verliebt hatte, entschloß sie sich, ihn anders zu belohnen. Am Ende jeder Unterrichtsstunde strippte sie für ihn und ließ ihn verzückt ihren schönen nackten Körper betrachten.

Suzette hatte keine Skrupel, sich nackt zu zeigen. Ihre Karriere auf der Bühne der Folies Bergère hatte ihr die Hemmungen genommen. Sie hatte sich daran gewöhnt, daß Männer lüstern ihren Körper anstarrten, ihre nackten *nichons*, ihre wohlgeformten Schenkel, den aufregenden Leib …sie war auf der Bühne, um bewundert zu werden.

Und das war alles, was Jacques-Charles jemals wagte – Bewunderung! Irgendeine Charaktereigenschaft hielt ihn davon ab, sie zu berühren. Vielleicht lag es daran, daß sie so jung und schön war, so perfekt, und er viel älter, schlaksig und fast kahlköpfig war. Hinzu kamen seine Minderwertigkeitskomplexe und die Tatsache, daß er am Nachmittag selten nüchtern war.

Er war so fanatisch in Suzette verliebt, daß er glaubte, nicht würdig zu sein, sie in die Arme zu nehmen. Er schaute sie an, bewunderte sie, seufzte, komponierte für sie, trank sich mit billigem *pastis* fast bewußtlos bei den Gedanken an sie und träumte von ihr. Er dachte an sie, wenn er mit anderen Frauen intim war, und er bildete sich ein, daß sie es war. Aber wenn sie für ihn strippte und schließlich nackt vor ihm posierte, wagte er nicht, sie anzurühren.

In dem exklusiven Nachtklub in der Avenue George-Cinq lehnte sich Suzette anmutig an das weiße Piano, und ihr rabenschwarzes Haar glänzte im Licht eines Punktscheinwerfers. Sie trug ein schwarzes Chiffon-Kleid mit tiefem Dekolleté, das einen herrlichen Kontrast zu ihrer Haut bildete. Sie zog bei Auftritten Schwarz vor, denn sie fand, es verlieh ihr eine zusätzliche Spur von Eleganz.

Die Dreimannband begleitete sie hervorragend. Ohne es auch nur zu versuchen, hatte Suzette die Herzen aller drei Musiker erobert, und sie reagierten perfekt. Als der Applaus für ›Palais Garnier‹ verklang, pausierten sie nur kurz, bevor sie ihr nächstes Chanson begannen.

Dieses Lied hieß ›Avenue Foch‹ und handelte von einer Frau, die ihren kleinen weißen Pudel ausführt und an einem Laternenpfahl und bei einem Baum Pausen einlegt. Ihr Geliebter wartet begierig auf sie, und er wird sie den ganzen Nachmittag lang lieben. Er ist jung und sieht gut aus. Und er ist reich.

Ja, dachten die Frauen, die zuhörten, *ein junger und gutaussehender Geliebter, der sich nach mir sehnt, ja, das wünsche ich mir, diese Sängerin hat absolut recht.*

Die meisten der Männer, von denen sie in den Klub mitgenommen wurden, sahen nicht sehr gut aus und waren nicht jung. Die meisten waren in mittleren Jahren. Oder sogar älter. Es ist eine allgemein bekannte Tatsache, daß zwanzigjährige Männer Freundinnen im eigenen Alter wählen, und Männer zwischen dreißig und vierzig jüngere Freundinnen bevorzugen, die höchstens Mitte Zwanzig sind. Je älter ein Mann wird, desto jüngere Freundinnen bevorzugt er, und wenn er Ende Fünfzig oder Anfang Sechzig ist, wählt er nicht selten eine Partnerin, die erst achtzehn ist.

So unangenehm diese Fakten für Frauen auch sein

mögen, ein wenig schöner Schein kann sehr tröstend sein. Die Frauen, die Suzettes Lied hörten, konnten davon träumen, daß der vor Sehnsucht glühende junge Mann in dem luxuriösen Appartement auf sie wartet, nur auf sie allein. Und die männlichen Zuhörer sahen sich natürlich als jenen Geliebten, der auf die schöne Frau mit dem Pudel wartet. Sie waren überzeugt, es zu verdienen, weil sie sich für bedeutend hielten.

Suzette lächelte Julien Brocq an, der dort allein im Klub saß und auf dessen Tisch eine Flasche Champagner in einem silbernen Kühler stand. Brocq sah vornehm aus, das war nicht zu leugnen. Er war ein wichtiger Mann der Filmbranche und offenbar reich. Aber Suzette wünschte sich nicht, ein Filmstar zu sein. Sie wollte eine große Kabarettsängerin sein – wie Mistinguett, nur besser.

Als letztes Lied sang sie ihr bestes. Es war das Lieblingschanson in ihrem Repertoire geworden; der Text war das erste Gedicht gewesen, das Michel für sie geschrieben hatte, als er noch Student gewesen war.

Das Juweliergeschäft am Place Vendôme,
Ein Armband aus Eis und Feuer,
Diamanten mit kunstvollem Schliff,
Rubine wie Herzblut.
Der große Mann an ihrer Seite
Legt es ihr an
Und schwört ihr ewige Liebe.

Als das Lied endete, applaudierten alle, und Julien Brocq erhob sich, um stehend Beifall zu klatschen. Natürlich wäre es jetzt unhöflich gewesen, ihn zu ignorieren, und so blieb Suzette auf dem Weg von der Bühne bei seinem Tisch stehen. Während Julien Brocq ihre Hand küßte, rückte ihr ein Kellner den Stuhl zurecht, ein anderer eilte mit einer frischen Flasche Champagner herbei und schenkte für sie ein.

»Mademoiselle Bernard«, sagte Brocq höflich. »Welch ein Vergnügen, Sie wiederzusehen. Sie haben mich bestimmt vergessen. Ich bin Julien Brocq. Wir haben uns bei der Filmpremiere kennengelernt.«

»Wie könnte ich Sie vergessen«, erwiderte Suzette, die sich bis vor ein paar Minuten überhaupt nicht an ihn erinnert hatte.

Er erzählte ihr, wie enorm beeindruckt er von ihrem Gesang, vom Charme ihrer Chansons und dem hervorragenden Vortrag sei. Und das sage er nicht nur, weil sie die schönste Frau im Klub sei. Wenn er es sich recht überlege, sei sie mit Sicherheit die schönste Frau, die er seit sehr langer Zeit gesehen habe – und er verbringe seine Zeit in Gesellschaft weltberühmter, weiblicher Filmstars.

Gewiß sei ihr klar, daß eine Filmkarriere nur auf sie warte.

Suzette schenkte ihm ihr Lächeln, bei dem Männer weiche Knie bekamen. Sie erklärte ihm, sie wolle kein Filmstar, sondern eine berühmte Sängerin werden.

»Aber Sie können beides sein!« beteuerte er und berührte leicht ihre Hand. »Sie sind einzigartig, das weiß ich, denn es ist mein Beruf, solche Dinge einzuschätzen. Sie können ein internationaler Star werden, glauben Sie mir, wenn Sie die richtige Führung und gute Freunde haben, die Ihnen helfen, Ihr wahres Potential zu entfalten.«

Selbst bei der schummrigen Beleuchtung des Nachtklubs sah Suzette den Glanz in seinen Augen, während er diese Schmeicheleien von sich gab. Aber Suzette hatte ihre Lektionen über Männer und ihre Triebe schon in jungen Jahren gelernt – und zwar nicht in einem behaglichen und sicheren Milieu, sondern in der Armut, dem Schmutz und der Brutalität der Rue Belleville. Dort waren die Männer unrasiert, rochen nach Knoblauch und Schweiß, waren arbeitslos und für gewöhnlich von billigem Wein trunken.

Sie versprachen jungen Mädchen, für sie zu sorgen, überredeten sie mit Schmeicheleien, sich mit dem Rücken an eine Wand zu stellen und das Kleid hochzustreifen. Diese Typen schlugen ihre Frauen und warfen sie auf das muffige Ehebett, verschafften sich ihr kurzes Vergnügen und sagten dabei ihren Opfern, sie könnten sich glücklich preisen, einen so starken Mann zu haben, der sich um sie kümmert!

Belleville oder Champs-Elysées, die Männer sind überall ähnlich und haben die gleichen Gelüste. Penner oder Direktor, fast alle wünschen, einem hübschen Mädchen unter den Rock zu greifen, das weiß jeder. Julien Brocq strebte kultivierter auf sein Ziel zu. Er ging geschickt und ruhig vor. Er hatte ein Verständnis für die Psyche der Frauen entwickelt, das er erfahren nutzte, um sein Ziel zu erreichen – an Suzettes Höschen heranzukommen. Sie wußte das, und Julien wußte, daß es ihr klar war.

»Ich liebe alle Ihre Lieder, besonders das über den Place Vendôme und das Juweliergeschäft«, sagte er. »Diese Melodie finde ich besonders ansprechend. Und der sentimentale Text ist sehr einfühlsam.«

Nach diesen Worten überraschte er Suzette, indem er eine flache, quadratische Lederschatulle aus der Tasche nahm und öffnete. Darin lag ein Armband aus Platin, das mit Diamanten besetzt war. Suzette nahm jedenfalls an, daß es Platin war, denn es war zu matt, um Gold zu sein, und sie bezweifelte, daß jemand Diamanten in Silber einfaßte. Die glitzernden Steine waren klein, zugegeben, aber zweifellos Diamanten.

Julien nahm das Armband aus der mit Samt ausgeschlagenen Schatulle, lächelte Suzette an und band es um ihr Handgelenk.

»*Voilà!*« sagte er. »Wenn Sie das nächste Mal dieses Lied singen, werden Sie das Armband tragen, von dem es erzählt.«

Er neigte sich vor, um Suzette sehr leicht auf die Wange zu küssen. *Er ist charmant*, sagte sie sich, *und er geht geschickt vor*. Sie erwiderte seinen Kuß, und ihre Lippen verweilten einen Moment auf seiner Wange. Er nahm ihr teures Parfum wahr und konnte nur mit Mühe ein Seufzen unterdrücken, das spürte sie.

»Es ist wunderschön«, sagte sie und drehte ihr Handgelenk, damit die Steine das wenige Licht im Klub einfingen und funkelten, »aber ich kann es unmöglich annehmen.«

Das überraschte Julien. Er war überzeugt gewesen, daß sein völlig offener Annäherungsversuch Erfolg haben würde. Wer hatte jemals von einer Nachtklubsängerin gehört, die ein echtes Diamantarmband ablehnte? Es verschlug ihm für einen Moment die Sprache, während Suzette das Armband abnahm und in die Schatulle des Juweliergeschäfts zurücklegte. Auf dem Deckel stand in goldener Schrift ein Name. Julien Brocq hatte das Armband tatsächlich in einem Geschäft gegenüber vom Hotel Ritz am Place Vendôme gekauft.

Er erholte sich von seiner Überraschung und bat Suzette sehr liebenswürdig, seine Geste nicht falsch aufzufassen, dies sei kein plumper Versuch, ihre Zuneigung zu erzwingen – nein, nein nein! Es sei ein Zeichen seiner Hochachtung und ebenfalls ein kleiner Beweis seiner absoluten Überzeugung, daß sie binnen kurzer Zeit ein Star sein würde. Es sei seine Art, ihrem künftigen Erfolg Anerkennung zu zollen.

Während er all dies sagte, legte er ihr das Armband wieder an und küßte so charmant ihre Hand, daß Suzette ein wenig nachgab. Sie fragte ihn, warum er glaubte, daß sie ein Filmstar werden könnte. Seine Antwort war langatmig und schmeichelhaft. Er sprach von der Schönheit ihres Gesichts und ihrer Figur, erwähnte ihre entzückende Art, ihre hervorragenden Chansons vorzutragen, ihr offenkundiges Talent, ihr dies und das ...

Suzette hörte nur halb hin. Sie hatte ein ermunterndes Lächeln aufgesetzt, die Art, bei der sich Männer besonders bemühten, um ihr zu gefallen. Aber in Wirklichkeit musterte sie Julien aufmerksam und überlegte mit scharfem Verstand, während sie Schlüsse über ihn zog.

Das Diamantarmband war wunderschön. Abgesehen davon würde es ein Zeichen von frühem Erfolg sein. Sie würde es gern besitzen. Aber sie kannte den Preis. Sie mußte eine Entscheidung treffen.

Sie schätzte Julien Brocqs Alter auf fünfzig Jahre. Er war

schwergewichtig, breitschultrig und stämmig. Sein Haar war dunkelbraun, und es gab keine graue Strähne darin; vermutlich war es gefärbt. Ein klarer Hinweis auf Eitelkeit, was nach Suzettes Meinung ein gutes Zeichen war, denn Eitelkeit ist ein hervorragendes Motiv für einen Mann, sich das Feuer der Jugend zu erhalten.

Sein grauer Anzug stammte von einem sehr guten Schneider, seine blaugestreifte Krawatte war aus Seide, und die Schuhe sahen nach Handarbeit aus, eigens für ihn angefertigt. Suzette sah eine goldene Schweizer Armbanduhr und einen dicken goldenen Ehering. Ein vermögender Mann – ein bedeutender und einflußreicher. Ein interessantes Gesicht trotz der groben Züge, dicke Augenbrauen, ein wuchtiges Kinn, das Entschlossenheit verriet.

Die Entscheidung war gefallen. Juliens Äußeres ließ darauf schließen, daß er ein starker und kräftiger Liebhaber sein würde, und das war für Suzette das wichtigste. Das Diamantarmband war nebensächlich, ein Teil des Arrangements, aber nicht von entscheidender Bedeutung. Wenn er sechzig, kahlköpfig, häßlich und langweilig gewesen wäre, hätte keine Wagenladung Armbänder Suzette dazu bewegen können, seinen unausgesprochenen Antrag ernsthaft zu erwägen. Aber er war als Mann akzeptabel. Daß sie seinen Antrag akzeptierte, indem sie das Armband annahm, hatte natürlich nichts mit der Art Arrangement zu tun, das die blonde Zoe und die vollbusige Regine eingingen. Für diese beiden ging es um den Lebensunterhalt, und sie hatten keine besonderen Talente. Sie verkauften nur ihren Körper. Darin waren sie sehr erfahren, das behaupteten sie jedenfalls. Bei einem Cognac an der Bar, bei einem entspannten Gespräch unter Frauen, wenn keine Klubmitglieder zuhören konnten, behauptete Regine, es koste ein Vermögen, mit einer ihrer *nichons* zu spielen – mit einem Rabatt von zehn Prozent, wenn sich ein Mann mit beiden beschäftigen wollte. Und ein Preis für die Benutzung ihrer anderen *agréablements* müsse ausgehandelt werden.

Zoe war oben weniger gut bestückt und lachte höhnisch über Regines Angeberei. *Qualität, nicht Quantität*, sagte sie, und dann erklärte sie, daß sie durch Übungen und Training ihre innere Muskulatur so gestärkt hatte, daß sie jeden Freier schaffen konnte, ganz gleich wie betrunken oder müde oder schlapp er war. Sie brauchte sich nur auf ihn zu legen, ihn in ihre *belle chose* zu schieben und ihm mit ihrer Muskulatur eine Massage zu verpassen.

Amüsant, ja, aber dies alles hatte nichts mit Suzette oder ihrer Entscheidung bezüglich Julien zu tun. Sie war nicht im gleichen Gewerbe wie Zoe und Regine, sie war Sängerin, das war der Unterschied. Keiner mit einer Spur von Verstand konnte das anders sehen.

Nicht, daß es eine wichtige Rolle bei ihrer Entscheidung gespielt hätte, aber zweifellos würde es andere Geschenke von Julien geben, wenn sie gute Freunde sein würden. Er würde ihr natürlich Anerkennung zollen, Beweise der Huldigung schenken, weil sie ihm ihre Gunst schenkte. Und wenn er es wünschte, später über eine mögliche Filmkarriere für sie zu sprechen, konnte es nicht schaden, ihm zuzuhören.

Sie glaubte immer noch nicht an eine Zukunft als Filmschauspielerin. Das war etwas für Schauspieler, die stolz auf ihr Profil waren, und für Frauen, die wenig außer gutem Äußeren zu bieten hatten. Und nach dem, was Suzette wußte, dauerte es Jahre, bis man ein Star wurde, Monate der Arbeit vor dem Set, während Beleuchter und Kameraleute einen herumkommandierten. Dann passierte lange Zeit nichts, bis das Studio den Film freigab. Und es folgte langes Warten, bis die Filmgesellschaft eine Rolle in einem neuen Film anbot.

Suzette war von Natur aus nicht geduldig genug für all dies. Sie war entschlossen, selbst Karriere zu machen und nicht von anderen abhängig sein zu müssen, besonders nicht von Männern. Sie hatte schon als Sechzehnjährige alles gewußt, was ein Mädchen über Männer und ihre Art wissen muß. Viele Männer waren unzuverlässig und machten oftmals große Versprechungen, die sie nicht hielten. Aber es wäre interessant, zu hören, was Julien über eine Rolle in einem seiner Filme zu sagen hatte.

Sie wußte nicht, welche Rolle Julien im Filmgeschäft spielte. War er Regisseur oder Produzent? Oder schrieb er Drehbücher? Nein, das war anscheinend zu unwichtig für einen Mann wie Julien. War er ein Finanzier von Filmen?

Als gegen zwei Uhr am Morgen die Flasche Champagner leer war, schlug Julien vor, den Klub zu verlassen. Er wußte, daß Suzette ihn begleitete, und er glühte vor Stolz und Vorfreude. Suzette nickte und entschuldigte sich, um ihre Sachen aus der Garderobe zu holen, wie sie sagte.

In Wirklichkeit sang Suzette unten ohne. Jeden Abend vor dem Verlassen der kleinen Garderobe, wenn sie sich geschminkt und überprüft hatte, daß ihre schwarzen Seidenstrümpfe keine Laufmaschen hatten, und wenn sie ihr glänzendes schwarzes Haar gekämmt hatte, hob sie ihr elegantes Kleid an und zog ihr Höschen aus, bevor sie hinausging, um zur Musik der Band zu singen.

Sie tat es, weil sie überzeugt war, daß es ihr Glück brachte. Ihr kleiner Aberglaube war auf die Nacht zurückzuführen, in der sie in einer schäbigen Kellerbar in dem Teil von Montmartre, den Touristen niemals sehen, ihr Debüt als Sängerin gegeben hatte. Betrunkene und Penner, Nutten und ihre Zuhälter waren ihr Publikum gewesen – Zuhörer, die alles andere als ihren Gesang geschätzt hatten. Sie war fast verzweifelt und hätte beinahe auf eine Karriere als Sängerin verzichtet.

Aber es hatte einen Wendepunkt in ihrem Leben gegeben, als sie die Treppe aus dem Kellerlokal emporgestiegen und auf die fast verlassene Straße getreten war, um in einer Pause die Nachtluft zu genießen. Ein unbekannter junger Mann mit Rollkragenpullover war ihr gefolgt, küßte ihre Hand und pries ihren Gesang – und er zog ihr in einem Torweg den Slip aus. Zugegeben, es war ein elender und trostloser Platz, geeigneter zum Schlafen für Penner als zu einem Liebesakt. Auf einem Schild an der Wand stand *Urinieren verboten!*

Dennoch gab die Bewunderung dieses Fremden

Suzette neue Kraft, und ihr Wille, erfolgreich zu werden, erholte sich. Sie kehrte in die schäbige Kellerbar zurück und sang mit neuer Begeisterung.

Der junge Mann mit dem Rollkragenpullover war Student und hatte sich in Suzette verliebt. Es war Michel Radiguet, der Poet, der eines Tages aufgetaucht war und ihr seine Gedichte in die Hand gedrückt hatte. Seit jener Nacht in Montmartre ging es für Suzette aufwärts. Binnen eines Jahres machte sie sich einen Namen als *chanteuse* und wurde begehrt und einigermaßen gut bezahlt. Und sie war überzeugt, daß es ihr Glück brachte, wenn sie ohne Höschen sang.

Julien Brocq hatte nicht versucht, ihr an die Wäsche zu gehen, als sie über Diamantarmbänder und andere Symbole der Hochachtung und Zuneigung geplaudert hatten. Vielleicht war er zu höflich oder zu respektvoll, um sich zu diesem Akt männlicher Überlegenheit hinreißen zu lassen, doch Suzette bezweifelte das. Für sie waren die Männer alle gleich – sie wollten nur das eine. Und Gott sei Dank hatte er sich zurückgehalten! Vielleicht hatte er das Gefühl gehabt, daß sich ihre Bekanntschaft noch etwas mehr entwickeln mußte, bevor er intimer wurde.

Wenn er eine Hand unter ihr schwarzes Chiffonkleid geschoben hätte, um ihren nackten Oberschenkel über ihren Strapsen zu streicheln, hätte er eine interessante Entdeckung gemacht – eine aufregende. Es war sein Pech, daß er nicht abenteuerlustig genug gewesen war.

Als Suzette wieder in ihrer Garderobe war, hob sie ihr Kleid an und zog ihr schwarzes Seidenhöschen an. Es war äußerst elegant, und es verhüllte bemerkenswert wenig von ihr. *Wie es sein sollte*, dachte sie, als sie sich im Spiegel betrachtete. *Wir müssen die Schönheit pflegen, die uns gegeben wurde.*

Julien hatte ein Taxi bestellt, und es wartete am Bordstein. Henri, der Portier des Klubs, stand daneben und wartete anscheinend auf ein Trinkgeld. Suzette stieg in den Wagen und wandte sich an Julien, um ihm ihre Adresse zu nennen – sie zog es vor, neue Bekannte in ihrer eigenen Wohnung zu unterhalten, anstatt mit ihnen an fremde Orte zu fahren. Eigentlich bestand sie darauf, bis sie sich besser kannten. Und es gab keinen Grund für die Begleiter, Bedenken zu äußern, denn die Freundin, mit der Suzette sich das Appartement teilte, war auf Tournee.

Aber Julien hatte dem Taxifahrer bereits gesagt, wohin er fahren sollte.

»Zum Hotel Ritz?« fragte Suzette und hob ihre perfekt geschwungenen Augenbrauen. »Wohnst du dort, Julien?«

»Ich habe dort eine ständige Suite für geschäftliche Treffen, verstehst du?« sagte er. »Und wenn es bei Essen mit Stars ausländischer Filmverleihe oder anderen Leuten zu spät wird, übernachte ich dort, um mir die Heimfahrt zu ersparen. Magst du das Ritz?«

Er wartete nicht auf eine Antwort. Er nahm an, daß sie ihm bei allem, was er sagte, völlig zustimmte. Und wenn sie zufällig anderer Meinung sein sollte, würde er das ignorieren. Er plauderte über die Vorteile, sich eine Suite auf ständiger Basis zu halten, und Suzette gelangte zu dem Schluß, daß er die Miete nicht aus eigener Tasche bezahlte. Die Suite wurde von der Firma bezahlt, die er ganz oder teilweise besaß oder für die er arbeitete. Vielleicht war das Armband ebenfalls aus dieser Quelle bezahlt worden.

Das Taxi fuhr äußerst schnell die Champs-Elysées hinunter, und Suzette fand es angenehm, daß Julien einen Arm um sie legte und sie küßte, wie es sich ihrer Ansicht nach gehörte.

Sie erinnerte sich immer noch mit leichtem Ärger an ihre keusche Taxifahrt mit Antoine Ducasse, der nur ihre Hand gehalten hatte. Aber Julien war kein weicher Narziß von Schauspieler, er war ein Mann der Tat, der Entscheidungen fällte und es gewohnt war, seinen Willen durchzusetzen. Mit der freien Hand streichelte er Suzettes Brüste, während er sie küßte, und gab anerkennende kleine Laute von sich.

Dieser Mann braucht wenigstens nicht durch Schmeicheleien heiß gemacht zu werden, dachte Suzette, als sie die

Hand auf die Wölbung seiner Hose legte. *Er braucht nicht sein Spiegelbild zu sehen, um auf Touren zu kommen. Er wird wegen meines Körpers erregt werden, wie es sein sollte.*

Die herrliche Suite war elegant möbliert im Stil des neunzehnten Jahrhunderts. Im Wohnzimmer nahm Julien Suzette in die Arme, preßte sie an sich und küßte sie. Nach ein paar Sekunden spürte sie den Druck, der seine Erektion verriet, an ihrem Leib. Julien versprach ein fähiger Liebhaber zu werden.

Suzette war groß, wie es für ein Showgirl nötig war, und Julien war durchschnittlich groß für einen Mann. Als sie sich umarmten, waren ihre Augen auf gleicher Höhe. Und während der Kuß andauerte, streichelte Julien mit beiden Händen über ihren Rücken hinab bis zu den köstlichen Rundungen ihrer Pobacken.

Männer können so unmöglich ungestüm beim Sex sein, dachte Suzette und wand sich sinnlich unter seinem Streicheln.

Sie streichelte Juliens Nacken und Hinterkopf und flüsterte einen Vorschlag in sein Ohr.

»Ja«, sagte er atemlos. Er legte einen Arm um sie und führte sie in ein beeindruckendes Schlafzimmer.

Julien zog hastig sein Jackett und die Krawatte aus und widmete sich eifrig der köstlichen Aufgabe, Suzette zu entkleiden. Er zog ihr das Kleid, die Schuhe und die Seidenstrümpfe aus. Mindestens ein dutzendmal küßte er jeden Teil ihres Körpers, den er entblößte, und zwei oder dreimal sooft ihre nackten Brüste. Suzette genoß seine Zärtlichkeiten und überließ ihm beim ersten Zusammensein die Initiative. Später würde er feststellen, daß sie im Bett keineswegs eine passive Partnerin war, sondern ihre eigenen kleinen Launen und ihre eigene Vorstellung von Vergnügen befriedigen mußte. Aber im Augenblick war Julien der König.

Suzette stand nackt bis auf ihr kleines Seidenhöschen und das Diamantarmband neben dem großen Bett. Sie hatte sich entschlossen, das Armband für immer zu tragen. Es war ihre Trophäe. Julien sank auf dem orientalischen Teppich auf die Knie. Er umfaßte ihre Pobacken unter der dünnen Seide, küßte ihren Bauch und liebkoste mit feuchter Zunge ihren Bauchnabel.

»Zieh mir den Slip aus, *chérie*«, murmelte sie und wünschte sich, seine feuchten Küsse zwischen ihren Schenkeln zu spüren.

»Ja!« sagte er mit jungenhaftem Eifer.

Aber er schob nicht die Hand unter den Bund, um das Höschen über ihre wohlgeformten Schenkel hinabzustreifen. Nichts so Durchschnittliches! Er preßte das Gesicht auf ihren Leib und begann mit den Zähnen, den Hauch von Seide zu zerreißen. Seine Hände blieben dabei auf ihrem Po.

Suzettes Höschen war am Bund und an den Beinen mit Spitze besetzt. Julien warf den Kopf hin und her und zerrte mit den Zähnen an dem Spitzensäumen.

Sie grub die Finger in das gekräuselte, braune Haar oberhalb seiner Ohren. Er war wild und stark. Sie hörte das Reißen von Seide und spürte, wie sich das hauchdünne Material teilte.

»Julien!« rief sie, und durch sein ungestümes Vorgehen war sie feucht geworden. Sie krallte die Finger in sein Haar.

Er grub die Fingernägel tiefer in ihre Pobacken, während er die restliche Seide mit den Zähnen aufriß, bis sie nackt war.

Suzette hörte Julien nach Luft schnappen, als er ihre glattrasierte Scham sah.

Er tat, was Suzette von ihm erwartete. Er preßte den Mund auf die rosigen Lippen und huldigte dieser Schönheit mit der Zunge. Sie spürte, wie ein letzter Seidenfetzen an ihrem Bein hinabglitt. Jetzt war sie völlig nackt bis auf das glitzernde Armband.

Julien stand auf und riß sich die Kleidung vom Leib. Suzette sah ihn zum ersten Mal nackt. Sein stämmiger, muskulöser Körper war von den Schultern bis zum Bauch und den Oberschenkeln mit einem Pelz von braunen Haaren bedeckt. Sie starrte ihn an, überrascht von seiner starken Behaarung. Dann lächelte sie, als ihr Blick tiefer glitt und sie sein Glied sah, das steif und in scharfem Winkel aus dem dicken Busch von dunkelbraunem, gekräuseltem Haar ragte. Es gab nicht mal eine Spur von Grau in dem Haar. Offenbar machte er sich die Mühe, seine unteren Locken zu färben wie die auf dem Kopf.

Suzette legte sich aufs Bett mit der blaßblauen Überdecke. Sie konnte es kaum erwarten, ihn in sich aufzunehmen. Aber als sich sein starker Körper auf sie senkte und Julien sich mit den Armen abstützte, schmiegte er zuerst das Gesicht auf ihre Brüste und küßte mit der warmen Zunge die harten Spitzen.

»Ja ... ja!« seufzte Suzette und öffnete sich weit für ihn. Ihr stockte der Atem, als sie ihn in sich spürte.

Er nahm sie hart und fordernd. Der Teil ihres Verstandes, der noch zu klarem Denken fähig war, sagte ihr, daß sie in Wirklichkeit keine großen und so wilden Männer mochte, haarige Affen, die sie fast mit ihrem Gewicht erdrückten ... doch sie war ungemein erregt durch Juliens Art, wie er ihr köstliche Wonnen bereitete ... und dann gab es kein klares Denken mehr, denn der Höhepunkt nahte!

»Ah, Suzette!« stöhnte er.

Heiße Wellen der Lust erfaßten sie.

Oh, was für ein Mann, dachte sie, als er sie in immer schnellerem Rhythmus zur Ekstase und auf den Gipfel der Lust trieb. *Welch ein wilder Kerl! Was macht er mit mir? Er treibt mich in den Wahnsinn! Es ist köstlich! Es sollte niemals enden! Er hat mich so feucht und heiß gemacht – ich spüre, daß es mir kommt! Ja, er ist so wild und stark ... so wunderbar ... ja, ja, ja!*«

Und einen Moment später erreichten sie beide den Gipfel. Suzette hatte das Gefühl, von heißen Wogen der Lust überschwemmt zu werden. Es war eine Erfüllung, die scheinbar niemals endete.

Antoine und eine Schauspielerin

Leonie Laplace als Antoines Mätresse zu bezeichnen, wäre irreführend. Ein so egozentrischer Mann wie Antoine Ducasse hatte kein großes Verlangen nach der Liebe einer besonderen Frau, und er konnte kaum die Zeit erübrigen, die nötig war, um sich um eine Frau richtig zu kümmern. Leonie war jedoch eine Ausnahme in seinem Leben, seit er sie kennengelernt hatte. Das war vor fast zehn Jahren gewesen, als er ein aufstrebender junger Anfänger im Theater gewesen war.

Leonie war damals sehr berühmt gewesen, eine der gefeierten Schauspielerinnen auf den Pariser Bühnen. Und natürlich war sie viel älter als Antoine, fast zwanzig Jahre, wenn es nötig ist, in einer solch heiklen Sache genau zu sein. Wie alle Welt wußte, hatte sie sich von ihrem dritten Mann scheiden lassen und öffentlich geschworen, sich nie wieder der Gnade eines anderen Mannes auszuliefern.

Sie war groß und schlank, wirkte elegant und eine Spur hochmütig, wie man es von einer so bedeutenden Persönlichkeit erwarten konnte. Für Antoine war Leonie mit dem kastanienbraunen Haar fast so etwas wie eine Göttin, eine große Dame des Theaters, die geachtet und bewundert wurde. Er verliebte sich in sie auf den ersten Blick. Das wäre jedenfalls der Fall gewesen, wenn er die Fähigkeit gehabt hätte, sich in jemanden zu verlieben außer in sich selbst.

Und Madame Laplace lächelte huldvoll diesen gutaussehenden jungen Mann an, als er ihr vorgestellt wurde. Sie plauderte ein wenig mit ihm und fand ihn sympathisch. Es war sehr gut, der Presse zu erklären, daß sie zuviel unter grausamen, gefühllosen und dummen Männern gelitten hatte und sich nie wieder verlieben würde. Andererseits verlangte ihr Hochmut, einen passenden Mann auf den Knien zu ihren Füßen zu haben. Es wurde von einer Berühmtheit wie ihr erwartet, ihr Publikum forderte das förmlich. Und ihre Freundinnen würden hinter vorgehaltener Hand über ihren verblassenden Charme tuscheln, wenn sie zu oft allein gesehen wurde.

Doch in den Jahren der Erfahrung in vielen Betten war Leonie zu dem Schluß gelangt, daß Männer unzuverlässige Geschöpfe waren. Ein Mann in mittleren Jahren mochte zärtlich und verständnisvoll sein, doch das nutzte ihr nichts. Sie mußte einen *jungen* Geliebten haben, das war nötig für ihr Image in der Öffentlichkeit. Durch ihre Schauspielkunst und drei Ehen war Leonie sehr wohlhabend. Abgesehen davon, daß junge Männer selten Geld hatten, würde jeder, dem sie eine intime Freundschaft gewährte, von ihr finanzielle Großzügigkeit erwarten. Das war überhaupt nicht nach ihrem Geschmack.

Es war leicht für sie, Antoines geheime Natur zu erkennen, denn sie war ebenfalls ziemlich selbstverliebt – wer im Theatergeschäft war das nicht? Sie war der Meinung, ihn problemlos in den Typ Geliebten umwandeln zu können, den sie brauchte.

Sie schlug vor, daß er sie am nächsten Nachmittag anrief. Dann würde Sie ihn gern beraten und ihm bei seiner angestrebten Bühnenkarriere helfen. Der neunzehnjährige Antoine war überwältigt und konnte sein Glück nicht fassen. Die große Leonie Laplace hatte sein Talent erkannt und interessierte sich für ihn!

Am nächsten Nachmittag stellte sich heraus, daß ihr Interesse an ihm sehr intim war. Zuerst überraschte ihn das, aber dann hielt er es nur für recht und billig. *Ich sehe schließlich hervorragend aus und bin hoch talentiert!* sagte er sich.

Zu dieser Zeit wohnte Antoine in einem billigen und ziemlich ungemütlichen Zimmer in einem kleinen Hotel. Leonie hatte ein Appartement in einem modernen Gebäude auf dem linken Seineufer, am Boulevard du Montparnasse, nicht weit vom *Le Dome* und *La Coupole* entfernt, wo er gelegentlich etwas trank oder aß. Und auf der Terrasse des *Le Dome* hatte Antoine Leonie kennengelernt. Eines Nachmittags war sie mit einem Gefolge von Theaterfreunden dort, als er allein eintraf, um eine Tasse Kaffee zu trinken – alles, was er sich finanziell erlauben konnte.

Er erkannte die große Leonie Laplace auf Anhieb, aber wer hätte sie nicht erkannt? Sie stand auf der obersten Sprosse der Karriereleiter, er auf der untersten. Dieses kurzgeschnittene kastanienbraune Haar, sozusagen ihr Markenzeichen! Dieses längliche, intelligente Gesicht, diese atemberaubende Stimme, die aus zwei Tischen Entfernung herüberdrang! Die große Leonie!

Das gütige Schicksal hatte sogar bestimmt, daß einer aus dem aufmerksam zuhörenden Gefolge, der bei Madame Laplace saß, ein flüchtiger Bekannter von Antoine war. Es war ein Schauspieler namens Lanette, der einmal vorgesprochen hatte, ohne die Rolle zu bekommen.

L'audace, et encore de l'audace, et toujours de l'audace! wie dieser unglückselige Politiker Georges Danton bei lange vergessenen revolutionären Anlässen deklamiert hatte. Vielleicht war Kühnheit kein großer Teil von Antoines Natur, aber dies war eine große Chance, die er nutzen wollte. Sofort stand er auf, ging über die Terrasse und schüttelte dem überraschten Lanette mit der Herzlichkeit eines alten, lieben Freundes die Hand.

Leonies Blick fiel auf den gutaussehenden jungen Fremden, und sie lächelte ihn huldvoll an. Und da klar war, daß Lanette sich nicht an den Namen des ›Freundes‹ erinnern konnte, stellte Antoine sich selbst vor und drückte überschwenglich seine Bewunderung für Madame Laplace aus – und so weiter und so weiter.

Am nächsten Nachmittag war er in ihrem eleganten Appartement in einem Salon, der im Empirestil eingerichtet war. In diesen wie in anderen Dingen war Leonie traditionsbewußt. Sie hatte schließlich ihre Karriere mit Rollen von Klassikern des Theaters geschafft, besonders mit den Tragödien von Corneille und Racine, die jeder Kultivierte hochschätzt und mit denen kein vernünftiger

Mensch nach der Schulzeit mehr behelligt werden möchte.

Madame Laplace lud Antoine freundlich ein, sich neben ihr auf ein gelbgestreiftes Sofa mit langen, dünnen Beinen zu setzen. Sie plauderten eine halbe Stunde lang – das heißt, Leonie plauderte, und er hörte zu und murmelte von Zeit zu Zeit Laute der Zustimmung oder Anerkennung ihrer Intelligenz und ihres Esprits. Als Leonie erkannte, daß sie ihn völlig im Griff hatte, beschleunigte sie die Prozedur erfahren. Antoine war so erfreut, in ihrer Gesellschaft zu sein und von ihr ernst genommen zu werden, daß er gar nicht mitbekam, wie sie seine Hand ergriff. Oder wie eng sie auf dem Sofa an ihn heranrückte.

Als sie ihn küßte, akzeptierte er das und küßte sie freundlich ebenfalls auf die Wange. Das Küssen ging weiter, und Leonie murmelte zwischendurch schmeichelnd, wie gut Antoine aussehe und welch hinreißende Augen er habe.

Daß ihm eine große Dame des Theaters auf diese Weise den Hof machte, war so überwältigend für Antoine, daß er überzeugt war, gestorben und im Paradies zu sein. Ihre zarte Hand war unter seiner Jacke, streichelte zärtlich über seine Brust, und kleine Wonneschauer durchrieselten ihn.

Möbel im Empirestil sind nicht dafür geschaffen, um sich darauf auszustrecken. Die Damen und Herren dieser Ära saßen kerzengerade da und unterhielten sich höflich; der Austausch von intimeren Themen war der Privatsphäre und der Bequemlichkeit des Schlafgemachs vorbehalten. Aber die gesellschaftlichen Sitten haben sich verändert – so räkelte sich Antoine lässig, den Kopf auf der gepolsterten Rückenlehne des Sofas, die Beine gespreizt über einem roten und goldfarbenen Aubussonteppich. Leonie neigte sich über ihn, und er blickte bewundernd zu ihr auf.

»Ich glaube, ich liebe dich«, sagte er leise.

Sie sah die Wölbung seiner Hose und streichelte federleicht mit den Fingerspitzen darüber.

»Natürlich liebst du mich«, sagte sie lächelnd.

46

Sie spürte, daß es unter dem Stoff zuckte, eine Reaktion, die beredter war, als alle Worte hätten sein können.

Er öffnete den Mund ein wenig, doch er sagte nichts mehr. Er seufzte leicht ungläubig, als sie seine Hose öffnete, in den Slip griff und sein heißes, pulsierendes Glied umfaßte.

Natürlich hatte Leonie nicht vor, Antoine hier im Salon zu lieben, wenn ihr bequemes Schlafzimmer nur ein paar Schritte entfernt war. Sie wollte nur sicherstellen, daß dieser gutaussehende junge Mann in leidenschaftlicher Stimmung war, bevor sie ihn ins Schlafzimmer führte und ihm erlaubte, sie zu entkleiden und ihren nackten Körper zu küssen.

Aber sie unterschätzte die verheerende Wirkung, die sie auf Antoine hatte. Er war so erregt, daß er es keine Minute aushielt. Als sie seine zuckende Männlichkeit in der Hand hielt, kam es ihm schon! Es bedurfte keines zärtlichen Streichelns, dazu blieb keine Zeit. Sein Blick wurde verschleiert, er schnappte nach Luft und seine Leidenschaft ging mit ihm durch.

»Ja, du liebst mich bestimmt«, sagte sie überrascht und mit einem gezwungenen Lächeln, »aber kommt es dir immer so schnell?«

Sein Gesicht rötete sich bei dem angedeuteten Tadel. Er setzte sich auf und wischte sich den Bauch mit seinem Hemd ab. Dann ergriff er Leonies Hand, deren Berührung ihn so unerwartet in Ekstase versetzt hatte, und küßte sie ehrerbietig.

Er sagte ihr, er sei von ihren Aufmerksamkeiten überwältigt gewesen, und er spulte den üblichen Blödsinn ab, den Männer in peinlichen Situationen dieser Art herunterrasseln – wegen der himmlischen Gefühle, die ihre Zärtlichkeit in seinem Herzen ausgelöst hatte, habe er die Kontrolle über sich verloren –, und er werde sie von nun an anbeten und leidenschaftlich seine Pflicht erfüllen. Und so weiter.

Leonie lächelte leicht, während sie zuhörte. Wenn ein anderer Mann so übertriebene Schmeicheleien von sich gegeben und versucht hätte, ihre allseits bekannte Gutmütigkeit auszunutzen, dann hätte sie nicht gezögert, ihn mit Tritten die Treppe hinunterzubefördern – ihr Appartement lag im ersten Stock. Aber sie spürte, daß etwas Besonderes an Antoine war, und so hörte sie sich aufmerksam seine Worte an. Und sie registrierte das Unausgesprochene hinter diesen Worten, das wichtiger war.

Leonie liebte es, gepriesen, auf einen Thron gesetzt und verehrt zu werden, besonders von gutaussehenden jungen Männern. Und ganz besonders, wenn sie ihre Hochachtung zeigten, indem sie ihr die Füße küßten, wie es dieser jetzt tat, auf den Knien auf ihrem Aubussonteppich.

Er war noch gehorsamer als sie, die große Leonie Laplace, von einem Mann erwarten durfte! Er zog ihr die hochhackigen Schuhe aus und küßte ihre Füße, die Zehen, den Spann, den Absatz und alles, was von ihren Seidenstrümpfen bedeckt war.

Das war äußerst befriedigend für Leonies Ego, aber es verschaffte ihr keine Befriedigung auf andere Weise. Sie mußte ihn zu höheren Dingen treiben, mit denen er seine demütige Unterwerfung zeigte.

Nach dem Küssen der Füße und Antoines überschwenglicher Versicherung, sie ewig anzubeten, schenkte ihm Leonie ihr huldvollstes Lächeln, stand auf, zog ihn auf die Füße und führte ihn in ihr Schlafzimmer.

Leonies Schlafzimmer war mehr ein Liebestempel als ein Ort zum Schlafen. Es wurde von einem riesigen Himmelbett beherrscht, das mit blaßgoldenen Seidengirlanden verziert war. Leonie Laplace auf diesem Bett zu besitzen, war eine Ehre – der glückliche Liebhaber verließ sie am nächsten Tag im Stand der Gnade.

Oder so sollte es sein. Aber die menschliche Natur ist gegensätzlich, und die Dinge entwickelten sich nicht immer zu Leonies völliger Zufriedenheit. Es war bekannt, daß Geliebte, die sich ihrer intimsten Gunst erfreut hatten, grinsend und stolz auf ihre Leistung davongingen und ihnen nicht klar war, welch eine Ehre ihnen zuteil geworden war. Diese Undankbaren aber wurden nie mehr eingeladen.

Ebensowenig diejenigen, deren sinnliche Bemühungen nicht über einen einzigen Akt hinausgingen. Sie wurden sehr schnell diplomatisch fortgejagt. Es gab kein Menü mit nur einem Gang.

Leonie erwartete, ein interessantes Horsd'œuvre serviert zu bekommen, dann einen kräftigen Hauptgang, der befriedigend, aber nicht sättigend war, und ein leichtes und schmackhaftes Dessert.

Und wenn der Mann noch zu einer weiteren Nachspeise in der Lage war, um das Menü abzurunden, vielleicht ein kleines *croque-monsieur*, – um so besser!

Wenn die Zeit knapp und der Liebhaber von besonderem Interesse für sie war, gab sich Leonie manchmal mit zwei Gängen zufrieden, sozusagen mit einer Snack-Mahlzeit. Aber sie fand dies nicht sehr gut für sich. Sie hielt es nur für eine Notlösung, gewiß nicht für ihre bevorzugte Kost.

Leider bekommen nicht viele in dieser unvollkommenen Welt, was sie wünschen, und manchmal stellen sie fest, daß sie das Gewünschte nicht mögen, wenn sie es bekommen. Leonies dritter und letzter Mann, Matthieu Le Vey, war ein Mann mit großem Appetit und mit Kraft, und er konnte ihr drei nächtliche Gänge servieren – wenn er in der richtigen Stimmung war, sogar vier oder sogar fünf. Unglücklicherweise war er von Natur aus grob und zollte ihr keinen gebührenden Respekt.

Seine harte Art war für Leonie so neu, daß sie davon vor der Heirat wie verzaubert war. Sie fand es äußerst erregend, hart genommen zu werden. Matthieus grobe Behandlung trieb sie wiederholt zur Ekstase. Er beschränkte sein Menü nicht auf einzelne Gänge, er war kein Gourmet, sondern unersättlich. Er machte immer weiter, bis er satt war, und dann rollte er sich auf die Seite und schlief sofort ein. Nach einer Nacht mit Leonie schlief er bis zum Mittag des nächsten Tages, und wenn er aufwachte, fühlte er sich wie ausgewrungen, aber sehr, sehr befriedigt.

Als sie verheiratet waren, machte er auf genau die gleiche Weise weiter. Dies hätte sie nicht wundern sollen – er war ein halbes Jahr lang ihr Geliebter gewesen –, aber es überraschte sie. Sie reisten in den Flitterwochen nach Ägypten – Leonie wollte die antiken Stätten sehen, an denen Kleopatra, die herrische und tragische Königin, das Schicksal ereilt hatte. Und es begann gut genug, denn Matthieu ließ nie eine Nacht aus. Leonie erwachte jeden Tag so glücklich wie eine achtzehnjährige Braut an ihrem ersten Morgen. Aber drei solcher Wochen brachten sie an den Rand völliger Erschöpfung. Nie in ihren wildesten Träumen hätte sie es für möglich gehalten, von einem Mann im Bett so sehr entkräftet zu werden.

Als sie wieder in Paris waren, wurde es nötig, Matthieu abzuwehren, damit er sie wenigstens jede zweite Nacht in Ruhe ließ. Leonie sah im Spiegel dunkle Ringe unter ihren Augen, sie hatte vier Kilo abgenommen und ging ein bißchen o-beinig. Sie wünschte sich nichts sehnlicher, als allein ins Bett zu gehen und eine Woche lang zu schlafen.

Matthieu war erstaunt, als sie ihm das sagte. Er war sich gar nicht darüber im klaren, wie sehr er sie forderte. Zuerst war er gekränkt, dann wütend. Er wollte von ihr wissen, ob ein Mann natürliche Rechte hatte oder nicht. Seine eigenen Vorstellungen waren klar. Er bestand auf der Durchsetzung seiner Rechte. Auf keine einzige Nacht mit ihr wollte er verzichten. Nicht mal auf einen Nachmittag, wenn er das wünschte. Leonie nahm sich das Recht der Verweigerung. Matthieu wurde schließlich verdrießlich. Sie mußte ihn loswerden. Deshalb die Scheidung.

Andere Männer hatten Leonie auf andere Weise enttäuscht. Aber das entmutigte sie nur kurz. Sie war stets bereit, es wieder zu versuchen, und ihre Erwartungen blieben hoch. Und sie erkannte ein gewisses Potential in Antoine Ducasse. Vielleicht war es möglich, ihn zu dem Liebhaber zu formen, den sie sich wünschte: gehorsam und bewundernd, ausreichend dankbar und begierig darauf, ihr zu gefallen; ihre Zeit oder Aufmerksamkeit nur fordernd, wenn es *ihr* paßte.

Während Antoine beim ersten Anblick ihres Schlafzimmers der Atem stockte, setzte Leonie ihn auf das Himmelbett. Da saß er dann, ohne etwas zu unternehmen. Sie unternahm etwas. Sie zog ihn aus. Und als seine Hose um die Knöchel hing und sein Jackett und die Krawatte auf dem Boden lagen, stellte Leonie sich vor ihn hin, zog ihre blaßgelbe Seidenbluse und den BH aus und ließ ihn die kleinen, birnenförmigen Brüste sehen. Natürlich seufzte er tief, als er sie sah, aber er berührte sie nicht, wie jeder andere Mann es getan hätte.

Ihre Annahme war richtig: er würde passiv sein, und sie mußte die Initiative übernehmen. Wenn sie ihn wie gewünscht unter Kontrolle halten konnte, würde sie einen außergewöhnlich gutaussehenden jungen Geliebten haben. Sie zog ihren Slip aus, um die Löckchen zwischen ihren schlanken Schenkeln zu entblößen, und sie wünschte, daß er die kastanienbraune Pracht bewunderte.

Antoine brabbelte unzusammenhängende Worte der Bewunderung. Er war hingerissen von dem Anblick, doch seine Hände blieben flach auf dem Bett zu seinen Seiten liegen. Leonie trat näher auf ihn zu, bis ihre Beine mit den Seidenstrümpfen seine Knie berührten. Sein Glied ragte steif aus der Unterhose hervor, und Leonie fragte sich, ob es ihm beim Anblick ihrer Reize vielleicht wieder kommen würde. Das wäre zu lächerlich. Einmal konnte sie ihm noch verzeihen, zweimal wäre eine unmögliche Beleidigung!

Um solch eine Katastrophe zu verhindern, ließ sie sich auf die Knie nieder und schob sich noch näher an ihn heran. Sie setzte sich rittlings auf Antoines Schenkel und ließ sich langsam hinabsinken, bis ihre feuchten Lippen zwischen den Schenkeln ihn berührten. Er schnappte nach Luft, als sie ihn umfaßte und den purpurfarbenen Kopf in sich einführte. Sie ergriff seine Handgelenke und legte seine Hände auf ihre Pobacken.

»Küß mich, Antoine«, forderte sie und neigte sich vor, bis ihr Mund dicht vor seinem war. Und während dieses Kusses, heiß und fordernd ihrerseits, bebend und bereitwillig seinerseits, ließ sie sich weiter auf ihn sinken, bis sie ihn ganz in sich aufgenommen hatte.

»Leonie«, murmelte er und wagte es, zum erstenmal ihren Vornamen zu benutzen, »Leonie ... *je t'adore* ...«

»Natürlich«, rief sie, und ihr längliches Intellektuellengesicht rötete sich, als köstliche Lustgefühle in ihr aufstiegen. Sie bewegte sich auf seinem Schoß auf und ab, benutzte ihn zu ihrem Vergnügen und hörte ihn dann plötzlich aufschreien, als sein Höhepunkt kam. Sie spürte ihn in sich förmlich explodieren und verdoppelte ihre Bemühungen.

Ihr Tempo wurde noch schneller. Sie wußte, daß er fertig war, aber er war noch nicht erschlafft und konnte sie noch befriedigen. Ihre birnenförmigen, kleinen Brüste wippten im Rhythmus ihrer Bewegungen, und dann kam für sie der Moment! Sie biß in Antoines nackte Schulter, seufzte langgezogen und gab sich ihrer Ekstase hin.

Das war ihr erster gemeinsamer Sex gewesen, vor über neun Jahren. Seither hatte sich viel verändert. Antoine war jetzt achtundzwanzig und gut etabliert im Schauspielberuf, hauptsächlich wegen Leonies Einfluß und ihrer Beratung. Er war vielleicht kein Spitzenschauspieler, aber das würde er im Laufe der Zeit werden. Sein gutes Aussehen hatte sich noch verbessert, wenn das überhaupt möglich war. Er kleidete sich jetzt gut und war selbstsicherer.

Leonie Laplace war mit sechsundvierzig noch auf dem Höhepunkt ihrer Karriere – sie behauptete jedenfalls, sechsundvierzig zu sein, aber über das Alter von Schauspielerinnen kann man bestenfalls Mutmaßungen anstellen. In einer Hinsicht hatte sich überhaupt nichts geändert. Antoine war weiterhin ihr hingebungsvoller Diener, sozusagen ihr offizieller Geliebter, obwohl das kaum ihrer wahren Beziehung entsprach. Sie wurde in der Öffentlichkeit mit ihm gesehen, bei Premieren, bei wichtigen Partys, auf Bildern in Illustrierten und Zeitungen.

Wenn sie in der Stimmung dazu war, jetzt in älteren Jahren selten mehr als zwei- oder dreimal pro Woche, bestellte sie Antoine in ihr Appartement, führte ihn ins Schlafzimmer und entkleidete ihn. Die Initiative ging immer von ihr aus, nie von Antoine. Jahre der Vertrautheit hatten seine Standhaftigkeit verbessert, und er reagierte nicht mehr übererregt und zu schnell.

Er konnte sich sogar beim zweiten und dritten Mal zurückhalten, bis Leonie ihren Höhepunkt erreichte, solange das nicht zu lange dauerte.

Zehn Tage nach seinem Erscheinen bei der Filmpremiere erhielt Antoine von Madame Laplace Bescheid, daß sie ihn an diesem Nachmittag um siebzehn Uhr zu sich wünschte. Er fand merkwürdig, daß sie ihn nicht selbst anrief; die Botschaft wurde ihm von der Concierge des Gebäudes in der Rue des Beaux-Arts überbracht, in dem er jetzt wohnte. Jemand hatte im Namen von Madame angerufen, sagte die Concierge, und sie gebeten, die Botschaft zu übermitteln.

Antoine traf pünktlich um siebzehn Uhr vor Leonies Appartement ein – sie wurde wütend, wenn jemand sie warten ließ, obwohl sie selbst notorisch unpünktlich war. Er klingelte, und nach ein paar Sekunden wurde die Tür geöffnet. Was dann geschah, hatte für Antoine die Dimensionen eines schrecklichen Alptraums.

Leonie war in Schwarz gekleidet, ein glanzloses Schwarz, das durch keinerlei Schmuck und keine Spur von Farbe aufgelockert wurde. Ihr Gesicht wirkte weißer als jedes lebende menschliche Gesicht sein konnte, und ihr kurzes kastanienbraunes Haar war streng zurückgekämmt und festgesteckt. Bevor Antoine ein Wort zu dieser furchteinflößenden Erscheinung sagen konnte, packte sie ihn an der Krawatte und zerrte ihn in die Wohnung, knallte die Tür zu und schlug ihm mit beiden Händen abwechselnd ins Gesicht. Mehrmals.

»Aber ... aber ... aber ...«, stammelte er und hielt die Hände vors Gesicht, um sich vor ihren Schlägen zu schützen.

»Ah, wage es nur, eine Hand gegen mich zu heben!« kreischte sie, und ihr Gesicht war vor Zorn und Haß so verzerrt, daß er sie kaum als die Frau wiedererkannte, mit der er so lange vertraut war.

»Ja, schlag mich nur und mißhandele meinen hilflosen Körper!« schrie sie. »Tu meinem Fleisch weh, wie du meinem Herzen weh getan hast, du undankbarer Dreckskerl!«

Sie ohrfeigte ihn abermals, und er wich vorsichtig zurück – er nahm an, daß sie den Verstand verloren hatte. Er ging rückwärts, bis er im Salon war und gegen einen der Sessel im Empirestil stieß. Leonie schlug ihm wieder ins Gesicht, und er fiel rücklings in den Sessel.

Sofort sprang sie ihn an wie eine Tigerin, packte ihn an der Kehle und drückte ihm ein Knie schmerzhaft zwischen die Beine.

Sie bedachte ihn mit vielen unflätigen Namen, und ihre Fingernägel gruben sich in die weiche Haut seines Nackens. Er flehte sie an, aufzuhören, und sie antwortete mit einer langen, bitteren Tirade über Verrat, Falschheit und Untreue.

Einige der Sätze, die sie ihm ins Gesicht schleuderte, klangen für Antoine vertraut. Er hatte den Eindruck, daß sie eine Rolle aus einem der Dramen spielte, mit denen sie berühmt geworden war, die der Phädra oder Medea oder Kleopatra oder irgendeiner anderen tragischen Heldin. Das Wort, auf das es ankam, war *tragisch*, und er erkannte, daß es für ihn tragisch werden konnte, wenn er nicht bald ihre Hände von seiner Kehle wegbekommen konnte.

Mit erschreckender Klarheit verstand er den Grund ihres Zorns. Auf dem Sofa lag die jüngste Ausgabe eines berühmten Nachrichtenmagazins, das jede anspruchsvolle Persönlichkeit einfach lesen *mußte*. Das Magazin lag aufgeschlagen da, wie es im Zorn hingeworfen worden war, und eine Seite war zerrissen. Antoine hatte das Magazin vor zwei Tagen gesehen. Es enthielt großformatige Fotos von Jean Gabin und Simone Signoret, die zur Filmpremiere eintrafen.

Es gab Aufnahmen von einigen anderen bedeutenden Leuten, von Stars und ihrer Begleitung. Und ein Bild von Antoine und Suzette Bernard. Nicht, weil sie oder er Stars waren, das verstand sich. Aber welcher Fotograf konnte widerstehen, ein Foto von Suzette zu schießen, wenn sie ein tief ausgeschnittenes Abendkleid trug? Und welcher Bildredakteur konnte widerstehen, das Foto zu veröffentlichen? Suzette hatte mehr Sex-Appeal als die meisten der anwesenden Starlets.

»Leonie!« keuchte Antoine. »Laß mich reden – ich kann es erklären!«

»Reden?« schrie sie wütend. »Was willst du sagen, Lügen? Warum bist du mit diesem Weib zu der Premiere gegangen? Wer ist es?«

»Eine Unbekannte – eine Nachtklubsängerin. Emile wollte, daß ich sie als Begleiterin mitnehme. Ich kannte sie nicht einmal, das schwöre ich!«

»Lügen, Lügen! Warum sollte dein Agent, dieser Säufer und unfähige Armleuchter, dir eine unbedeutende Schlampe als Begleiterin vorschlagen, wenn er weiß, daß du mich hättest mitnehmen können?«

Natürlich hütete sich Antoine, diese Frage zu beantworten. Auch nur anzudeuten, daß eine junge, unbekannte Sängerin vielleicht schöner oder bezaubernder war als die große Leonie Laplace, wäre einer Einladung zu seiner Ermordung gleichgekommen.

»Emile – er hat es mir erklärt«, stammelte Antoine, »aber ich weiß nicht, ob ich ihn richtig verstanden habe. Er ist natürlich fast dein größter Bewunderer, aber es hat etwas damit zu tun, daß Filmleute ernsthaftes Talent wenig schätzen. Schauspielkunst ist ihnen zu hoch, mit ihrem seichten, kleinen Verstand sind sie mehr beeindruckt von tiefen Dekolletés und halbnackten Brüsten. Ich habe mich von Emile überreden lassen, diese Frau mitzunehmen, weil ich mich auf sein Urteilsvermögen verlasse. War das ein Fehler?«

»Man nimmt mich *ernst*, wenn ich in einem Kino erscheine«, sagte Leonie eisig.

In seiner nervösen Hast, sich zu verteidigen, hatte Antoine für einen Moment vergessen, daß Leonie vor zehn oder noch mehr Jahren in einem Film mitgespielt hatte. Es war die Verfilmung eines klassischen französischen Romans gewesen. Leonie konnte nur für die besten Drehbücher von der Theaterbühne weggelockt werden. Als Madame Bovary hatte sie mit großer Leidenschaft Ehebruch begangen, Arsen getrunken und war äußerst wirkungsvoll qualvoll verschieden. Intelligente Kritiker hatten den Film als großen Erfolg bezeichnet, doch die Schlangen vor den Kinos, in denen der Film gezeigt worden war, waren äußerst kurz gewesen.

»Niemand kann dir die gebührende Hochachtung und die Bewunderung versagen«, beteuerte Antoine hastig. »Aber wie du weißt, hat eine Premiere überhaupt nichts mit hoher Kunst zu tun. Es ist nur ein Werberummel, bei dem alle Stars und Möchtegernstars für die Pressefotografen lächeln.«

»Bei der Premiere *meines* Films saß der Kultusminister neben mir«, schrie sie ihn an, und Antoine hielt es für das beste, den Mund zu halten.

»Und nach der Premiere«, fuhr Leonie gnadenlos fort, »gab es eine Party! Bist du mit dieser Frau dort gewesen? Wie heißt das Weib?«

»Mademoiselle Bernard«, antwortete er so leichthin, wie ihm das unter den gegebenen Umständen möglich war. »Es war nötig, Brocqs Party zu besuchen. Emile bestand darauf, daß ich mich dort zeigte. Es sei wichtig für meine Karriere.«

»Und nach der Party hast du dieses Flittchen in deine Wohnung mitgenommen?« zischte Leonie. Ihr Tonfall klang gefährlich, und ihre Fingernägel gruben sich in die Haut von Antoines Kehle.

»Ich habe sie im Taxi bis zu ihrem Appartement mitgenommen« sagte Antoine. Er wußte, daß er seine Worte sehr vorsichtig wählen mußte.

»Ha! Du bist mit ihr in ihre Wohnung gegangen. Sie hat sich ausgezogen, und du hast sie aufs Bett geworfen! Gib es zu, du Tier, du hast meine Liebe und mein Vertrauen verraten und es mit diesem … diesem Garderobenmädchen getrieben!«

»Nein, nein, nein!« keuchte Antoine. »Das stimmt nicht, Leonie. Ich habe ihr noch auf dem Bürgersteig eine gute Nacht gewünscht. Dann bin ich allein zu meinem Appartement gefahren, bin allein ins Bett gegangen und habe die ganze Nacht allein geschlafen!«

Und er sagte tatsächlich die Wahrheit. Er hatte Suzette zu Brocqs Party mitgenommen, nachdem er vor dem Spiegel an der Wand in seiner Wohnung Sex mit ihr gehabt hatte. Und gegen zwei Uhr hatte er sie mit dem Taxi bei ihrer Haustür abgesetzt und war allein zum linken Ufer der Seine gefahren.

Leonie erkannte offenbar eine Spur von Aufrichtigkeit in seiner Stimme. Sie lockerte den Griff an seiner Kehle etwas und starrte ihm in die Augen, die seine Angst widerspiegelten.

»Kann ich das glauben?« fragte sie.

»Es ist die Wahrheit, ich schwöre es! Du mußt doch inzwischen wissen, daß ich nur dich liebe, Leonie, keine sonst.«

»Männer sind Betrüger«, behauptete sie mit zweifelnder Miene, »keiner weiß das besser als ich. Ich habe unter brutalen Männern gelitten, und das war mir eine bittere Lehre. Die Männer, denen ich mein Herz schenke, verraten mein Vertrauen, lachen über mich und verspotten mich.«

Antoine hatte genug Verstand, um zu wissen, daß zu dem, was sie ihm in den vergangen Jahren geschenkt hatte, nicht ihr Herz gezählt hatte. Aber machte das etwas aus, wenn sie ihm soviel sonst geschenkt hatte?

»Leonie, *je t'adore*«, sagte er heiser, »*je t'adore, chérie*.«

Er war schließlich ein nicht ganz unbegabter Schauspieler. Leonies Blick wurde weicher, und die Anzeichen des Zorns und der Empörung wichen aus ihrem Gesicht.

»Ehrlich?« murmelte sie, nahm die Hände von seiner Kehle und streichelte über sein Haar. »Vielleicht liebst du mich wirklich.«

»Du brauchst mich nur zu berühren, und du spürst den Beweis.« Er ergriff ihre Hand und schob sie unter seinen

Hosenbund, hinab zu seiner Unterhose, wo er steif war, seit sie ihm die erste Ohrfeige gegeben hatte. Zu seiner unendlichen Erleichterung nahm sie das Knie von seinem Unterleib. Sie setzte sich auf seinen Schoß und legte die Hand auf die Stelle, an der ihr Knie ihn zuvor förmlich festgenagelt hatte. Sie küßte ihn auf den Mund, und ihre feuchte Zunge glitt über seine Lippen.

»Ich verzeihe dir, Antoine. Trotz all des Kummers, den du mir gemacht hast, verzeihe ich dir.«

Er murmelte seine Ergebenheit und Dankbarkeit, seine Bewunderung und Hochachtung. Sie streichelte ihn, und seine Erregung wuchs noch mehr. Er stöhnte leicht auf, als sie seine Hose aufriß und die Fingernägel über das Ziel ihrer Begierde gleiten ließ.

»Ich will, daß du diese blödsinnige Absicht, ein Filmschauspieler zu werden, aufgibst, Antoine. Deine Karriere liegt auf der Theaterbühne. Die Filmschauspielerei wird dein Talent ruinieren. Du hast es vorhin selbst gesagt, Filmleute haben kein Verständnis für echte Schauspielkunst, sie nehmen sie nicht ernst. Für sie zählt nur ein hübsches Gesicht und ein großer Busen. Solche Leute sind deiner nicht würdig.«

Sie gab ihm einen Stoß gegen die Brust, und er fiel in den Sessel zurück, die Beine gespreizt und sein Glied hart und bereit. In ihrer rasenden Eifersucht hatte sie ihm nur ein paar unbedeutende Kratzer am Hals zugefügt, und er erfüllte ihr jetzt gerne ihre Wünsche.

Obwohl er entschlossen war, lange durchzuhalten, trieb sie ihn sehr schnell mit geschickten Fingern und samtweicher, feuchter Zunge in eine Ekstase ohnegleichen, bis er glaubte, den Verstand zu verlieren. Dann packte sie ihn mit beiden Händen hinter den Knien und riß ihn aus dem Sessel. Er landete schwer auf dem Boden.

Sie ließ sich auf die Knie nieder und streifte ihr schwarzes Kleid über den Kopf. Antoine war in seiner Erregung gefangen und bekam gar nicht mit, daß sie nichts unter dem Kleid trug, keine Strümpfe, keine Unterwäsche, nichts.

Wenn er gesehen hätte, daß sie unter dem Kleid völlig nackt gewesen war, hätte er sich nach dem Grund gefragt. War ihr schwarzes Kleid eine Art Trauerkleid, weil er sie mit Suzette betrogen hatte? Wollte sie damit erreichen, daß er sich schuldig fühlte? Die Antwort war offenbar *ja*. Leonie war übertrieben dramatisch.

Aber keine Unterwäsche? Wenn Antoine in diesem Moment zu klarem Denken fähig gewesen wäre, hätte er sich an keinen früheren Anlaß erinnern können, an dem sie nichts unter dem Kleid getragen hatte. Zu welchem Zweck hatte sie jetzt auf Unterwäsche verzichtet? War es möglich, daß Leonie den Ausgang ihres stürmischen Intermezzos gewußt hatte, bevor er in ihrem Appartement eingetroffen war und sie ihn mit Schlägen und Beschimpfungen empfangen hatte? Hatte sie vorgehabt, ihn zu demütigen, bevor sie ihm verzieh?

Während sie das Kleid achtlos beiseite warf, starrte Antoine zur Decke, ohne etwas wahrzunehmen. Er hatte keine Ahnung, was Leonie tat. Er sehnte sich verzweifelt, Erfüllung zu finden, nachdem Leonies Zärtlichkeiten ihn in Ekstase versetzt hatten.

Dann spürte er sie auf sich, und als ihm klar wurde, daß sie ihn reiten wollte, bis sie völlig befriedigt war, reagierte er sofort wie immer bei ihr. Mit einem nervösen Stoß drang er in sie ein und schrie auf, weil er glaubte, jeden Augenblick zu explodieren. Er keuchte und stammelte Unzusammenhängendes, als es soweit war.

Leonie starrte dabei auf sein Gesicht, mit einem Ausdruck, den man vielleicht als berechnend bezeichnen konnte. Dann erreichte sie schließlich ihren Höhepunkt und schrie schrill auf.

Als sie wieder ruhig war, hatte es den Anschein, als hätte es nie Schläge oder zornige Worte zwischen ihnen gegeben. Das Gewitter war vorüber, die Sonne schien wieder am strahlendblauen Himmel.

»Jetzt weiß ich, daß du mich liebst«, murmelte sie zwischen kleinen, schnellen Küssen auf Antoines geschlossene Augen.

»*Je t'adore*«, seufzte er und schlang die Arme um ihre Hüften, als sie flach auf ihm lag und die birnenförmigen Brüste auf seine Brust schmiegte.

»Und weil du mich liebst«, fuhr sie liebevoll fort, »weiß ich, daß du die Gedanken an eine Filmkarriere aufgibst – und mir keinen Kummer machst.«

»Ja, *chérie*«, seufzte Antoine, »*je t'adore*.«

Er nahm ihre Worte gar nicht richtig wahr. Er wartete auf einen passenden Moment, um vorzuschlagen, zum Abendessen in die Brasserie Lipp zu gehen. Später natürlich, nach ein paar Stunden, wenn Leonie völlige Befriedigung gefunden hatte. Fast jeder aus dem Filmgeschäft, der zählte, würde dort gegen einundzwanzig Uhr zu Abend essen.

Leonie bezahlte stets, wenn sie zusammen ausgingen, und das gefiel ihm, denn er konnte die teuersten Dinge auf der Speisenkarte bestellen. Aber während der arme Antoine ans Essen dachte und sich von Leonie auf ihre besitzergreifende Art küssen ließ, ahnte er nicht, was ihm bis dahin noch bevorstand.

Die Freundin, mit der Suzette die Wohnung in der Rue de Rome teilte, war Gabrielle Demaine, eine Tänzerin. Sie war genauso alt wie Suzette, groß und langbeinig. Sie hatten jedoch eine unterschiedliche Figur – Suzette war üppiger, kurviger, und Gaby hatte den geschmeidigen, grazilen Körper einer Tänzerin, die sich mit zwei Auftritten pro Nacht ihren Lebensunterhalt verdiente.

Aber der bemerkenswerteste Unterschied war ihre Haarfarbe. Suzette hatte rabenschwarzes Haar, und Gaby war silberblond – sowohl oben als auch unten, wie ihre Freunde zu ihrem Entzücken entdeckten.

Gabys Tanzgruppe hatte ein langfristiges Engagement beim Cabaret Mouchard, einem Touristen-Establissement. Während dieser Zeit war Gaby mit ihren Kolleginnen als südamerikanische Rumbatänzerinnen, ungarische Zigeunerinnen, libanesische Exotik-Tänzerinnen, Kosaken-Tänzerinnen mit Schwertern und sogar als englische Bluebell-Girls aufgetreten.

Die Tänze blieben natürlich sehr gleich, wie auch immer sie hießen. Die Musik war anders, wenn auch nicht sehr, und die Mädchen warfen die Beine, um ihre Reize zu zeigen wie bei einem Can-Can, ganz gleich, welcher Nationalität die Zuschauer waren. Die Kostüme waren zwar anders, aber alle waren so entworfen, daß viel nackte Haut zur Geltung.

Die Tänzerinnen waren nicht nackt wie die Showgirls in den Folies Bergère. Gaby und ihre Kolleginnen waren schließlich Künstlerinnen, keine lebende Kulisse. Aber Gäste des Cabaret Mouchard erwarteten für ihr Geld, attraktive junge Frauenkörper zu sehen, ob sie tanzten oder nicht, und dementsprechend traten sie auf.

Als dieses Engagement vorüber war, ging die Truppe auf Tournee: Amiens, Bordeaux, Clermont-Ferrand, Dieppe, Marseille, Nantes, Nice, Reims, Toulouse, Lyon –

eigentlich überall, wo ein Theater und Publikum zu finden war, das junge, langbeinige Tänzerinnen aus Paris sehen wollte, deren exotische Kostüme wenig von ihren reizvollen Körpern verhüllten.

Als Gaby nach der Tournee nach Paris zurückkehrte, brachte sie einen neuen Freund mit. Sie hatten sich in Lyon kennengelernt, der letzten Station der Tournee. Er hieß Tristan Villette und war sehr wohlhabend. Und jung, was ein großer Vorteil war. Im allgemeinen hatten junge Männer kein Geld, und ältere Männer waren nicht sehr aufregend im Bett, mit einigen bemerkenswerten Ausnahmen, wie Suzette Gaby erklärte. Eine Ausnahme war zum Beispiel ein gewisser Film-Mogul, jener bedeutende Mann namens Julien Brocq.

Während Suzette das erzählte, zeigte sie stolz ihr Diamantarmband. Und Gaby konterte, strich sie ihr blondes Haar zurück und zeigte ihre neuen, mit Diamanten besetzten Ohrringe. Beide Frauen lachten, umarmten sich und küßten sich auf die Wangen.

Dieser Tristan war Pariser. Er hatte in Lyon einen Cousin besucht, erzählte er – es gab zu Hause anscheinend einige Probleme, und er hatte vorübergehend Zuflucht in Lyon gesucht.

Tristan hatte Gaby seinen täglichen Ärger nicht genau beschrieben. Erst später, als er ihr vertraute, erklärte er seine Probleme in allen Einzelheiten.

Sie fand es lustig, und er war eingeschnappt.

Tristan trug einen modischen braunen Anzug mit dezent gestreifter Krawatte, als er in das Appartement kam und Suzette kennenlernte. Er war vierundzwanzig oder fünfundzwanzig und schlank, sah durchschnittlich gut aus und war charmant. Er tat nichts Konkretes, um seinen Lebensunterhalt zu verdienen – es war nicht nötig, denn seine Familie hatte viel Geld. Als er Gaby zum erstenmal tanzen sah, war er so überwältigt, daß er einen riesigen Blumenstrauß in ihre Garderobe schicken ließ und den Manager bedrängte, daß sie sich in einer Bar in der Nähe des Theaters vorgestellt wurden.

Kurz gesagt, er war so nett gewesen, daß Gaby mit ihm in ein Hotel gegangen war. Was in jener Nacht geschah, war phantastisch amüsant. Am nächsten Morgen war er so begeistert von ihr, daß er aus der Wohnung seines Cousins aus- und ins Hotel einzog. Er flehte Gaby an, mit ihm dort für den Rest ihrer Zeit in Lyon zu bleiben. Obwohl sie nicht wußte, was sie von seiner Vorstellung im Bett halten sollte, war sie erfreut über das Angebot, das ihr ermöglichte, in einem der besten Hotels der Stadt zu wohnen. Es war natürlich überhaupt nicht zu vergleichen mit jenen billigen, vom Theater gemieteten Zimmern, mit denen sich die Tanztruppe begnügen mußte.

Am Ende der Tournee entschied sich Tristan, Gaby nach Paris zurückzubegleiten, ob es nun Probleme in seiner Familie gab oder nicht.

Allem Anschein nach war er in Gaby verliebt. Vielleicht würde er ihr ein ständiges Verhältnis vorschlagen – das dachte Suzette jedenfalls, als sie von Gaby hörte, wie sehr Tristan sie verehrte.

»Vielleicht«, sagte Gaby und schüttelte ihr hellblondes Haar, daß es flog, »aber er ist ziemlich verrückt.«

Die beiden Frauen plauderten beim Frühstück aus *café au lait* und Croissants mit Aprikosenkonfitüre. Ob sie allein geschlafen oder einen Freund in die Wohnung mitgenommen hatten, sie standen um elf Uhr auf und gingen nie vor Mittag aus. Suzette trug ein weißes Seidenkleid, ein Geschenk von Julien. Gaby war mit einem blaßrosa Kimono bekleidet, auf dessen Vorderseite eine malvenfarbige Chrysantheme gestickt war. Der Kimono war ein Geschenk von Tristan.

»Wieso ist er verrückt?« fragte Suzette. »Er wirkt höflich und charmant.«

»Ich weiß, es klingt lächerlich«, sagte Gaby, »aber er kann nur richtig, wenn wir es in der Öffentlichkeit machen. In all den Nächten im Hotelzimmer dauerte es stundenlang bis zu einer Erektion. Und selbst dann schaffte er nicht viel.«

»Gib ihm den Laufpaß«, sagte Suzette sofort. »Solche

Typen taugen nichts, ob sie dir Geschenke kaufen oder nicht.«

»Aber in der Öffentlichkeit ist er ein ganz anderer Mann«, sagte Gaby. »Er trifft mich jede Nacht nach meinem Auftritt an der Tür zum Bühnengang. Und er führt mich dann in die schönsten Restaurants zum Essen aus. Und danach – *mon Dieu!* Nach einem Spaziergang am dunklen Flußufer nimmt er mich dreimal in einer halben Stunde an einer Hauswand. Und am Tage, *oh la la!* Was er mich machen läßt! In Parks und Gassen und nachmittags im Kino. Und im Hotel.«

»Du hast gesagt, er taugt nichts im Hotel«, erinnerte Suzette mit leicht gerunzelter Stirn.

»Er taugt nichts im Bett im Hotelzimmer, habe ich gesagt. Da bleibt er ohne Erregung, während ich nackt versuche, ihn auf Touren zu bringen. Eines Nachts kehrten wir zum Hotel zurück, nachdem wir ein paarmal an einem Baum im Park in der Nähe des Theaters Sex miteinander hatten. Als wir die große Treppe zu unserem Zimmer hinaufgingen, wollte er es erneut, dort auf dem ersten Treppenabsatz. Bevor ich wußte, wie mir geschah, lehnte er mich ans Treppengeländer, starrte in die Hotelhalle hinab und nahm mich im Stehen.«

»Nein! War jemand in der Nähe?«

»Es war nach Mitternacht, und die Halle war leer bis auf einen Nachtportier, der in seinem Kabuff döste. Ich hatte entsetzliche Angst, jemand könnte spät auftauchen und sehen, was Tristan mit mir trieb.«

Entsetzliche Angst oder nicht, in Wahrheit hatte sich Gaby den schlechtgetimten Annäherungen ihres sonderbaren neuen Freundes nicht widersetzt. Im Gegenteil – sie hatte ihn nach besten Kräften unterstützt und es genossen. Der Nachtportier war bei ihren Lustschreien aus dem Schlaf geschreckt und hatte sich verwundert in der Halle umgeschaut, jedoch zum Glück nicht nach oben geblickt.

Unterdessen hatte Tristan sein Glied zurückgesteckt und ihr Kleid heruntergezogen. Er ergriff ihre Hand, eilte mit ihr in das gemeinsame Zimmer und freute sich über seinen Erfolg.

»Danach«, sagte Gaby, »nahm er mich jede Nacht über dem Geländer, wenn wir ins Hotel zurückkehrten, sogar, wenn er es schon zwei- oder dreimal in der Stadt im Freien gemacht hatte. Ich habe mich nicht beklagt, obwohl es äußerst unbequem ist, auf einem harten Geländer zu liegen. Und er wollte es am frühen Morgen wieder, an den meisten Tagen. Er weckt mich dann um sechs, trägt mich zum Treppengeländer und legt mich darauf!«

»So früh aufzustehen!« bemerkte Suzette. »Das würde mich wütend machen!«

»Zu dieser frühen Stunde bin ich zu schläfrig, um wütend zu werden«, sagte Gaby und lächelte in der Erinnerung an die Wonnen. »Ich lasse es einfach geschehen. Da bin ich, pudelnackt, und Tristan in seinem Pyjama steht hinter mir und dringt in mich ein, danach trägt er mich zurück zum Bett und läßt mich bis elf oder zwölf schlafen.«

»Und ihr seid nie erwischt worden?«

»Einmal«, bekannte Gaby, und ihre Wangen röteten sich leicht. »Ein Zimmermädchen mit Mop und Eimer sah uns eines Morgens. Ihr Schrei muß jeden im Hotel geweckt haben. Tristan legte sofort los – und wie, das kann ich dir sagen!«

»Das macht ihn offenbar scharf«, meinte Suzette. »Die Furcht, gesehen zu werden, bringt ihn auf Touren. Du hast recht, *chérie*, er ist verrückt.«

»Daran gibt es keinen Zweifel.« Gaby seufzte. »Aber nett verrückt. Ich eilte sofort in unser Zimmer zurück, und er beruhigte das Zimmermädchen und gab ihm ein gewaltiges Bestechungsgeld. Sie sollte sagen, sie hätte geschrien, weil sie eine Maus gesehen hat. Nach dem Mittagessen kaufte er mir dann diese tollen Diamantohrringe, um mich zu trösten für den Schock, den ich erlitten hatte, sagte er.«

»Du ziehst anscheinend den falschen Typ Mann an, ich weiß nicht, warum«, sagte Suzette mit einem Achselzucken. »Was ich über diesen gehört habe, klingt noch schlimmer als das über diesen perversen Lucien, mit dem du zusammen warst, bevor er, verfolgt von der Polizei, Paris verlassen hat.«

Sie wußte, wie kapriziös ihre liebe Freundin Gaby war – und immer gewesen war und stets sein würde. Manchmal tat sie Dinge, die dumm waren und einen sogar rasend machen konnten. Aber was sollte es? Es war ein Teil ihres Charmes.

»Lucien war ein sehr charmanter Mann«, sagte Gaby mit einem Lächeln. »Er war freundlich und großzügig. Und was ist schon eine kleine Perversität zwischen Freunden? Jedenfalls wird es nie langweilig. Und was den lieben Tristan anbetrifft, so ist er ebenfalls charmant. Und großzügig. Er ist viel kultivierter als Lucien. Ich mag ihn.«

»Offensichtlich. Hast du ihn gefragt, warum er nur scharf wird, wenn er jeden Augenblick entdeckt werden kann? Die meisten Männer hätten davor Angst und brächten nichts zustande. War Tristan schon immer so?«

»Nein, ein unglückliches Ereignis, das nur ein, zwei Jahre zurückliegt, hat das bewirkt. Davor war er so normal wie jeder andere Mann, sagt er.«

»Normal wie jeder andere Mann!« Suzanne lächelte leicht spöttisch. »Das heißt sehr wenig, denn sie sind auf ihre Weise fast alle ein wenig verkorkst. Was war dieses unglückliche Ereignis?«

»Er trieb es mit seiner Verlobten, als ihre Mutter auftauchte und sie dabei erwischte. Der Schock war für ihn so groß, daß er sich nie völlig davon erholt hat und bei normalem Sex versagt. Ist das nicht sonderbar?«

»Eine Verlobte?« sagte Suzette. »Je mehr ich über diesen Mann höre, desto suspekter wird er mir.«

Zu sagen, daß Tristan einen Schock erlitten hatte, als er auf seiner jungen Verlobten gelegen hatte und von deren Mutter überrascht worden war, klingt, als wäre es ein komisches Ereignis gewesen, lächerlich und nicht ernst zu nehmen. Es erklärt nicht, warum die Wirkung auf ihn so katastrophal war. Dafür sind einige Hintergrundinformationen erforderlich.

Tristan hatte sich sehr jung verlobt – er war zu dieser Zeit erst zwanzig Jahre alt gewesen. Dies war mit dem Segen seiner Eltern und eigentlich ihr Drängen hin geschehen. Monsieur und Madame Villette waren biedere Leute. Ihrer Ansicht nach war Tristan viel zu flatterhaft. Offenbar brauchte er den Halt einer Frau und eine Familie, damit er solide und vernünftig wurde.

Die Mutter seiner jungen Verlobten war ebenfalls der Meinung, daß eine frühe Ehe ihrer Tochter, einer hübschen Achtzehnjährigen, guttun würde.

Tristan liebte Lucile Champlain leidenschaftlich. Sie war eine Brünette mit kleinen, kecken Brüsten. Da Lucile ihn mit gleicher Inbrunst liebte, war anscheinend alles perfekt. Aber natürlich ist nichts auf dieser Welt vollkommen. Madam Champlain war Witwe. Ihr Mann war im Krieg gefallen, und aus diesem Grund oder einem anderen hatte sie eiserne moralische Ansichten.

Als sie Monsieur Champlain vor zwanzig Jahren geheiratet hatte, war sie unberührt gewesen. Ihr Körper und Geist waren rein und jungfräulich gewesen. Ein Kuß auf die Wange war das Höchste vor der Hochzeit gewesen. Madame Champlain war fest entschlossen, dafür zu sorgen, daß Lucile ebenfalls jungfräulich ins Ehebett gehen sollte.

Das war jedoch nicht mehr möglich. Tristan war jung, vital und heißblütig. Beim zweiten Rendezvous war er Lucile bereits an die Wäsche gegangen, und nach einer Woche Bekanntschaft hatte sie sich ihm völlig hingegeben. Eine Woche hatte ihnen anscheinend gereicht, um zu der Erkenntnis zu gelangen, daß sie unsterblich ineinander verliebt waren.

Wenn es nach ihnen gegangen wäre, hätten sie sich noch an diesem Tag trauen lassen und dann miteinander geschlafen. Natürlich sind die Dinge stets komplizierter, und auch Liebende unterliegen gesellschaftlichen Zwängen.

Madame Champlain war erfreut, als Tristan erklärte, er wolle ihre Tochter heiraten, er sei aus guter Familie und werde gut für sie sorgen. Aber sie bestand darauf, daß die Dinge ordentlich und in angemessenem Tempo abgewickelt werden sollten. Sie mußten ein halbes Jahr verlobt sein, es war vieles zu arrangieren und so viele Familienmitglieder mußten informiert werden. Und so weiter und so weiter.

All dies hätte kein großes Ärgernis für die Liebenden sein müssen. Doch Madame Champlain hielt jetzt ein doppelt wachsames Auge auf Lucile. Anscheinend war sie von einer Freundin gewarnt worden, daß sich Verlobte nach dem beklagenswerten Zusammenbruch von moralischen Maßstäben seit dem Krieg schon im voraus alle Privilegien der Ehe herausnahmen. Es sei denn, man verhinderte das – natürlich zu ihrem Besten! Wie beschämend, wenn die liebe Lucile vor den Traualtar treten und die Wölbung ihrer Schwangerschaft unter ihrem Hochzeitskleid sichtbar sein würde! Was würde der Gemeindepriester dazu sagen?

Es wurde sehr schwierig für Tristan, lange genug mit Lucile allein zu sein, um sie auch nur zu küssen und kurz ihre Brüste zu streicheln. Und das, wonach sie sich dauernd sehnten, war fast unmöglich zu arrangieren. Da gab es Seufzer, bedeutungsvolle Blicke, heimliche Küsse, einen schnellen Austausch von Zärtlichkeiten, und dann fuhr Tristan tief enttäuscht und unbefriedigt mit der Metro nach Hause.

Aber dann kam ein Abend, als etwas Unerwartetes geschah, das diese unbefriedigende Situation veränderte. Es war der Feiertag von Luciles Schutzpatronin, und ihre religiöse Mutter hielt den Anlaß einer Feier für würdig. Tristan wurde zum Abendessen *chez Champlain* eingeladen. Um sich bei Madame einzuschmeicheln, brachte Tristan vier Flaschen ausgezeichneten Wein zu dem Essen mit.

Das Essen war vorzüglich, der Wein ein großer Erfolg und Madame trank ein oder zwei Gläser – wie sie meinte – mit Genuß. In Wirklichkeit trank sie mehr, als ihr bewußt war, denn Tristan füllte ihr Glas dauernd auf. Schließlich waren drei der vier Flaschen leer. Madame hatte soviel Wein getrunken wie die beiden anderen zusammen. Nach dem Essen, als sie im Wohnzimmer saßen, bestand Madame darauf, den Abend mit einem kleinen Cognac abzuschließen.

Wie nicht anders zu erwarten, döste Madame Champlain nach einer Weile ein, ihr Kopf sank auf den Lehnsessel, die Augen fielen ihr zu und ihr Mund klaffte ein wenig auf. Die beiden Liebenden saßen nebeneinander auf dem Sofa ihr gegenüber. Ein halber Meter Abstand war zwischen ihnen.

Als Madames Wachsamkeit noch mehr nachließ, rückten sie zusammen, flüsterten sich Worte von Liebe und Verlangen zu und schmiegten sich aneinander.

Obwohl Tristan die Möglichkeit nutzen wollte, um seine geliebte Lucile in die Arme zu nehmen, zögerte er zuerst noch. Aber alles war anscheinend bestens. Mit ein paar nervösen Blicken zu der dösenden Mutter schob er seine Hand unter Luciles Rock und legte sie auf ihren Oberschenkel, gerade oberhalb des Knies. Sie lächelte ihn an, ein äußerst bezauberndes Lächeln, das ihn ermunterte, weiterzumachen. Noch ein Blick zu Madame Champlain, und er tastete höher, bis seine Hand auf der warmen Haut zwischen ihren Strümpfen und dem Höschen ruhte.

»*Chérie, chérie*«, flüsterte sie, während sie langsam die Schenkel für ihn spreizte.

Tristan tastete an dem mit Spitze besetzten Rand des Höschens vorbei in die Wärme zwischen ihren Schenkeln. Lucile seufzte bei der Berührung, und im nächsten Moment hatte er den Busch weicher, gekräuselter Härchen erreicht.

»Lucile«, seufzte er schwach, »laß uns nach draußen gehen.«

»Pst ...«, flüsterte sie, »wenn wir uns bewegen, wird sie aufwachen.«

Tristan streichelte mit den Fingerspitzen zwischen ihren Schenkeln entlang. Er schmiegte die Wange an ihre, sein Mund war dicht an ihrem Ohr, und er murmelte

Lucile, je t'adore, je t'adore ... immer wieder. Banale Worte, natürlich, aber passend zur Situation. Nur ein Vollidiot hält bei einem Mädchen große Reden, wenn er seine Hand in ihrem Höschen hat.

Tristan war alles andere als ein Vollidiot. Während er seine Liebesschwüre in Luciles Ohr flüsterte, um ihr die Furcht zu nehmen und sie zu erregen, liebkoste er mit dem Mittelfinger ihre kleine Knospe in ihrer feuchten Wärme so zärtlich und federleicht, daß Lucile glaubte, vom Flügel eines Schmetterlings berührt zu werden.

Über zwei Wochen waren bis heute vergangen, seit sie zum letzten Mal die körperliche Vereinigung hatten genießen können. Und das war viel zu schnell und flüchtig geschehen. Sie waren im Jardin du Luxembourg gewesen, und Madame Champlain hatte darüber gewacht, daß sie sich nicht ins Gras legten und etwas taten, das sie mißbilligte. Bei ihrer Rückkehr zum Appartement der Champlains hatte sich Madame bei der Concierge, mit der sie sich seit langer Zeit in den Haaren lag, in einen Wortwechsel eingelassen.

Lucile und Tristan waren weiter die Treppe hinaufgestiegen. Im selben Augenblick war ihnen der gleiche Gedanke gekommen. Sie waren ins Appartement geeilt, hatten die Tür geschlossen – und sofort drückte Tristan seine geliebte Lucile an die Wand, küßte sie leidenschaftlich und schob die Hand unter ihren Rock.

Sie wußten, daß sie nur einen Moment hatten, bevor Madame herbeieilte, um sicherzustellen, daß nichts Unschickliches passierte. Und diese wenigen Minuten nutzten sie. Tristan brachte sie mit seinen Zärtlichkeiten zur Ekstase, und Lucile öffnete seine Hose und streichelte ihn, bis er sich in seine Unterhose ergoß. Nur Sekunden später hörten sie Madames schwere Schritte auf der Treppe nahen, und sie lösten sich voneinander, küßten sich hastig und lächelten.

Seither – nichts. So war es verständlich, daß Lucile nach dem Abendessen an diesem Tag so leicht und schnell erregt war. Sie preßte sich auf dem Sofa an Tristan und küßte ihn verliebt – und behielt gleichzeitig ihre dösende Mutter im Auge. Ihre Hand lag auf der Wölbung seiner Hose.

Durch den dünnen Stoff spürte sie, daß seine Erregung wuchs, und im nächsten Augenblick vergaß sie alle Vorsicht und riß seine Hose weit auf. Seine Erektion sprang förmlich heraus. Ihr stockte der Atem, als sie sah, wie hart er war, und sie umfaßte ihn mit der Hand.

»Lucile!« flüsterte er scharf. »Laß uns nach nebenan gehen. Deine Mutter schläft, und sie wird nicht aufwachen, wenn wir vorsichtig sind.«

Das zärtliche Spiel seiner Fingerspitzen hatte Lucile stark erregt. Und sie war sehr feucht. Sie wollte mit ihm gehen, wollte es aus ganzem Herzen. Sie wollte ihn in sich spüren.

Gemeinsam erhoben sie sich, die Blicke wachsam auf Madame Champlain gerichtet. Lucile stand am nächsten zur Tür. Sie wandte sich langsam und vorsichtig um und schlich voran. Sie bewegte sich auf Zehenspitzen und wagte kaum zu atmen. Tristan folgte ihr dichtauf.

Sie gelangten in die Diele. Tristan warf einen Blick zurück und zog die Tür leise zu. Was er sah, beruhigte ihn, Madame Champlain schlief und atmete durch den leicht geöffneten Mund. Er wagte es nicht, die Tür ganz zu schließen, weil er befürchtete, daß das Schloß verräterisch laut klickte.

Auf leisen Sohlen folgte er Lucile durch die Diele und in ihr Schlafzimmer. Dort fiel Lucile ihm um den Hals, preßte sich an ihn und küßte sein Gesicht. Sie umfaßte wieder seine harte Männlichkeit.

Es blieb keine Zeit zum Entkleiden, und weil ihre Mutter vielleicht nicht so tief schlief wie erhofft, wäre es auch dumm gewesen, Zeit mit Ausziehen zu vergeuden. Tristan schob Lucile rückwärts zum Bett, und das Reiben ihres Beckens an seinem Körper erregte ihn so sehr, daß er überzeugt war, es würde ihm vorzeitig kommen.

Sie ließ sich mit dem Rücken aufs Bett sinken. Er hob ihren rosafarbenen Rock über die Hüften und schaute

bewundernd auf die nackte Haut über ihren Seidenstrümpfen.

Lucile schaute in sein erhitztes Gesicht auf. Ihre Augen
glänzten, und die rosige Zungenspitze huschte über ihre
Lippen.

»Tristan – schnell«, flüsterte sie. »Schnell, *chérie*, bevor
sie aufwacht!«

Sie hakte die Daumen in den Bund ihres Slips, um ihn
hinunterzustreifen, damit sie für ihn bereit war. Doch Tristan packte das Höschen und riß es hinab, entblößte den
hellbraunen Busch von gekräuselten Härchen und die zarten Schamlippen, die sich unter seinem Streicheln leicht
geteilt hatten.

Im nächsten Augenblick war sein heißer Körper über
ihr. Ihr Höschen hing um ihre Knie, und es war ihr unmöglich, die Beine weit zu spreizen. Tristan war zu erregt, um
es wahrzunehmen, und Lucile bemerkte es ebenfalls nicht,
als sie ihn in sich aufnahm. Mit zwei Stößen war er tief in
ihr, und es kam ihm schon.

Lucile war so erregt, daß sie in Ekstase geriet, als sie Tristan in sich hineingleiten spürte. Sie stemmte sich ihm entgegen, packte ihn an den Schultern und atmete heftig und
stoßweise.

In diesem heiklen Moment flog die Schlafzimmertür
auf, und auf der Schwelle tauchte Madame Champlain
auf. Ihr Gesicht spiegelte Empörung und Zorn wider, als
sie sah, was da passierte. Ihre Tochter lag unter einem
Mann, ihr Rock war bis über die Hüften hochgestreift und
ihre Schenkel waren entblößt! Ein langgezogenes Stöhnen
verriet, daß ihre Tochter auf dem Gipfel der Lust war!

Tristan hörte die Tür auffliegen, drehte entsetzt den
Kopf und sah seine zukünftige Schwiegermutter. Sie
starrte ihn an, hielt die Faust vor den Mund, um nicht zu
schreien, ihre Augen quollen hervor und sie wirkte in diesem Augenblick wie eine Wahnsinnige. Tristan war überrascht, erwischt im intimsten Augenblick – und von der
Person, die er am meisten auf der Welt fürchtete!

Die Wirkung war absonderlich. Die Erkenntnis seiner

mißlichen Lage hemmte ihn nicht, ganz im Gegenteil – sie erregte ihn. Und während er offenen Mundes auf die wie vom Blitz getroffene Madame Champlain starrte und glaubte, sein Herz würde stehenbleiben, erfaßte ihn eine Woge der Lust und erfüllte seine geliebte Lucile.

»Aufhören, hört auf, hört auf!« schrie Madame Champlain heiser, und wenn Blicke töten könnten, wäre es in diesem Moment um Tristan geschehen gewesen.

Er wollte beteuern *Es tut mir leid, es tut mir so leid*, aber er brachte kein Wort heraus.

»Ist er immer noch mit dieser Lucile verlobt?« fragte Suzette ihre Freundin. »Oder hat ihre Mutter verlangt, daß er sie sofort heiratet?«

»Es ist alles sehr sonderbar«, sagte Gaby. »Die Mutter hat seit diesem Tag nicht mehr mit Tristan gesprochen. Es ist vier Jahre her, kannst du das glauben? Die Verlobung besteht noch, und seit die Mutter herausgefunden hat, daß ihre Tochter keine Jungfrau mehr ist, verhindert sie nicht mehr, daß sie allein zusammen sind. Aber sie ist dagegen, daß ihre Tochter Tristan heiratet – sie hält ihn für unwürdig, ihr Schwiegersohn zu sein.«

»Und Lucile läßt sich das gefallen? Sie muß so verrückt sein wie ihre Mutter. Warum bleibt Tristan mit ihr verlobt, wenn sein Nervensystem völlig ruiniert ist und er Probleme beim Sex mit dem Mädchen hat, auch wenn die Mutter nicht stört? Er ist ebenfalls verrückt.«

»Deshalb hat er sich in mich verknallt«, sagte Gaby. »Ich bin abenteuerlustig und genieße die irren Eskapaden, die er anstellt, um die Angst zu empfinden, beim Sex erwischt zu werden. Lucile ist so konventionell wie ihre Mutter und will Liebe im Bett mit fest verschlossener Tür. Das ist kein Kitzel für Tristan. Und warum bist du auf einmal so prüde, *chérie*? Deine Karriere als Sängerin hat eigentlich erst begonnen, als Michel dir in einem Torweg in Montmartre ans Höschen ging.«

»Das war Schicksal«, behauptete Suzette. »Es war kein zufälliges Ereignis bei Nacht – es war von den Sternen vorausbestimmt!«

»Ich habe dein Tierkreiszeichen vergessen«, sagte Gaby mit einem spitzbübischen Lächeln. »Ist es vielleicht Jungfrau?«

»Lach nur«, erwiderte Suzette, »aber bedenke, daß wir jetzt Sommer haben – es ohne Slip unter einem Baum mit diesem Mann zu tun, ist vielleicht amüsant. Aber wenn im Winter die eisigen Winde über die Boulevards fegen, wirst du nicht an Sex im Freien interessiert sein.«

Gaby kicherte und zuckte mit den schmalen Schultern.

»Wer sagt, daß es immer im Freien sein muß? Ich habe dir noch nicht erzählt, was Tristan sich einfallen ließ, als wir mit dem Zug nach Paris zurückkehrten.«

»Nicht im Stehen auf dem Gang eines Zuges!« Suzette verdrehte die Augen.

»Nein, dazu war es zu voll. Und außerdem waren all meine Kolleginnen dabei. Tristan fuhr in der dritten Klasse mit uns, obwohl er sonst immer erster Klasse fährt. Er beklagte sich nicht über die harten Sitze – er war charmant. Er bezahlte Kaffee und Snacks für alle. Die Mädchen waren beeindruckt und fanden ihn wunderbar. Wenn er es nicht hören konnte, sagten sie mir, wie glücklich ich mich preisen kann, einen so gutherzigen Mann geangelt zu haben. Marie Boussin wurde sogar so neidisch, daß sie mir fast die Augen ausgekratzt hätte!«

Als Gaby die Geschichte von Tristan fortsetzte, hörte Suzette mit zunehmender Belustigung zu. Es gab für Suzette keinen Zweifel, daß Gabys neuer Bekannter nicht mehr alle Tassen im Schrank hatte, das jedoch auf nette Weise. Er konnte anscheinend eine einfache Taxifahrt zu einem erotischen Abenteuer machen.

Bei der Ankunft des Zuges im Gare de Lyon war Tristan, dieser gutaussehende junge Mann, bei Gabys Kolleginnen hochgeschätzt. Der Zug hielt mit lautem Schnaufen, und sofort fand Tristan auf dem Bahnsteig Gepäckträger, die sich um all ihr Gepäck kümmerten. Tristan küßte den Mädchen die Hand und winkte ihnen *au revoir*. Sein Gepäck und Gabys Koffer ließ er in ein Taxi laden, während die Tänzerinnen sich auf den Weg zur Metro machten.

Gaby hatte Tristan bereits vorgeschlagen, mit ihr nach Hause zu kommen, um sich nach den Strapazen der Reise mit einer Tasse Kaffee zu stärken. Es widerstrebte ihm anscheinend, zur Wohnung seiner Eltern zu fahren, weil er wegen der dauernd aufgeschobenen Eheschließung mit Lucile Champlain dort Probleme hatte. Er fragte Gaby, wo sie wohnte und wies den Fahrer an, sie in die Rue de Rome zu fahren.

Es war Abend und bereits dunkel, und die Straßenbeleuchtung war eingeschaltet. Als das Taxi zum Place de la Bastille gelangte, entschied sich Tristan zu einer Änderung des Plans. Ohne Gaby eine Erklärung zu geben, neigte er sich zum Fahrer, tippte ihm auf die Schulter und bat ihn, die Rue de Rome zu vergessen und zum Bahnhof zurückzufahren.

»Aber warum?« fragte Gaby. Nicht, daß es ihr etwas ausgemacht hätte, wohin er sie bringen würde. Er hatte den rechten Arm um sie gelegt und drückte sie an sich, und seine andere Hand war unter der Jacke ihres rostroten Kostüms und streichelte ihre Brustspitzen unter der dünnen Seidenbluse. Gaby liebte ihr Kostüm von Chanel. Sie wandte sich Tristan zu, küßte ihn und ihre Zungenspitze glitt zwischen seine Lippen.

Der Taxifahrer zuckte die Achseln und brummelte etwas Unverständliches vor sich hin. Dann umrundete er den Place de la Bastille, ignorierte den abendlichen Verkehr, gefährdete beim mehrmaligen Spurwechsel die Gesundheit aller Verkehrsteilnehmer und fuhr in Richtung Gare de Lyon zurück.

Bevor er auf dem Bahnhofsvorplatz halten konnte, wies Tristan auf eine schmale Straße neben dem Bahnhofsgebäude. Der Fahrer stieß einen Grunzlaut aus und bog in die Straße ein. Er folgte ihr ein Stück, blickte über die Schulter und fragte, wo er halten sollte.

Tristan hatte die Hand unter dem Rock von Gabys Kostüm und streichelte die Innenseiten ihrer Oberschenkel oberhalb der Strümpfe. Bei der Frage des Taxifahrers blickte er aus dem Fenster, um festzustellen, wo sie waren. Er wies den Fahrer an, an der nächsten Straße rechts einzubiegen. Gaby blickte über Tristans Schulter und genoß sein Streicheln.

Diesen Teil von Paris hatte sie noch nie gesehen und hätte auch jetzt gern darauf verzichtet. Es war eine schäbige Gegend längs der Bahngleise, halb verfallen und mehr zum Abriß als zur Sanierung geeignet. Sie fuhren durch eine finstere Gasse, die von düsteren Gebäuden gesäumt war. Als sie auf halbem Weg zwischen zwei Straßenlaternen waren, ließ Tristan den Fahrer stoppen.

»Warum halten wir hier?« fragte Gaby, obwohl sie es genau wußte. Sie war überhaupt nicht erfreut über den Ort, den Tristan für eine weitere Demonstration seiner Vorliebe für Sex unter unmöglichen Umständen gewählt hatte. Gaby war wie ihre Freundin Suzette in der Armut von Belleville aufgewachsen und hielt sich nur ungern in einer ähnlichen Umgebung auf.

Statt ihre Frage zu beantworten, zog er seine Hand lange genug unter Gabys Rock hervor, um eine Banknote mit großem Nennwert aus einer Straußenleder-Brieftasche hervorzuholen und dem Taxifahrer zu überreichen.

»Wir werden hier zwanzig Minuten bleiben und dann zur Rue de Rome weiterfahren«, sagte er. »Bleiben Sie einfach ruhig sitzen, schauen Sie durch die Windschutzscheibe und ignorieren Sie, was hier hinten passiert. Verstanden?«

Bei dem hohen Trinkgeld war der Fahrer einverstanden. Auf seine mürrische Art nickte er sein Einverständnis.

»Tristan!« sagte Gaby. »Du glaubst doch nicht im Ernst, daß ich es auf dem Rücksitz eines Taxis mache, während der Fahrer nur einen halben Meter entfernt dabei ist und zuhört! Hast du den Verstand verloren?«

Tristan hatte ihre Kostümjacke und die Bluse geöffnet und streichelte ihre Brüste, während er sie so erregend küßte, daß sie ihre vernünftigen Einwände vergaß. Er ergriff ihre Hand und führte sie zu seinem Schritt. Sie öffnete seine Hose und spürte, wie hart er bereits war.

»Dies ist lächerlich«, flüsterte Gaby schwach, »es ist unanständig und unmöglich …«

Sie roch sein Rasierwasser und spürte seine glatte Haut. Er war in jeder Hinsicht gut gepflegt, aufregend, männlich, attraktiv – und das zärtliche Spiel seiner Finger erregte sie dermaßen, daß sie nicht länger warten konnte.

Als sie sich auf ihn setzte und ihn in sich spürte, konnte sie einen kleinen Lustschrei nicht unterdrücken. Der Taxifahrer grunzte – irgendwie mißbilligend und tadelnd –, doch er hielt sein Wort und blickte nicht nach hinten.

Er hatte eine billige Flasche Rotwein unter seinem Sitz versteckt, und während die Liebenden auf dem Rücksitz in ihrer Leidenschaft stöhnten und keuchten, entkorkte er seine Flasche und trank einen tiefen Schluck. Nach seiner Meinung waren drei Viertel seiner Fahrgäste verrückt und der Rest war irre.

Während seiner intimen Freundschaft mit Gaby hatte Tristan den Eindruck vermittelt, daß er das Interesse an seiner Verlobten verloren hatte. Nicht, daß Gaby der Sache viel Bedeutung beigemessen hätte – sie wollte Tristan nicht heiraten, doch sie mochte ihn und wollte seine Gesellschaft genießen. Was er außerhalb dieser Beziehung trieb, war seine Sache. Er hatte zwar nie gesagt, daß Lucile seine Vorliebe für riskanten Sex ablehnte, aber irgendwie hatte sich dieser Gedanke in Gaby festgesetzt.

Er war falsch. Tristan sah Lucile an den meisten Tagen für ein, zwei Stunden, und oftmals führte er sie zum Abendessen oder zu Veranstaltungen aus. Er widmete sich abwechselnd Lucile und Gaby, und beide Frauen wußten nichts von seinem Doppelspiel. Obwohl er den Eindruck erweckt hatte, daß Lucile nicht bereit war, seine ungewöhnlichen Wünsche zu erfüllen, tat er es mit ihr an Hauswänden und Baumstämmen, hinter parkenden Lastwagen, unten an den Kais der Seine und überall sonst, wenn es ihn überkam. Und sie hatte nichts dagegen, obwohl sie am hellen Nachmittag in verlassenen Metro-Stationen ein wenig furchtsam war.

Es ist nicht leicht zu erklären, weshalb sie sich damit abfand, daß Tristan die Hochzeit ständig aufschob. Vielleicht hielt sie es für besser, frei zu sein und tun zu können, was ihr beliebte. Vielleicht war sie von Natur aus zu passiv, um sich seinen Wünschen zu widersetzen. Möglicherweise hatte sie sich auch an diese zwiespältige Lebensweise gewöhnt. Was auch immer sie insgeheim dachte, sie zeigte keine Anzeichen, daß sie mit dem Lauf der Dinge unzufrieden war.

Sie beklagte sich nicht, als sich Tristan nach einem Streit mit seinen Eltern nach Lyon davonmachte. Sie telefonierte mit ihm und schrieb ihm kurze Briefe, und er sorgte dafür, daß sie zweimal pro Woche Blumen erhielt. Ohne ein Wort des Tadels von Lucile war er drei Wochen lang fort. Bei seiner Rückkehr ging es genauso weiter wie bisher. Er erzählte nichts von der schönen blonden Tänzerin, die er in Lyon kennengelernt hatte. Und er deutete niemals auch nur an, daß er sich jetzt immer noch mit ihr in Paris traf.

Ein wahrer Glückspilz, dieser Tristan, der zwei bezaubernde und leidenschaftliche Geliebte, genügend Geld für sie und sich selbst, jede Menge Muße, gutes Aussehen und eine robuste Gesundheit hatte! Aber es gibt Schwachstellen in der Organisation menschlicher Affären, wie jeder vernünftige Mensch weiß, eine Unvollkommenheit, die Chaos anrichten kann. Selbst die besten Systeme stehen auf wackligem Fundament und brechen zusammen, wenn der Sturm aus unerwarteter Richtung heranfegt.

Diese unangenehme Erfahrung machte Tristan am letzten Sonntag im Juni, kurz nach seiner Rückkehr aus Lyon. Es war der Tag des Grand Prix de Paris in Longchamp. Tristan interessierte sich ein wenig für Pferderennen und nahm seine Verlobte dorthin mit. Sie aßen gut zu Mittag im Restaurant der Rennbahn. Das war zumindest so wichtig wie die Pferderennen, und als das Hauptrennen anstand, ließ Tristan Lucile allein auf der Haupttribüne, um wetten zu gehen. Es war eine hohe Wette – er war überzeugt, auf das richtige Pferd zu setzen.

Lucile teilte nicht sein Interesse an Rennpferden und an Wetten darauf. Als Tristan zehn Minuten lang fort war, wurde es ihr langweilig. Sie verließ die Tribüne, schlenderte durch die Menge und hielt nach ihm Ausschau. Es war ein sonniger Tag, warm und klar, die Leute waren zum größten Teil gut gelaunt und gut gekleidet. Und auf die Pariser Art zog hier und da ein Mann den Hut vor Lucile und lächelte hoffnungsvoll. Und wo die Menge am dichtesten war, erdreistete sich auch schon mal ein Lümmel und betatschte sie.

Tristan war nirgendwo zu sehen, und in ein paar Minuten fand das große Rennen statt. Lucile seufzte und ließ sich vom Strom der Menge mittreiben – gegen den Strom zu gehen hätte mehr Entschlossenheit erfordert, als sie im

Augenblick der Mühe wert fand. Diese Leute hatten irgendein Ziel, und so konnte sie mitgehen und sehen, was so auf sie zukam.

Sie gelangte ans Geländer der Zielbahn gegenüber des Zielpfostens. Dort wollte die Menge sein, um das Finish aus der Nähe zu erleben. Sie spürte die Atmosphäre von Erwartung und Aufregung und hörte das Stimmengewirr der Zuschauer. Sie wurde gegen das Geländer gedrückt und war dicht von Männern umgeben, die aufs Geläuf schauten und auf den Beginn des Rennens warteten.

Lucile spürte, daß sich jemand von hinten gegen sie drängte. Zuerst war der Druck leicht, wie zufällig, wie die Berührung einer Männerhand am Po einer Frau in einer überfüllten U-Bahn. Dann wurde die Berührung etwas stärker, fordernder.

Lucile widersetzte sich nicht diesem engen Kontakt. Sie nahm an, daß Tristan sie eingeholt hatte. Nachdem er gewettet hatte und zur Tribüne zurückgekehrt war, hatte er sie dort nicht mehr angetroffen und war ihr wohl zur Ziellinie gefolgt. Er liebte es, seine kleinen Spielchen mit ihr zu treiben, und dies war dasjenige, das er für die Metro erfunden hatte. Sie stiegen in der Rush-hour getrennt in einen Metro-Wagen an verschiedenen Enden ein, und dann bahnte er sich einen Weg durch die Menge bis zu ihr, um sich von hinten gegen sie zu drängen.

Manchmal bemerkten die Fahrgäste in der Nähe, was er vorhatte, aber keiner sagte etwas. Sie grinsten und schauten weg. Schließlich war Tristan nicht der einzige Mann in der Metro, der sich heimlich an einem Mädchen rieb. Aber er trieb es weiter, als es der Durchschnitt wagte. Wenn es sehr voll im Wagen war, schob er eine Hand unter Luciles Rock. Ein- oder zweimal hatte er sogar seine Unterhose heruntergezogen und seine Erektion an ihrem Bein gerieben.

Die Menge am Geländer der Pferderennbahn war sehr geeignet für sein Metro-Spiel. Aber manchmal betrachtete Tristan zuviel als selbstverständlich. Er zwang Lucile seinen Willen auf, ob sie in der Stimmung für seine Launen im Freien war oder nicht. Sie entschloß sich, ihn ein wenig zu bestrafen und so zu tun, als wäre es nicht er, der dicht hinter ihr stand.

Wenn er sich dann erklärte, würde sie Überraschung mimen – ihn glauben lassen, sie würde einem anderen Mann, einem Fremden, erlauben, sich gegen ihren Po zu drücken. Das würde den lieben Tristan gewiß eifersüchtig machen und ihm schlaflose Nächte bereiten!

Und das verdiente er. Jetzt hatte ihre Mutter nichts mehr dagegen, daß er manchmal mit Lucile die ganze Nacht allein blieb, doch diese Anlässe waren sinnlos und deprimierend. Lucile tat alles, um ihn zu erregen. Sie massierte und streichelte ihn, doch was sie auch tat, sanft oder härter, nichts nutzte, um ihn auf Touren zu bringen. Es sei denn, sie bedeckte um zwei Uhr morgens mit einem Regenmantel ihren nackten Körper, und er zog Hose und Jackett an, sie gingen hinaus auf die Straße und er nahm sie an einem Laternenpfahl.

Zugig, riskant, unbequem, aber die einzige Möglichkeit. Er verdiente es, ein wenig bestraft zu werden, weil er ihr das antat!

Hier in Longchamp, am Geländer beim Ziel, war Lucile die ständige Berührung seines Körpers an ihrem jedoch angenehm. Sie seufzte, als er ihre Hüften umfaßte. Sie spürte seinen Atem in ihrem Nacken, und bald war es ihr fast schwindelig vor wachsender Erregung.

Sie drehte nicht den Kopf, um *Tristan chérie* zu murmeln. Das würde ihre köstliche Phantasie, daß ein Fremder diese intimen Dinge mit ihr tat, nur zerstören. Die Menge der Zuschauer ringsum drängte plötzlich weiter vor, und es wurde lauter. Das große Rennen war gestartet, und die Pferde galoppierten über das Geläuf auf sie zu.

Er hob ihren Rock an, und dann spürte sie beide Hände darunter. Seine Fingerspitzen strichen über die weiche Haut ihrer Schenkel zu ihrem Höschen.

Es war für Lucile so aufregend, von Tristan in der Öffentlichkeit erregt zu werden. So bizarr, doch auch so köstlich. Obwohl sie nach den Episoden unter einer Straßenlampe ein wenig schmollte, weil sie den Regenmantel hatte öffnen müssen, um ihm ihren nackten Körper darzubieten, fand sie es in Wirklichkeit enorm aufregend.

Die Leute schwenkten Wettscheine und Rennzeitungen in ihrer wachsenden Spannung, Männer links und rechts von Lucile schrien und drängelten, und ihre Aufmerksamkeit galt nur dem Rennen. Und Lucile spürte Tristans geschickte Finger.

Aber das war nur eine Hand, von der sie so erfahren gestreichelt wurde. Die andere Hand war hinter ihr, ebenso in ihrem Höschen, und die Fingerspitzen lagen in der Spalte zwischen ihren Pobacken. Dort streichelten sie ebenfalls zärtlich.

Lucile blickte starr voraus, ihre roten Lippen öffneten sich ein wenig, und sie atmete heftig. Die Hände, die mit ihr so köstlich spielten, waren losgelöste Hände und Arme am Körper eines Mannes.

Diese losgelösten Hände schienen ein eigenes Leben zu haben, waren kein Instrument männlichen Verlangens, Tristans Verlangens. Sie hatten nur den Zweck, Lucile Lust zu bereiten.

Wie schamlos geschickt und wie zärtlich diese Hände waren!

Wellen der Lust durchrieselten Lucile, doch plötzlich erkannte sie mit einem Schock, daß es nicht Tristan war, der ihr diese unglaublichen Wonnen bereitete, die sie zur Ekstase trieben! Er konnte es nicht sein, er war hastig und hatte weder das Geschick noch die Geduld, sie so wunderbar und köstlich zu streicheln.

Es mußte ein Fremder sein! Das Blut schoß Lucile in die Wangen, als ihr klar wurde, daß ein völlig Fremder es mit ihr trieb!

Sie war gefangen in ihrer eigenen Falle. Ihre Phantasie war katastrophal Realität geworden! Sie mußte diese schändliche Episode sofort beenden – dem Sittenstrolch zumindest ins Gesicht schlagen. Gewiß würde er grinsen, dieses gemeine Monster. Sie würde ihm das dreckige Grinsen mit einer schallenden Ohrfeige aus dem Gesicht wischen und *Vergewaltiger*! schreien, um ihm angst zu machen.

Aber so schändlich sein Treiben auch war, sie konnte keinen klaren Gedanken mehr fassen, denn die Wogen der Lust schlugen über ihr zusammen.

Rings um sie schrie und tobte die Menge. Der Favorit galoppierte mit einer guten Länge Vorsprung ins Ziel, und der Jockey zeigte dem Pferd die Peitsche.

Er donnerte vorbei, über die Ziellinie, gefolgt von dem Feld, und in diesem Moment erreichte Lucile den Höhepunkt, und ihre unfreiwilligen Schreie der Ekstase gingen im Triumphgeschrei der Zuschauer des Rennens unter.

Nachdem diese schamlosen Hände Lucile höchste Lust bereitet hatten, zogen sie sich langsam zurück. Die Lenden, die sich warm gegen Lucile gepreßt hatten, wichen zurück. Sie spürte keinen heißen, süßen Atem mehr im Nacken. Die Menge ringsum begann sich aufzulösen, als Gewinner zu den Wettschaltern eilten, um sich auszahlen zu lassen, während Verlierer ihre Wettscheine wütend wegwarfen.

Lucile war noch benommen von der Stärke ihres Höhepunkts. Ihr Gesicht war gerötet, und sie atmete noch stoßweise. Aber sie mußte wissen, wer sie zur Ekstase getrieben hatte. Ihr war ein bißchen schwindelig, als sie sich umwandte, um diesen Kerl zu sehen, der es gewagt hatte, sich am hellichten Tag und in der Öffentlichkeit an sie heranzumachen.

Nur eine Armlänge entfernt stand eine schwarzhaarige Frau mit Hütchen und einem eleganten orangefarbenem Kostüm. Eine Frau von etwa fünfunddreißig Jahren mit langer, dünner Nase, olivfarbener Haut, dunklen Augen, blutrot geschminkten Lippen. Und sie lächelte wissend. *Eine Frau!*

Lucile war wie betäubt bei der plötzlichen Erkenntnis. *Mais non, mais non!* entfuhr es ihr ungläubig. Dann begannen ihre Knie zu zittern, und ihr Mund klaffte auf. Sie starrte in die samtenen Tiefen der dunklen Augen der Frau und versuchte zu begreifen, warum diese Fremde das getan hatte. Sie konnte kein teuflisches Glitzern in diesen Augen sehen, keinen perversen Glanz, nur eine winzige Spur von Belustigung über ihren Ärger.

Die Frau legte eine Hand auf Luciles zitternden Arm. Ihre Fingernägel waren scharlachrot angemalt und perfekt maniküirt. Lucile konnte nur erstaunt auf die Finger starren, die ihren nackten Arm berührten – diese langen, zarten Finger, die sie so geschickt und erfahren in die Ekstase getrieben hatten. Der Gedanke verschlug Lucile die Sprache.

Sie wollte diese Finger packen und brechen, damit die schwarzhaarige Frau vor Schmerzen schrie! Und zugleich wollte sie die Finger mit den scharlachroten Nägeln küssen!

Luciles widerstreitende Gefühle waren ihr anzusehen. Die schwarzhaarige Frau lächelte leicht und stellte sich vor.

»Ich bin Nicole Gruchy«, sagte sie. »Du wirkst ein wenig erhitzt und durcheinander. Das liegt wohl an all dem Lärm und dieser Menschenmenge und den Temperaturen. Komm in meine Loge, und wir trinken etwas Kühles.«

Ohne auf eine Antwort zu warten, hakte sie Lucile unter und führte sie vom Geländer fort zur Tribüne und den Logen. Lucile hatte das Gefühl, in einem Traum gefangen zu sein. All dies konnte doch nicht wirklich passieren!

»Sag mir, wie du heißt«, forderte Nicole Gruchy.

»Lucile Champlain.«

In Nicoles Loge hielten sich acht oder neun Leute auf, die herumstanden, sich unterhielten und Champagner nippten – elegant gekleidete Männer und Frauen mit breitkrempigen Sommerhüten und Kleidern von Modeschöpfern. Ein Kellner mit weißem Jackett brachte auf einem Silbertablett langstielige Gläser für Nicole und ihren neuen Gast. Nicole bestand darauf, daß sich Lucile für einen Moment hinsetzte. Lächelnd sagte sie, Lucile wirke leicht erschöpft, eine kurze Pause und ein Glas Champagner würden ihr guttun.

»Ich kann nicht bleiben«, sagte Lucile atemlos, »mein Verlobter wird mich überall suchen. Er wird verzweifelt sein, wenn er mich nicht findet, Madame.«

Nicole neigte sich dicht zu Lucile, und ihre langen Fingernägel berührten Luciles Handgelenk.

»Nicht Madame«, sagte sie. »Sag Nicole zu mir. Dieser Verlobte – angenommen, du suchst und findest ihn, was passiert dann?«

»Was meinen Sie?«

Nicoles Antwort klang sanft wie eine Liebkosung.

»Ich meine, dein Verlobter wird dich in seine Wohnung oder deine mitnehmen. Ich weiß nicht, wie das bei euch läuft. Er wird dich küssen und deine Brüste streicheln und dich ausziehen. Dessen bin ich sicher, weil das Männer stets mit hübschen Frauen tun. Ich verabscheue sie.«

»Und Sie? Sind Sie etwa anders? Das kann ich nicht glauben nach dem, was dort in der Menge passiert ist.«

»Wie heißt er?« fragte Nicole, als hätte sie die Frage überhaupt nicht gehört.

»Tristan Villette.«

»Und wenn dich dieser Tristan ganz ausgezogen hat«, fuhr Nicole fort, »wird er verlangen, daß du dich auf den Rücken legst, und dann wird er sich auf dich legen und Sex mit dir haben.«

»Er ist nicht so«, protestierte Lucile, die es von Tristan mehr gewohnt war, auf einer Parkbank hinter einer Hecke geliebt zu werden als in einem Bett.

»Im Herzen sind alle Männer gleich«, beharrte Nicole. »Mit einigen wenigen Variationen wollen sie alle das gleiche. Sie sind dabei so langweilig!«

»Nein, das stimmt nicht«, widersprach Lucile. Sie fühlte sich verpflichtet, sich und Tristan zu verteidigen. »Bei Ihnen klingt Liebe eher wie ein Martyrium statt als Freude.«

»Martyrium!« spottete Nicole. »Wenn es nur so aufregend wäre! Aber leider kann eine Frau nur Langeweile von Männern erwarten.«

»Wie können Sie so etwas sagen!« Lucile sah Nicole entrüstet an. »Schließen Sie Ihren Ehemann ein, wenn Sie die Männer schlechtmachen?« Sie tippte tadelnd auf den goldenen Ring an Nicoles Hand.

»Aber natürlich! Er ist der Schlimmste von allen!«

Darauf wußte Lucile nichts zu sagen. Sie zuckte mit den Schultern und schwieg.

»Du siehst perfekt erholt aus«, sagte Nicole heiter. »Komm mit mir auf einen kleinen Spaziergang in der frischen Luft. Die Loge ist voller Zigarren- und Zigarettenqualm.«

Lucile erhob keinen Einwand – Nicole zwang ihr mit ihrer starken Persönlichkeit förmlich ihren Willen auf. Als sie die Loge verlassen hatten, legte Nicole einen Arm um Lucile und führte sie in die Richtung, in die sie wollte – zu einer wartenden Limousine.

Lucile starrte bewundernd auf den Wagen. Dies war kein modernes Blechauto vom Fließband. Es stammte offenbar aus den Tagen, in denen Luxuswagen per Hand und für die Ewigkeit gebaut worden waren. Die Limousine war lang und schnittig, mit einer zweifarbigen Karosserie. Die großen, gewölbten Kotflügel und das Dach glänzten schwarz, die Seiten und die Haube waren cremefarben.

Neben dem Wagen stand ein Chauffeur mit buschigem, schwarzen Schnurrbart und schwarzer Uniform. Er verneigte sich vor Madame Gruchy und öffnete die hintere Tür für die Damen. Dann half er ihnen diskret hinein. Lucile sank auf den breiten Sitz, der mit weichem, burgunderfarbenen Leder bezogen war, und staunte über die Pracht des Oldtimers.

Nicole gab dem Chauffeur keine Anweisungen, er fragte auch nicht danach. Er setzte sich auf den Fahrersitz, ließ den Motor an und fuhr los.

Lucile sah überrascht, daß vor den hinteren Fenstern graue Vorhänge aus Damast hingen, die an silbernen Haltern befestigt waren. Nicole löste sie aus den Haltern, so daß sie die Fenster bedeckten und vor neugierigen Blicken von draußen schützten. In der plötzlich intimen Atmosphäre im Wagen rückte Nicole dicht an Lucile heran und lächelte im Halbdunkel.

Sie neigte sich zu Lucile und küßte sie tief und leidenschaftlich.

»Aber das ist unmöglich!« protestierte Lucile schwach, als sie sich endlich von Nicole lösen konnte. »Halten Sie sofort an und lassen Sie mich aussteigen, ich kann es nicht mehr ertragen!«

»Aber warum willst du aussteigen – magst du mich nicht?« fragte Nicole und streichelte Luciles Haar mit leicht zitternder Hand. »Gewiß sorgst du dich nicht immer noch um deinen Freund – ich habe bereits seinen Namen vergessen, wie heißt er noch mal?«

»Tristan. Er wird sich Sorgen um mich machen, wenn er mich nicht finden kann. Er wird denken, ich wäre entführt worden.«

»Und das bist du ja auch«, murmelte Nicole und streichelte Luciles Wange. »Ich entführe dich.«

»Nein!« seufzte Lucile, als die Fingerspitzen leicht ihre Lippen berührten, dieselben Fingerspitzen, die sie auf dem Rennplatz zur Ekstase getrieben hatten.

»Du kannst mir nicht entkommen«, sagte Nicole. »Ich lasse dich erst gehen, wenn du dich in mich verliebt hast.«

Sie nahm ihren breitkrempigen Hut ab und warf ihn auf den Teppichboden zu ihren Füßen. Dann nahm sie Lucile in die Arme und lehnte sie zurück an das burgunderfarbene Leder des Rücksitzes.

»Warum so angespannt?« flüsterte sie Lucile ins Ohr. »Es hat keinen Sinn, sich mir zu widersetzen, *chérie*. Ich will dich lieben. Entspann dich wie vorhin.«

Lucile spürte Nicoles Hände auf den Oberschenkeln, und dann küßte die Frau sie so heiß, daß ihr Widerstand schmolz. Ihr stockte der Atem, als Nicole ihr das Höschen hinabzog und sie erregend und langsam streichelte.

»Du bist entzückend, kleine Lucile«, flüsterte Nicole und schaute ihr in die Augen. »Als ich dich sah, habe ich mich sofort in dich verliebt – es war wie ein Blitz aus heiterem Himmel. Ich wußte sofort, daß ich dich haben muß.«

»Nein, das ist unmöglich«, seufzte Lucile. »Ich liebe Tristan.«

»Welch ein Unsinn! Er hat dir seinen Willen aufgezwungen, das ist alles. Männer sind egoistisch, benutzen hübsche Mädchen nur für ihr Vergnügen und nennen das Liebe. Aber heute nacht wirst du bei mir bleiben, und ich werde dir zeigen, was wahre Leidenschaft ist und wie sie sich ehrlich und köstlich zwischen Liebenden entfaltet. Und bevor morgen die Sonne aufgeht, wird dir klar sein, daß auch du mich liebst.«

Ekstase erfaßte Lucile bei Nicoles Zärtlichkeiten. Diesmal war der Höhepunkt kurz, aber außergewöhnlich intensiv, und Lucile verlor fast das Bewußtsein.

Als sie wieder etwas klarer denken konnte, erkannte sie, daß Nicole ihr Kleid hochgeschlagen und den Büstenhalter abgestreift hatte. Sie hatte Luciles Kopf in ihren Schoß gebettet, und Lucile spürte nackte, warme Haut und seidenweiche Härchen unter ihrer Wange.

Lucile konnte nicht fassen, was ihr alles in so kurzer Zeit widerfuhr. Die Ereignisse des Nachmittags waren unbegreiflich. Sie war in der Öffentlichkeit verführt, in einer Limousine mitgenommen und von neuem verführt worden. Und das alles von einer Frau!

Lucile fügte sich diesem bizarren Schicksal und sog die zarte Knospe in ihren Mund und schloß die Augen. *Ah! Lucile, chérie!* hörte sie Nicole seufzen.

Lucile hatte noch nie einen Frauenkörper auf diese Weise berührt. Ihr war kaum bewußt, daß sie es jetzt tat. Sie handelte wie in einem Traum und rief bei Nicole Seufzer der Lust hervor.

»Nimm mich!« keuchte Nicole. »Ich gehöre dir, *chérie!*«

Auf dem Gipfel der Lust schrie sie laut auf.

Nicole wohnte in der Avenue Victor Hugo, in einem sehr großen Haus, das nicht weit vom Place d'Etoile entfernt war. Ein Dienstmädchen öffnete die Tür und lächelte, als es die beiden Frauen Arm in Arm sah, deren Gesichter erhitzt waren und ein wenig zerzaust aussahen. Nicole nickte dem Mädchen im Vorübergehen zu, dann tauchte ein anderes Dienstmädchen auf und fragte, ob Madame etwas wünschte. Nicole kündigte an, daß sie später klingeln würde, um eine leichte Mahlzeit für zwei zu bestellen. Sie führte Lucile ohne Pause durch die Wohnung in ein großes und elegant eingerichtetes Schlafzimmer.

Sofort als die Tür geschlossen war, nahm Nicole Lucile in die Arme und küßte sie.

»Nein«, sagte Lucile und versuchte sich von ihr zu lösen. »Wenn dein Mann hereinkommt, würde ich mich zu Tode schämen!«

»Diese Gefahr besteht nicht«, beteuerte Nicole, preßte sich an sie und streichelte ihre Pobacken. »Er darf mein Schlafzimmer nicht betreten, das ist zwischen uns abgemacht.«

Sie entkleidete Lucile und sich.

Als sie nackt auf dem Bett lagen, streichelte Nicole Lucile sinnlich und erfahren am ganzen Körper, unter den Achseln, zwischen den Brüsten, an den Innenseiten ihrer Oberschenkel.

Sie erregte Lucile so sehr, daß sie in einen Taumel der Lust geriet, doch sie gewährte ihr noch keine Erfüllung.

»Wir haben den ganzen Abend und die ganze Nacht«, flüsterte sie Lucile ins Ohr. »Du bist eine Gefangene der Liebe hier in meinem Zimmer, bis du dich in mich verliebst, Lucile.«

Nie in ihrem Leben hätte Lucile gedacht, eine andere Frau derart zu berühren und sich danach zu sehnen, von ihr so erregt zu werden. Doch in diesem Moment wünschte sie es mehr als alles auf der Welt.

»Nein, noch nicht, *chérie*«, seufzte Nicole, als sie spürte, daß Lucile es nicht mehr aushalten konnte. »Zuerst mußt du mir sagen, daß du mich liebst.«

Sie wartete nicht auf eine Antwort, sie riß ihre Brust von Luciles Mund. *Je t'aime*, stöhnte Lucile. Sie war so erregt, daß sie alles sagen würde, wirklich alles, damit Nicole weitermachte. Nicole lachte nur, sie glaubte ihr kein Wort.

»Noch nicht«, sagte sie. »Aber du wirst mich lieben, das verspreche ich dir!«

Sie küßte Luciles heißen Leib und liebkoste ihn mit der Zungenspitze.

»Ja, ja!« stöhnte Lucile. »*Je t'aime, Nicole, je t'aime!*«

Das Spiel der Zunge wurde schneller, und Lucile wand sich und keuchte, zitterte und seufzte. Es kam ihr schnell. Sie bäumte sich auf und schrie *Je t'aime* ...

»Vielleicht«, sagte Nicole, als Lucile schlaff dalag, »aber die Zeit wird das zeigen. Wenn du es sagst, nachdem ich dich die ganze Nacht geliebt habe, glaube ich dir vielleicht, und dann wirst du mir deine Liebe beweisen.«

»Aber das habe ich doch schon«, flüsterte Lucile. »Im Wagen – du hast so laut geschrien! Das kannst du nicht vergessen haben.«

»Das zählt nicht, *chérie*, da kannten wir uns noch nicht richtig – jede hübsche Frau, die ich in Bars auswähle, würde soviel für mich tun. Es war eine Vorstellung, fast wie ein Händeschütteln. Aber am Morgen werden wir uns gut kennen. Und dann wirst du das Recht haben, von mir zu verlangen, daß ich mich dir völlig hingebe, während du mir deine Liebe beweist.«

Für Lucile war alles wie ein Traum – und dennoch keiner. In gewisser Weise war es ein wahr gewordener Traum, doch er war so seltsam, daß sie nicht begreifen konnte, wie sie hierhingekommen war, in ein Bett mit Satindecke in einem Luxusschlafzimmer. Sie drehte sich Nicole zu und berührte zärtlich ihre Wange.

Ah ja, Nicole war *sehr* attraktiv, äußerst gepflegt, wunderbar erfahren ...

Ja, dachte Lucile, *ja* – kein Sex an harten Mauern in der Dunkelheit und bei kaltem Wind, während sich Tristan keuchend befriedigt. Nie mehr im feuchten Gras des Bois de Boulogne, hinter einem Baum, wo die Leute nur fünfzig Meter entfernt vorbeispazierten.

Luciles Entscheidung war gefallen. Von diesem Moment an würde sie Sex in diesem bequemen Bett haben, in diesem luxuriösen Schlafzimmer, in Wärme und

Trockenheit und sicher vor neugierigen Blicken. Sie schaute sich anerkennend um, nahm den Anblick der weißen Bettcouch drüben am Fenster in sich auf, den Frisiertisch mit dem getönten Spiegel, die hohe Porzellanvase mit den Rosen, deren rote Knospen noch nicht ganz geöffnet waren.

Ja, es würde leicht sein, sich in Nicole zu verlieben!

Bei Suzette waren keine großen Entscheidungen nötig – die Affäre zwischen ihr und Julien Brocq würde nicht sehr lange dauern. Eine Frau, die so begierig auf eine Karriere als Sängerin ist, hat kein Verlangen nach Freundschaften, die ihr zuviel abverlangen. Und ein Mann, der sich so sehr in die Welt des Films vertieft, findet es schwer, sich auf andere Interessen zu konzentrieren.

Wenn Suzette seinen Wunsch erfüllt und für sie in Filmen gespielt hätte, dann hätte das festere Bande zwischen ihnen geschaffen. Aber sie war gegen jede Art von Abhängigkeit von einem Mann, von jedem Mann – wie sehr sie ihn auch mochte. Sie wollte aus eigener Kraft Erfolg haben und nicht durch die Unterstützung eines Mannes zum Star werden. Kurz gesagt, als die erste Aufregung beim Sex mit Julien nachließ, blieb wenig mehr zwischen ihnen als gegenseitige Wertschätzung.

Suzette wußte, daß die Affäre falsch begonnen hatte. Juliens unerwartetes Geschenk eines wunderschönen Diamantarmbands, als sie sich erst eine Viertelstunde gekannt hatten, war absurd gewesen. Und tückisch. Sie hätte das Geschenk ablehnen sollen. Julien hatte behauptet, es sei keine Bestechung, um sie ins Bett zu bekommen – es sei ein Zeichen der Achtung. Keiner von beiden hatte das geglaubt; sie hatte gewußt, daß er ihr das Armband schenkte, damit sie mit ihm schlief. Sie hatte ihr »*Place Vendôme*« gesungen, und Chanson und Armband paßten gut zueinander. Andernfalls hätte sie ihm ins Gesicht gelacht.

Das Geschenk und dessen Annahme hatten die folgenden Ereignisse bestimmt. Julien zog Freundinnen vor, die weniger unabhängig waren. Junge und schöne natürlich und nicht ganz dumme. Gewiß hatte nicht der Typ des blonden Dummchens die Welt auf die Hollywoodfilme aufmerksam gemacht – der Typ, der sich den Weg zu Starruhm auf der Couch im Büro des Filmproduzenten ebnet.

Das behauptete Julien jedenfalls, als sie es bei ihm erwähnte. Er war äußerst empört bei dem Gedanken – vielleicht fanden amerikanische Männer solch willige Frauen attraktiv, aber ein Franzose verlangte mehr als einen schönen Körper und große Brüste bei einer richtigen Freundin, sagte er. Sie mußte Verstand haben und amüsant plaudern können.

Aber nicht zuviel Verstand, sagte sich Suzette. Kein Mann will sich eine intelligente Predigt anhören, wenn er *les petits riens* in das Ohr eines Mädchens flüstert und eine Hand auf ihrem Knie liegen hat. In diesem Moment muß sie nichts als eine ganz und gar sinnliche Frau sein.

Julien glaubte genau zu wissen, was er in einer Frau suchte, aber jeder sonst hätte seine Anforderungen verwirrend gefunden. Und viele Frauen hätten sie für beleidigend gehalten. Eines war klar – obwohl Suzette die schönste Frau war, die er kannte, erfüllte sie seine Kriterien in anderer Hinsicht nicht. Und dies war ärgerlich, denn er mochte sie sehr. Aber sie war zu selbstbewußt und unabhängig.

Sie lehnte all seine Angebote von Rollen in Filmen ab – sogar Gesangsrollen, obwohl sie sich so sehr eine Karriere als Sängerin wünschte. Er reiste bald nach Amerika, wo er in Hollywood Geschäftliches zu erledigen hatte. Er hatte sich entschlossen, daß seine Abreise das Ende ihrer Affäre sein sollte. Kein Theater, keine bösen Worte, nur eine freundliche Trennung. Als er Suzette von seiner bevorstehenden langen Reise erzählte und sagte, daß er sechs bis acht Wochen fort sein werde, verstand sie.

Ihr letzter gemeinsamer Ausflug war denkwürdig. Julien hatte erfahren, daß Suzette nicht mehr in den Folies Bergère gewesen war, seit sie dort gekündigt hatte, um Karriere als Sängerin zu machen. Ihr Engagement im Nachtklub in der Avenue George-Cinq war zu Ende, und sie hatte einige Zeit frei, bevor sie in einem anderen Klub anfing. Julien fragte sie, ob sie die Folies Bergère einmal wieder besuchen möchte, und sie lachte und stimmte zu.

Als er sie in ihrer Wohnung abholte, zog er eine kleine Schatulle eines Juweliers aus der Jackettasche.

Die Schatulle enthielt eine teure Brosche. Und Suzette verstand sofort, daß es sein Abschiedsgeschenk war. Er heftete ihr die Brosche an und trat zurück, um die Wirkung zu bewundern. Er nickte zufrieden, nahm sie in die Arme und küßte sie. Sie ging dann zum Spiegel, um sich zu betrachten – der Anblick der glitzernden Diamanten der Brosche auf dem schwarzen Satinkleid war atemberaubend!

Julien bestand darauf, daß nur das Beste zum Abendessen vor der Show gut genug war; es sei ein besonderer Abend für sie vor seiner Abreise. Er wollte sie unbedingt ins berühmte Chez Drouant ausführen. Julien bestimmte dann die Speisen, um sicherzustellen, das nur das Beste der hervorragenden Küche aufgetragen wurde. Seine Art, alle Entscheidungen zu treffen und die Wünsche anderer zu ignorieren, war ein Charakterzug, den Suzette wenig liebenswert fand.

Er wählte als erstes Beluga Kaviar, danach Hummer Thermidor. Als Hauptgang bestellte er Ente mit Preiselbeeren. Das Essen war köstlich, und danach konnte Suzette nur noch ein winziges Stück Brie schaffen. Doch Julien bestellte flambierte Banane für sich. Zu dem Mahl wurde ein hervorragender Meursault, dann ein Chambertin und schließlich ein lieblicher Sauternes serviert.

Suzette fühlte sich von Juliens teurem Lebensstil ein wenig übersättigt, vielleicht sogar gelangweilt. Anscheinend entschied er sich nur für das Teuerste – bei Essen, Restaurants, Kleidung, Hotels. Und Schmuck, obwohl Suzette das vernünftiger fand. Seine Methode der Auswahl vereinfachte alle Dinge des Geschmacks, aber für Suzette mit ihrer realistischen Weltanschauung hatte das etwas Unbefriedigendes. Andererseits war es für Julien ein Vergnügen, Geld auszugeben – natürlich das Geld der Firma –, so daß es undankbar gewesen wäre, wenn sie nicht mitgespielt hätte.

Suzette selbst hätte sich mit einem weniger aufwendigen Abendessen zufriedengegeben: Hammelragout mit weißen Bohnen, ein Glas Landwein und ein Scheibchen Roquefort. Und nichts sonst.

Julien konnte es sich erlauben, Bauch anzusetzen – von einem Mann über Vierzig erwartet man nicht, daß er unbedingt schlank und athletisch bleibt. Aber Suzette wollte ihre Figur behalten. Sie erschauerte bei dem Gedanken, daß ihre perfekten Rundungen schlaff und dick wurden.

Gewiß, es war nicht mehr ihr Hauptberuf, ihre Schönheit zur Schau zu stellen, aber sie war selbstkritisch genug, um zu wissen, daß sie mit ihrem Gesang allein nicht an die Spitze gelangen konnte, ihr erotischer Körper gehörte dazu. Sie redete sich geradezu ein, daß Sex das beste Training war, um ihre Figur tadellos zu erhalten. Aber dieser Gedanke war bei ihren häufigen und kraftraubenden Eskapaden im Bett nicht so beruhigend, wie er hätte sein sollen.

In einer Frauenzeitschrift hatte sie interessiert gelesen, daß ein Liebesakt für eine Frau beim Kalorienverbrauch gleichbedeutend mit dem Ersteigen von zwei Treppen oder einem Kilometer Gehen in flottem Tempo war. Aber ärztliche Experten waren ihrer Meinung nach wenig überzeugend und so verwirrend wie Philosophen. Die Theorie bewies eine Sache, die Praxis eine andere. In der Wohnung über Suzettes Appartement wohnte Madame Arlette Saumur, eine blondgefärbte Witwe von vierzig oder darüber. Sie empfing regelmäßig Männer, um ihren Lebensunterhalt zu verdienen.

Suzette und Gaby waren mit ihr befreundet. Sie kam manchmal auf eine Tasse Kaffee und einen Plausch vorbei, und die Freundinnen gingen dann und wann auf einen kleinen Cognac zu ihr in die Wohnung hinauf. Arlette war keine Straßennutte. Sie hatte einen festen Freundeskreis, zehn oder zwölf Männer, denen sie sich verpflichtet fühlte. Sie waren in mittleren Jahren und sahen langweilig aus, aber es waren anständige, gutsituierte Männer – Beamte, Ladenbesitzer, Schullehrer – die Schicht der traditionellen Bourgeoisie.

Suzette hatte sie auf der Treppe gesehen. Einige, die ernst hinaufgingen, und manche, die entspannt zurückkehrten. Sie lächelten sie an – der französische Mann, der an einer so schönen Frau vorüberging, ohne zu lächeln, war noch nicht geboren. Einer fragte sie sogar, ob er sie anrufen dürfte, und er tippte auf seine Brust, um anzuzeigen, daß er viel Geld in der Brieftasche hatte.

Bei so vielen Freunden verbrachte Arlette mehr Zeit mit der Liebe als sechs durchschnittliche Ehefrauen. Und wenn es stimmte, daß der Körper dabei soviel Kalorien verbrauchte wie beim Ersteigen von zwei Treppen – wie es in der Zeitschrift hieß –, dann legte Arlette zweimal pro Woche den Weg bis zur Spitze des Eiffelturms zurück!

Trotzdem war Arlette pummelig. Sie behauptete, wohlgerundet zu sein, ihre Freunde beteten sie deshalb an, weil sie Rubensfiguren liebten.

Suzettes Showgirl-Maßstäbe erlaubten eine gewisse Üppigkeit an den richtigen Stellen. Besucher der Folies Bergère waren keine Bewunderer von Bohnenstangen ohne Busen und Po. Aber selbst nach diesen Maßstäben war Arlette stark übergewichtig. Und für Gabys Augen der Tänzerin war sie fett. Ihre *nichons* waren nach Gabys Meinung so groß wie Charenton-Melonen. Und ihren Hintern fand Gaby schrecklich dick; er wabbelte beim Gehen.

Arlette war zwar eine wirklich nette Bekannte, aber leider ein lebender Beweis dafür, daß die Theorie des Sexberaters in der Frauenzeitschrift nicht stimmte.

Nach dem Abendessen führte Julien Suzette am Arm, und sie schlenderten langsam, wie es mit gefülltem Magen nötig ist, zur Avenue de l'Opéra und an einen Taxistand. Im Taxi und auf dem Weg zur Rue Richer und den Folies Bergère legte Julien die Hand leicht auf Suzettes Knie und streichelte es ein wenig. Aber er war zu schläfrig nach dem vielen Essen, um weitere Intimitäten zu versuchen.

Die Show war wunderbar inszeniert, wie erwartet. Das Bühnenbild war phantasievoll, die Musik flott, und die Kostüme waren glamourös und amüsant. Es traten Tänzer und Sänger auf, Akrobaten, Zauberer, Komödianten, Jongleure und vor allem die Showgirls – prächtige junge Körper, fast nackt, geschmückt mit Federbüschen, Satin, Pailletten, Gold- und Silberlamé und glänzend schwarzem Leder ...

»Und du, Suzette«, murmelte Julien bewundernd, »warst eine dieser bezaubernden jungen Damen mit Straußenfedern und goldenen Pailletten und hast vor einem farbigen Wasserfall posiert, bevor du Sängerin wurdest? Ich finde das entzückend.«

In der Dunkelheit des Zuschauerraums streichelte Suzette liebevoll über Juliens Oberschenkel und spürte die verräterische Härte in seiner Hose. Offenbar hatte ihn der Anblick der Showgirls erregt.

Nach der Show führte Suzette Julien zu einer Bar, die nicht weit entfernt war, und in der Mitglieder des Ensembles verkehrten. Alte Freundinnen und Freunde küßten sie auf die Wangen und bewunderten mit offenem Neid die Diamantbrosche an ihrem Kleid. Sie wurden Julien vorgestellt, der sich jetzt völlig von seiner Trägheit nach dem Abendessen erholt hatte. Er liebte es, im Mittelpunkt des Interesses hübscher, parfümierter Frauen zu stehen. Sie waren jetzt bekleidet, doch er hatte ihre Nacktheit auf der Bühne noch in frischer Erinnerung.

Zwei von Suzettes guten Freundinnen unter den Tänzerinnen waren anwesend und in Hochstimmung: Angelique und Jasmin. Angelique hatte einen neuen Freund bei sich. Offenbar hatte sie Jean-Pierre Buffon endlich den Laufpaß gegeben. Er pflegte sie jede Nacht hier zu treffen, und er war ein unsympathischer, aber wohlhabender Typ.

Julien war anscheinend besonders angetan von Jasmin Bonaventure. Er sagte, sie sehe äußerst fotogen aus, und er fragte, ob sie jemals an einem Film-Casting teilgenommen hätte. Jasmin verneinte das und blickte verstohlen zu Suzette, um zu sehen, ob sie eifersüchtig wegen Juliens Interesse an ihr war. Suzette zuckte die Achseln.

Jasmin hatte einen Freund dabei. Er war Mitglied der Showtruppe, ein gutaussehender, braunhäutiger Mann, der aus Gabun stammte. Er jonglierte auf der Bühne mit goldfarbenen Bällen, die blitzend das Licht der Scheinwerfer reflektierten. Zuerst stand er beim Jonglieren aufrecht. Dann machte er einen Handstand auf nur einer Hand und jonglierte mit der freien Hand und den Füßen – so schnell, daß die Zuschauer unmöglich zählen konnten, wie viele Bälle er in Bewegung hielt.

Er vollbrachte noch andere Wunder an Geschicklichkeit, und alles barfuß und nackt außer einem kleinen *cache-sex* aus weißem Leder. Sein *cache-sex* wirkte so sehr gefüllt, daß viele Frauen im Publikum während seines Auftritts sexuell erregt waren.

Jasmin war interessiert genug gewesen, um herauszufinden, ob die Wirklichkeit das Versprechen einhielt – es war möglich, daß der Jongleur sein *cache-sex* ausstopfte, bevor er auf die Bühne ging.

Suzette zwinkerte Jasmin kurz zu, setzte eine fragende Miene auf und nickte leicht zu dem Jongleur hin, der jetzt voll bekleidet war. *Taugt er was?* fragte ihr Blick.

Zwischen Frauen bedarf es für Dinge dieser Art keiner Worte, jede versteht die andere perfekt. Jasmin machte eine kleine, fast kaum wahrnehmbare Geste, die nur Suzette sah, und die deutlich sagte *Comme ci, comme ca!*

Dann hatte Jasmin das Recht, die gleiche unausgeprochene Frage über Julien zu stellen, der gut gekleidet, selbstsicher, reich und mächtig bei den Showgirls stand. Jasmin war nicht besonders taktvoll und stellte die Frage, indem sie nur den kleinen Finger der Hand zeigte und auch den noch nach unten sinken ließ.

Suzette lächelte und reckte kurz drei Finger empor, um anzuzeigen, daß Julien kein Geliebter war, der sich nach nur einem Akt zur Seite drehte und einschlief. Jasmin schmollte enttäuscht und neidisch.

Angelique sagte, sie habe Suzette im Radio singen gehört. Man hatte eine Schallplatte abgespielt, erklärte Suzette, man wollte sie nicht live singen lassen. Sie erwähnte es zwar nicht, aber auch dies verdankte sie Julien, der Leute in der Schallplattenindustrie kannte und arrangiert hatte, daß eine Single mit ihrem Gesang aufgenommen wurde. Der liebe fette, rotnasige Emile, Suzettes Agent, hatte sich fröhlich die Hände gerieben und noch einen Schnaps bestellt – er behauptete, die ganze Zeit gewußt zu haben, daß sein Schachzug, sie mit Antoine Ducasse zu der Filmpremiere zu schicken, ein Durchbruch für ihre Karriere werden würde.

Suzette hatte mit einem Achselzucken reagiert und geantwortet, es sein ein wenig mehr erforderlich gewesen als das.

Nachdem der Vertrag unter Dach und Fach war, überredete Suzette Michel, den sie wegen seiner Liebe zu ihr leicht überzeugen konnte, ein neues Chanson für eine Platte mit ihr zu texten. ›*Rue de la Paix*‹. Sie hatte kein Problem, Michels Text von ihrem Gesangslehrer Jacques-Charles Delise vertonen zu lassen.

Auf der anderen Seite der Schallplatte sang sie ihr Lieblingslied – ›*Place Vendôme*‹.

Wenn Julien von Jasmin angetan war, dann würde er nach seiner Rückkehr nach Paris wissen, wo er sie finden konnte. Der Jongleur aus Gabun war kein großes Hindernis, denn Jasmin betrachtete ihn nur als Lückenbüßer. Sie würde ihn ohne weiteres fallenlassen, wenn ein wichtiger Mann wie Julien Brocq ihr ein Angebot machen würde. Und es war durchaus möglich, daß sie mehr zu Juliens Bedürfnissen paßte. Sie war der Typ, den er anscheinend bevorzugte – sehr sinnlich, nicht zu intelligent, leicht zu führen. Und da wartete eine Überraschung auf ihn, wenn er Jasmin nackt sah – etwas, das Suzette wußte, weil sie die Garderobe mit Jasmin in den Folies Bergère geteilt hatte.

Jasmins prächtige Brüste hatten Knospen von einem sehr dunklen Rot, fast dunkelbraun. Vor dem Auftritt auf der Bühne dämpfte sie die Farbe, damit sie sich nicht zu sehr von den anderen Mädchen unterschied. Sie übertrieb dies an einigen Abenden und färbte sie blaßrosa wie die eines kleinen Mädchens. In ihrer Freizeit aber war sie stolz auf die außergewöhnliche Farbe. Sie hatte Suzette in genau dieser Bar anvertraut, daß sie es unglaublich aufregend fand, von einem Liebhaber die dunklen Knospen mit

Honig bestreichen und ablecken zu lassen. Suzette fand, daß Julien nur zu gern dazu bereit sein würde.

Wie merkwürdig, daß ich ihn in Gedanken mit einer anderen Frau verkupple, dachte Suzette. Aber sie wußte, daß ihr Verhältnis zu Ende war, für sie wie für ihn – vielleicht mehr für ihn. Wenn er bei seiner Rückkehr versuchte, die Beziehung fortzusetzen, würde sie ihm einen Korb geben.

Natürlich bezahlte Julien alle Getränke, die Suzettes Freundinnen bestellten, und auch deshalb blieben sie alle länger in der Bar als sonst. Aber schließlich verabschiedeten sie sich mit Küßchen auf die Wangen, und Julien fand ein Taxi, das ihn und Suzette zum Hotel Ritz brachte. Er war in sehr guter Stimmung nach dieser Stunde in Gesellschaft der Showgirls, und er sprach über Filme und seine bevorstehende Reise nach Hollywood.

Im Schlafzimmer seiner Suite zog er das Jackett aus und nahm Suzette in die Arme. Sie balancierte auf einem hohen Absatz, während sie den anderen Schuh auszog. Bei der pötzlichen Umarmung hätte sie fast das Gleichgewicht verloren, doch Julien hielt sie fest, und sie klammerte sich haltsuchend an seiner Hemdbrust fest. Knöpfe sprangen ab, und Suzette sah Juliens dichtbehaarte Brust. Sie lachte und strich zärtlich über den dunkelbraunen Pelz, mit dem sein Körper bedeckt war.

»Du hast deine Berufung für den Film falsch verstanden, *chérie*«, sagte sie. »Anstatt Filme zu produzieren, solltest du darin mitspielen.«

»Ich? Welche Rolle könnte ich denn spielen – einen Gangster?«

»Du wärst perfekt als King Kong«, sagte Suzette kichernd.

Die Vorstellung amüsierte Julien. Der Vorschlag war nicht schlecht. Als er über Suzettes Schulter hinweg in den Spiegel schaute, sah er einen breitschultrigen, stämmigen Mann, dessen Brust unter dem aufgerissenen Hemd dicht behaart war.

»Ja!« sagte er begeistert. »Es stimmt! Ich werde King

Kong sein, und du bist die weiße Frau, die der Stamm mir als Opfer angeboten hat.«

Er hob Suzette auf die Arme, trug sie zum Bett und legte sie darauf.

»Ich werde schreien, wenn du mir was antust!« warnte Suzette.

Julian stürzte sich auf sie, inspiriert von ihrer Bereitschaft, bei seinem Spiel mitzumachen. Er riß ihr das schwarze Abendkleid und das schwarze Seidenhöschen vom Körper.

»Mein Gorilla«, sagte Suzette. »So riesig und haarig!«

Julien gefiel sich jetzt in seiner Rolle als Gorilla. Er nahm sie hart von hinten und stieß dabei Laute wie ein Affe aus. Suzette mußte ein Lachen unterdrücken.

Wie erregend es war, seine behaarte Brust auf ihrem Rücken zu spüren! Und dabei stieß er diese keuchenden Affenlaute aus.

Paaren sich so wild Gorillas im dunklen afrikanischen Dschungel? dachte Suzette.

Es hatte aufgehört, nur lustig zu sein, jedenfalls für Suzette, aber jeder andere Beobachter hätte komisch gefunden, was da geschah. Suzette war äußerst erregt durch Juliens Wildheit – und natürlich vom Reiben seines Haarpelzes auf ihrer weichen Haut. Es war, als würde sie von diesem gigantischen, starken Affen gepackt und in den mächtigen Pranken gehalten, während die Bestie ihre Lust befriedigte – ah, wie wahnsinnig aufregend!

Suzette war heiß und feucht, bereit für ihn auf jede Weise. Und dann stieß er einen Triumphschrei aus, der einem König der Affen würdig gewesen wäre, und Suzette wurde von seiner Ekstase mitgerissen. Julien war von seinem Spiel so erregt, daß er sich nicht mehr unter Kontrolle halten konnte, und Suzette wurde von seiner Kraft erfaßt und auf den Gipfel der Lust getragen.

»Ah, huh, aaah«, keuchte Julien in affenartigem Entzücken und übertönte Suzettes Lustschreie.

Und so ging es weiter *aah, huhh, aah, huhh!*, bis die Wogen der Lust nachließen, und er langsamer wurde und es schließlich sanft ausklang. Das Dschungelpaar fiel aufs Bett, blieb nebeneinander liegen und lachte sich an.

Später in dieser Nacht, als sie sich nackt in den Armen hielten, gelangte Julien zu dem Schluß, daß er nie wieder eine Frau finden würde, die so schön und so sinnlich oder im Bett so begeistert und leidenschaftlich war wie Suzette. Es war inzwischen mitten in der Nacht und dunkel im Schlafzimmer. Julien überraschte Suzette, indem er sie anflehte, ihn nach Hollywood zu begleiten.

»Aber Julien, ich will kein Filmstar werden, das weißt du«, sagt Suzette, »Und ich kann in Amerika keine Sängerin sein, dort spricht man nicht Französisch. Natürlich könnte ich auch englische Aufnahmen machen, aber durch Übersetzungen ginge das Flair der Chansons verloren.«

»Wir werden etwas arrangieren«, sagte Julien entschieden. »Ich verspreche es. Hör auf mich, ich liebe dich. Ich kann nicht fortgehen und dich verlassen. Komm mit mir!«

Suzette küßte ihn und streichelte seine behaarte Brust bis hinunter zwischen seine Schenkel. Und während ihre zarten Finger an seiner heißen Männlichkeit auf und ab glitten, beteuerte er mit vielen Erklärungen seine ewige Liebe, Worte, die mehr zu einem jüngeren Mann gepaßt hätten.

Seit dem Tag, an dem Michel Radiguet Suzette kennengelernt hatte, handelte jedes seiner Gedichte von ihr, *jedes!*
Für »*Place Vendôme*« beschrieb er sie in einem Juweliergä-
schäft, und ihr Geliebter kaufte ihr ein mit Diamanten
besetztes Halsband als Zeichen seiner völligen Ergebenheit. Michel sah sich selbst als der Liebhaber, obwohl er nie
in seinem Leben mehr als fünfzig Francs in der Tasche
gehabt hatte.

In seiner Phantasie traf Suzette in einer Limousine vor
der Oper ein und trug ein prächtiges Abendkleid von Dior.
Ihr Begleiter, der sie zu einer Loge führte, war wieder einmal Michel, obwohl er Jazz einer Oper vorzog.

Und so war es bei all seinen anderen Gedichten – bei
den Texten, die Jacques-Charles vertonte und die als
Chansons Suzettes Ruf als Nachtklubsängerin begründe-
ten. Fairerweise muß gesagt werden, daß natürlich auch
ihre Schönheit eine große Rolle bei ihrem Erfolg spielte.
Eine reizlose Sängerin hätte nie die gleiche Wirkung mit
eigentlich bescheidenen, kleinen Liedern erzielt.

Für ihren Vertrag mit der Schallplattenfirma hatte
Michel ein neues Gedicht für sie geschrieben. Es war das
berühmte ›*Rue de la Paix*‹, das Chanson, das sofort ein Hit
wurde und Suzette von der Nachtklub-Chansonnette zum
Star machte.

Es war ein einfaches, kleines Gedicht, alle Gedichte von
Michael waren schlicht und voller Gefühle. Eine Frau
schlenderte allein durch die elegante Rue de la Paix, mit
hochhackigen Schuhen, einem Seidenkleid und mit einem
Nerz um die Schultern. Sie blickte beim Vorübergehen in
die Schaufenster der Boutiquen und Juweliergeschäfte,
sah seidene Dessous, wunderschöne Kleider, diamantbe-
setzte Armbanduhren. Die Frau war traurig, denn ihr
Geliebter war nicht bei ihr.

Natürlich hätte sich Suzette den Text genauer anhören

sollen, als sie es zu jener Zeit tat. Aber ihre Gedanken waren schon bei den Aufnahmen in nur zehn Tagen und bei der schweren Aufgabe, Jacques-Charles Delise dazu zu bringen, lange genug nüchtern zu bleiben, um eine Melodie für Michels Text zu komponieren. Bis jetzt hatte Jacques-Charles seine Sache gut gemacht, aber es blieben stets nagende Zweifel an der Zuverlässigkeit des Alkoholikers.

Manchmal machte die Hoffnungslosigkeit von Jacques-Charles' Liebe zu Suzette ihn so melancholisch, daß er sich sinnlos betrank und zwei oder drei Tage lang im Vollrausch verbrachte. Danach lag er krank und schwach im Bett und brauchte weitere Tage, um sich zu erholen.

Merde alors! sagte sich Suzette. *Warum verknallen sich diese Versagertypen in mich? Ist das mein Schicksal?*

Der Grund war nicht schwer zu finden. Es war ihre Charakterstärke und ihr Erfolgswille, der die Versager anzog. Ihr Ehrgeiz war wie ein Leuchtturm in ihrer Finsternis jener Männer. Zum Beispiel Jacques-Charles – er hatte eine vielversprechende Karriere als Konzertpianist aus einem für Suzette unerklärlichen Grund weggeworfen. Aber sie mochte ihn, und sie wußte, daß er großes Talent hatte und viel leisten konnte, wenn er sich die Mühe machte, diese Gaben zu nutzen.

Und Michel war von der gleichen Art. Er war nur zwei Jahre jünger als Suzette, doch manchmal erweckte er den Eindruck, noch ein Kind zu sein. Er war Student, als Suzette ihn bei ihrem Debüt als Sängerin in einem Kellerlokal im Viertel Montmartre kennenlernte. Er gab sein Studium auf, weil er überzeugt war, sie so wahnsinnig zu lieben, daß er seine Gedanken und sein Leben nur ihr widmen konnte – das sagte er jedenfalls. Welche Idiotie! Sie bemühte sich sehr, ihn von seiner übertriebenen Romantik abzubringen, doch er ließ sich nicht davon beirren.

Kein Lernen und kein Besuch von Vorlesungen mehr. *Adieu* Examen. Von jetzt an widmete er sich ausschließlich den ständigen Gedanken an Suzette. Wahre Liebe verlangte das seiner Ansicht nach!

Es erübrigt sich zu sagen, daß er seine Eltern in Fecamp nicht über den Abbruch seines Studiums informierte – es wäre zu ärgerlich gewesen, wenn sein Vater ihm kein Geld für den Lebensunterhalt mehr geschickt hätte. Suzette versuchte, ihm Geld zu geben, als Art Honorar für die Chansons, aber er weigerte sich, es anzunehmen – er erklärte stolz, daß er die Gedichte für sie geschrieben habe und sie darüber nach Belieben verfügen könne.

Dies war auf gewisse Weise alles gut, aber es führte zu Problemen. Wie ermuntert eine Angebetete einen Bewunderer, ein Gedicht je nach Bedarf zu schreiben? Diese Dinge mußten aus seinem Herzen kommen, nicht durch den Druck eines Auftrags.

Michel kam meistens an den Nachmittagen in Suzettes Appartement. Sie nahm an, daß er jeden Tag vorbeischaute, aber oftmals waren sie und Gaby nicht anwesend, und so wußte sie es nie mit Sicherheit. Als der Schallplattenvertrag abgeschlossen und unterschrieben war, bat sie Michel offen und ehrlich, ein besonderes Gedicht für sie zu schreiben. Sie sagte ihm, zu welchem Zweck – sie neigte von Natur aus weniger zu Täuschungen als die meisten Frauen.

Zwei Tage später brachte ihr Michel das Gedicht, ein dutzend Zeilen auf einem zerknitterten Zettel, auf dem Wörter ausgestrichen und eingefügt und Zeilen umgestellt worden waren. Suzette hatte Mühe, den Text zu lesen, und dann sagte sie ihm, daß der Text wunderbar sei, herrlich lyrisch, das beste Gedicht, daß er je geschrieben hatte. Insgeheim hoffte sie, Jacques-Charles konnte das als Anstoß verstehen und den Text noch ausdrucksvoller gestalten.

Michels Gesicht spiegelte bei dem Lob Freude wider. Als Suzette ihn kennengelernt hatte, war er stets mit einer schäbigen braunen Jacke, ausgefranster Hose und Rollkragenpullover gekleidet gewesen. Dies waren die einzigen Kleider gewesen, die er besessen hatte – er hatte also wie ein typischer schmuddeliger Student vom linken Seineufer ausgesehen. Suzette hatte darauf bestanden, neue

Kleidung für ihn zu kaufen – keinen Anzug natürlich, denn in seiner Welt war es unmöglich, etwas so Spießiges zu tragen. Aber er akzeptierte eine neue Kordjacke, eine graue Flanellhose und ein paar Hemden. Keine Krawatte, das würde seine hohen Prinzipien verletzen.

Er war ein gutaussehender junger Mann, das muß nicht betont werden, denn sonst hätte sich Suzette nicht für ihn interessiert. Er war zwanzig, schwarzhaarig und sehr schlank, als bekäme er nicht genügend zu essen. Seine Augen waren groß und dunkelbraun, seine Wimpern waren so lang wie die eines Mädchens, und obwohl er von Natur aus schüchtern war, erwies er sich als sehr männlich – beeindruckend maskulin.

Gaby trieb sich irgendwo mit Tristan herum und riskierte zweifellos eine Festnahme, indem sie Sex mit ihm in einem öffentlichen Park oder an einem anderen unpassenden Platz hatte. Suzette war mit blauweißer Bluse und grauem Leinenrock leger für einen Nachmittag daheim gekleidet. Michel saß auf dem Sofa, und sie stand bei ihm, um sein neues Gedicht zu lesen. Sie hielt den Zettel zum Fenster ans Licht, um den Text entziffern zu können.

Michel strahlte, als sie seine Arbeit lobte, und als sie seine Wange streichelte, war er von Freude und Stolz erfüllt. Er legte eine Hand auf ihr Bein, noch sehr unsicher, obwohl er seit fast einem Jahr intim mit ihr verkehrte. Sie lächelte ihn an, und er wurde selbstbewußter. Sie fuhr ihm mit der Hand durch das dichte schwarze Haar, und er schob die Hand unter den Rock und ihren Schenkel hinauf.

Der arme Michel, würde er jemals genügend Selbstbewußtsein haben, um in dieser rauhen Welt zurechtzukommen? Sich selbst überlassen, war er für ein Schattendasein bestimmt, genau wie Jacques-Charles. Selbst als er Suzettes seidenweiche Haut oberhalb des Strumpfes streichelte, wirkte er fast verlegen.

Suzette wartete, bis er erregt wurde, dann würde er kühner werden. Und nach einer Weile seufzte er, schob die

Hand unter ihren Slip und berührte ihre warme, glattrasierte Scham.

Poeten haben viele Namen für diesen geschätzten Teil eines weiblichen Körpers gefunden – *Rose* und *Rosenknospe* zum Beispiel. Das Wort, das auf den Straßen benutzt wird, ist zu obszön, wenn Liebende einander intim liebkosen. Michel nannte es ihre *Orchidee*.

Er liebte sie, er träumte jede Nacht davon, das sagte er jedenfalls. Des Morgens wachte er mit einer Erektion und in Schweiß gebadet auf, und ihre *Orchidee* beherrschte seine Gedanken und Wünsche. Seit dieser unvergeßlichen Nacht, in der er sie zum ersten Mal in einem dunklen Torweg in Montmartre gespürt hatte, konnte er keine anderen Frauen mehr ansehen, geschweige denn berühren.

Suzette zuckte die Achseln und unterdrückte ein Lächeln, wenn er dieses Geschwätz von sich gab. Für sie war Sex etwas so Natürliches wie atmen, und diese Idealisierung eines einfachen Vergnügens hielt sie für unnatürlich.

Aber schließlich wurde Michel so kühn, ihren Rock hoch und ihr Höschen herunterzuziehen, um liebevoll ihre rosige *Orchidee* zu küssen. Er kniete sich vor ihr hin, drückte das Gesicht auf die weichen Schamlippen und murmelte Worte der Bewunderung.

Als er aufblickte und Suzette verzückt in die Augen schaute, setzte sie sich auf sein Knie, und er liebkoste ihre Orchidee jetzt ohne Hemmung. Während seiner zärtlichen Berührungen küßte er sie tief und verlangend, und er streichelte sie so erregend, daß es ihr fast kam.

Sie küßte sein Ohrläppchen und stand auf, um ihn ins Schlafzimmer zu führen. Er folgte ihr hastig und streifte sein Jackett ab. Im Schlafzimmer starrte er Suzette an, hingerissen in poetischer Entzückung. Nun, vielleicht war es nicht gerade Poesie, die ihn bei Suzettes Anblick erfüllte – seine erhitzten Wangen und sein heftiges Atmen mochten auf andere Gefühle zurückzuführen sein.

Aber der Anblick, der sich ihm bot, hätte wirklich das Blut jeden normalen Mannes in Wallung gebracht. Suzette hatte sich aufs Bett gelegt. Ihre blauweiße Bluse war aufgeknöpft, und sie hatte den BH abgestreift. Der Rock war bis zu den Hüften hochgeschoben, und ihr kleiner Slip hing um die Oberschenkel. Michel starrte sie ehrfürchtig an, schien kaum zu atmen, als hätte sich das Paradies für ihn geöffnet. In gewissem Sinne war es auch so.

Suzette brach den magischen Zauber, indem sie sinnlich ein Knie hob, ihre schwarzen Schuhe von den Seidenstrümpfen streifte und auf den Boden fallen ließ. Michel eilte zu ihr und zog ihr das Höschen ganz aus.

Suzette öffnete sich für ihn, und er preßte das Gesicht auf ihre Orchidee. Das erregende Spiel seiner Zungenspitze trieb sie zur Ekstase. Als Michel erkannte, daß er sie zum Höhepunkt gebracht hatte, kam es ihm selbst, ohne daß er die Hose und Unterhose ausgezogen hatte.

Dann war es vorüber, und er lag still und entspannt da. Seine Wange ruhte auf ihrem warmen Oberschenkel. Suzette wußte, was geschehen war – Michels Bewunderung war so stark gewesen, daß sie die normalen Reaktionen seines Körpers überwältigt hatte.

Suzette atmete tief durch, während die Wellen der Lust in ihr abklangen und sie ruhiger atmete. Sie streichelte Michels schwarzes, zerzaustes Haar. Und auch er beruhigte sich. Nach einer Weile würde sie ihn ganz ausziehen, ihn küssen und ihm sagen, daß sie von der Stärke seiner Erektion geschmeichelt war. Männer liebten solche Worte. Sie schmeichelten ihrem Stolz und gaben ihnen das Gefühl, Giganten zu sein.

Aus der Vergangenheit wußte sie, daß es ungefähr zehn Minuten oder eine Viertelstunde dauern würde, bis er sich wieder erholt hatte. Dann würde sie ihm ihren schönen Körper schenken, nicht nur, um ihn in sich zu spüren – obwohl ihr eigenes Vergnügen wichtig war –, sondern weil er die höchsten Wonnen verdiente, die sie ihm für das schöne Gedicht bereiten konnte.

Es war ein langer, köstlicher Nachmittag. Michels Äußeres mochte auf einige Leute mädchenhaft weich wirken, aber im Bett war er ganz Mann. Suzette fragte ihn danach, ob er mit ihr in einem Bistro in der Nähe zu Abend essen wollte, wo das Essen gut und ausreichend war. Sie sagte es natürlich nicht, aber sie hielt es für gut, wenn er eine herzhafte Mahlzeit bekam. Er war zu dünn, fast mager, und er hatte sich so verausgabt, daß er wieder zu Kräften kommen mußte.

Aber er lehnte ab, er könne nicht bleiben, er habe etwas zu erledigen, vielleicht ein andermal, er liebe sie so sehr und so weiter. Er zog sich an, und sie begleitete ihn nackt zur Tür zu einem Abschiedskuß. Er preßte ihren warmen Körper an sich, während aus dem Abschiedskuß zwanzig oder mehr wurden, und seine glänzenden, dunklen Augen spiegelten seine tiefen Gefühle wider. Er streichelte spielerisch leicht Suzettes Po, während er immer wieder flüsterte, wie sehr er sie liebte. Dann ging er.

Obwohl Michel das Studium abgebrochen hatte, führte er weiterhin sein Studentenleben. Er wohnte in einem schäbigen kleinen Zimmer in einer Pension in einem verfallenden Viertel am linken Seineufer. Er verbrachte seine Tage und Nächte mit Studenten im Quartier Latin und gammelte mit einer intellektuellen Gruppe in seinem Alter am Saint-Michel-Springbrunnen herum. Wenn er daran dachte, aß er billiges, aber leidlich schmackhaftes Essen in den kleinen Bistros in der Nähe des Boul' Mich.

Keiner seiner Freunde hatte Geld – welcher Student hat das jemals? Es war für ihn möglich, mit ein paar Francs eine Woche lang über die Runden zu kommen, denn er gönnte sich nicht viel, und das wenige war billig. Es gab Flohkinos, in denen Experimentierfilme gezeigt wurden, über deren Bedeutung dann scheinbar endlos ernsthaft diskutiert werden konnte. Es gab Klubs, in denen Amateure Jazz spielten und wo der Eintritt kostenlos und nur ein billiges Glas Wein der Mindestverzehr war. Wer kostenlose Unterhaltung suchte, wußte, wo sie zu finden war – und wo besser als am Place de la Contrescarpe mit seiner Uhr?

Tramps kauerten auf dem Boden unter den Bäumen, Straßensänger und Feuerschlucker traten auf und hofften, ein paar Francs vom Publikum zu bekommen.

Und vor allem gab es die Existentialisten-Keller, wo sich blasse und unterernährte junge Künstler auf der Gitarre begleiteten, während sie traurige Lieder von verzweifelter Liebe, sinnlosem Leben, marxistischer Politik und dem Tod der Alten Welt vortrugen. Und endlose Variationen der gleichen Themen, die bei idealistischen und unreifen Jugendlichen gut ankamen.

Dort in einem dieser Keller lernte Michel in einer Nacht Solange Barbot kennen, nur ein paar Tage später nach jenem Besuch bei Suzette, bei dem er ihr sein neues Gedicht gebracht hatte. Im Keller war es dunkel wie in einer Höhle, Zigarettenrauch waberte in der von Stimmengewirr erfüllten Luft. Unter dem Strahl eines Punktscheinwerfers, der wie ein Finger durch den Qualm schnitt, sangen zwei Männer mit karierten Hemden von wer weiß was. Alle Tische waren dicht besetzt, der Wein war fast ungenießbar und das Bier noch schlimmer. Kurz gesagt, es war eine typische Studenten-Spelunke.

Seit Professor Jean-Paul Sartre der Welt die Sinnlosigkeit der menschlichen Existenz verkündet hatte, nannten sich Studenten der Sorbonne selbst Existentialisten. Zweifellos war eine Hauptattraktion dieser Philosophie die Behauptung, daß bürgerliche Pflicht und Moral Mythen für Großmütter waren. Jeder hatte die Verantwortung, zu tun, was ihm am besten gefiel. Nichts sonst zählte.

Viele Pariser Studenten hielten das für eine Aufforderung, sich zu betrinken und/oder mit so vielen Mädchen wie möglich zu schlafen. Oder, wenn sie homosexuell waren, mit so vielen Männern wie möglich.

Michel lernte Solange zufällig kennen. Sie geriet in Streit mit einem jungen Mann, der neben ihr saß; vielleicht war es ein Freund. Als das wütende Geschrei ohrenbetäubend wurde und keiner nachgeben wollte, sprang Solange auf und verpaßte ihrem Freund eine schallende Ohrfeige, die bis zum anderen Ende des Kellers zu hören war.

Sie machte auf dem Absatz kehrt und rauschte davon. Aber nicht alle Männer unterwerfen sich Frauen, und der Freund – jetzt der Ex-Freund – folgte ihr. Er packte sie an der Schulter, riß sie herum und gab ihr die Ohrfeige zurück. Es war der harte Schlag eines Mannes, dessen Geduld bis zum äußersten strapaziert worden war. Solange schrie auf. Der Schlag schleuderte sie zurück, bis sie gegen den Tisch krachte, an dem Michel mit Freunden saß. Gläser zerklirrten, Rotwein spritzte und Solange fiel rücklings auf Michels Schoß.

Sie war in einem Stil gekleidet, der zur Uniform von Existentialisten des Quartier Latin geworden war: schwarze Strümpfe, schwarzer Rock und schwarzer Rollkragenpullover. Es erübrigt sich, zu sagen, daß ihr langes und strähniges Haar pechschwarz war. Ihr Teint war blaß, und die Augen waren mit dunkelblauem Lidschatten geschminkt. Kurz gesagt, sie sah aus wie eine unheilbar Kranke. Dies wurde zu jener Zeit als äußerst *chic* betrachtet.

Sie starrte zu Michel auf, schätzte ihn kurz ab und flehte: »Rette mich, rette mich! Laß nicht zu, daß er mich ermordet!«

Das war ein Problem für Michel. Er wollte sich nicht mit einem Mann schlagen, den er nie zuvor gesehen hatte und nie wiedersehen wollte. Außerdem war es ein viel stärkerer Mann. Andererseits ist es demütigend, Furcht zu zeigen, wenn ein verzweifeltes Mädchen um Hilfe fleht.

Zum Glück löste sich das Problem von selbst, und Michel brauchte nicht einzugreifen. Der Ex-Freund stolzierte davon, zufrieden, seine Gefühle deutlich erklärt zu haben, und verließ den verräucherten Keller. Als Michel das sah, lächelte er das Mädchen an.

»Sie sind bei mir in sicheren Händen, Mademoiselle, das versichere ich Ihnen«, sagte er mit seinem charmantesten Lächeln. Normalerweise war er äußerst schüchtern bei Frauen, aber bei dieser fühlte er sich entspannt – vielleicht weil sie sich auf so ungewöhnliche Weise vorgestellt hatte.

Natürlich hatte er sie festgehalten, als sie auf seinen Schoß gefallen war, um zu verhindern, daß sie auf den Boden stürzte. Er hielt sie schützend umklammert, und erst jetzt wurde ihm klar, daß er sie mit einer Hand an der Schulter umfaßte und mit der anderen an einer Brust festhielt. Die Röte, die plötzlich seine Wangen überzog, blieb in dem schummrigen Kellerlokal unbemerkt, aber er spürte die warme und weiche Brust durch den dünnen Pullover. Es war ihm klar, daß sie darunter nichts trug.

Michel zog seine Hand mit einer hastigen Entschuldigung zurück und half Solange, sich aufzurichten. Und als seine Hände über ihre Hüften glitten, um ihr behilflich zu sein, stellte er fest, daß sie auch unter dem Rock nichts trug.

Jetzt war sie an der Reihe, sich zu entschuldigen, weil sie ihn gestört hatte, und das machte sie so nett, daß Michel ihr einen Platz neben sich anbot und sie zu einem Glas Wein einlud. Er saß mit zwei Freunden zusammen, beide Studenten, von denen einer etwas Geld besaß. Er hatte an diesem Tag einen wertvollen wissenschaftlichen Band an einen der Antiquariats-Buchhändler verkauft, von denen es im *Quartier* Hunderte gab. Er hatte es für unnötig gehalten, den Käufer darüber zu informieren, daß er das Buch vorher aus einem nur zwei Straßen entfernten Buchladen hatte mitgehen lassen.

Die Freunde, Albert und Marc, waren wütend über die Mißhandlung des Mädchens. Aber Solange sagte ihnen nur, daß Jules Dufour ein Schwein und ein Wüstling sei, und sie hoffe, daß er von einem Lastwagen überfahren werde und in der Gosse sterbe.

Eine Stunde verging, ein paar Gläser Wein wurden getrunken. Michels Freunde erkannten, daß Solange an ihm interessiert war, nicht an ihnen. Als das Kellerlokal gegen zwei am Morgen geschlossen wurde, verabschiedeten sie sich auf dem Bürgersteig vor dem Lokal und trollten sich. Trotz des Lärms in dem Kellerlokal hatten Michel und Solange ihre Ansichten über fast alles unter der Sonne ausgetauscht und bei den meisten Dingen von Bedeutung übereingestimmt.

Sie schlenderten Arm in Arm über den Boulevard St. Germain, auf dem noch viele Menschen unterwegs waren. Michel und Solange hatten kein besonderes Ziel, sie ließen sich treiben und unterhielten sich. Sie erklärte ihm, daß sie keine Studentin sei – wie er fälschlich angenommen hatte –, sondern eine achtzehnjährige Ausreißerin, die sich in Studentenkreisen herumtrieb und sich in Jules Dufour verknallte hatte, das Schwein, den Brutalo, den Wahnsinnigen, den Frauenschläger, et cetera.

Sie sprach es nicht direkt aus, aber Michel erkannte, daß sie nach dem Streit mit Jules keine Bleibe zum Schlafen hatte. Nach einigem Zögern schlug er ihr vor, für den Rest der Nacht mit auf sein Zimmer zu kommen – er versicherte ihr, keine Hintergedanken zu haben. Sie bedankte sich und nahm sein Angebot ohne Zögern an, unter der Bedingung, daß er ihre mißliche Lage nicht ausnutzte.

Michel ging mit Solange zur Seine und zu der Pension, in der er wohnte. Sein Zimmer befand sich unter dem Dach des alten Gebäudes. In der Mansarde war es im Sommer heiß und im Winter kalt. Die Dielen des Fußbodens waren von keinem Teppich bedeckt. Die Wände waren seit Jahren nicht mehr tapeziert worden, und kaltes Wasser tropfte aus dem undichten Hahn in ein gesprungenes Spülbecken. Drei Haken zum Aufhängen von Kleidung an der Wand, ein schmales Bett mit Metallrahmen, ein durchgesessener Lehnstuhl – *et voilà tout!*

Michel hatte das Zimmer Suzette niemals gezeigt; er hätte sich geschämt, weil sie im Vergleich dazu in einem Luxusappartement wohnte. Selbst das war nicht annähernd gut genug für sie – in einem seiner besten Gedichte wohnte sie in einem sagenhaften Appartement in der Avenue Foch und führte ihren kleinen, weißen Pudel aus. Nicht, daß sie solch einen Hund gehabt hätte, aber Michel hielt es für passend für eine Frau, die es sich erlauben konnte, in der Avenue Foch zu wohnen.

Solange schaute sich schnell in seinem Zimmer um und fand es anscheinend zufriedenstellend.

Es war sehr spät, fast drei Uhr. Michel besaß keine Uhr,

aber er wußte, wann das Kellerlokal schloß und wie lange er ungefähr mit Solange, ins Gespräch vertieft, spaziert war. Er war müde, und sie war es nach ihrem Aussehen ebenfalls.

Michel wies auf das schmale Bett und hoffte, sie hatte nichts dagegen, es mit ihm zu teilen, denn es war äußerst unbequem, in dem alten Sessel zu schlafen.

Solange erhob keinen Einwand, aber sie erinnerte ihn daran, daß er sein Wort gegeben hatte, keine ›krumme Tour‹ zu versuchen, wie sie es formulierte. Sie erklärte, sie hasse und verabscheue Männer und wolle fortan nichts mehr mit ihnen zu tun haben. Wenn Michel sie also mit Hintergedanken in sein Zimmer mitgenommen habe, könne er das vergessen!

»Aber natürlich halte ich Wort«, sagte Michel, entgeistert bei der Vorstellung, jemand könnte ihn für fähig halten, der einzigen Frau untreu zu werden, die er jemals geliebt hatte und bis an sein Lebensende lieben würde – Suzette! Er erzählt Solange nichts von Suzette. So einfältig war er nicht.

Solange gähnte, streckte sich und zog ihren Rollkragenpullover aus. Es war ihr anscheinend gleichgültig, ob er dabei zuschaute oder nicht. Michel sah, daß sie sehr blaß war und tatsächlich nichts unter dem Rollkragenpullover getragen hatte, nicht mal einen BH. Ihre Brüste waren klein, bereits ein wenig schlaff. Vielleicht hatte sie gelogen, als sie behauptet hatte, achtzehn zu sein.

Aber es war ja auch unwichtig, wie jung oder alt sie war oder ob ihre Brüste perfekt waren oder schon etwas hingen. Michel hatte kein Interesse an ihrem Körper; seine Motive waren rein fürsorglich. Es war wichtig, daß er das in Erinnerung behielt.

Sie trug ein dünnes Silberkettchen mit einem Medaillon um den Hals.

»Ist das St. Christophorus?« fragte Michel, ergriff das Medaillon und hielt es hoch, um es genauer zu betrachten.

Rein zufällig streifte seine Hand ganz kurz die warme Haut zwischen ihren Brüsten. Seine Hand zitterte bei diesem unerwarteten Kontakt. Er zog sie so hastig zurück, daß er fast die dunkle Knospe ihrer linken Brust berührte.

»Ja, das ist St. Christophorus«, bestätigte Solange. »Er beschützt mich. Vor kurzem war er sehr hilfreich, aber all dies wird sich bald ändern.«

Michel ließ das Medaillon los und trat zurück. Ohne sich umzuwenden, hakte Solange den Verschluß ihres Rockes auf und ließ ihn auf die Dielen fallen. Abermals erwies sich Michels Vermutung als richtig – Solange trug nichts unter dem schwarzen Rock, keine Unterwäsche, keine Strümpfe, überhaupt nichts. Sie bemühte sich nicht, das schwarze Dreieck zwischen ihren Schenkeln zu bedecken. Michel starrte. Er hatte sich so sehr an Suzettes glattrasierte Scham gewöhnt, daß ihn der Anblick des schwarzen Busches erstaunte.

Solange bemerkte, was er anstarrte. Sie zeigte sich nicht verlegen, weil ein Mann auf ihr Geheimnis blickte.

»Ich habe einen guten Pelz«, sagte sie sachlich. »Er wärmt mich im Winter.«

Sie spreizte ein wenig die Beine, um Michel einen besseren Blick zu gewähren. Das tat sie nicht auf aufreizende Weise, sondern als zeige sie sich einem Künstler, um seine Meinung zu hören.

»Sehr nützlich«, sagte Michel und wünschte, dieses Thema zu beenden.

Eigentlich fand er diesen Busch von gekräuselten Härchen zwischen ihren Beinen äußerst unattraktiv, unästhetisch im Vergleich zu der seidenweichen Haut bei Suzette, die er so oft leidenschaftlich geküßt hatte. Zum Glück hatte er kein sexuelles Interesse an Solange!

Sie wandte sich gleichgültig von ihm ab, und er sah ihre runden kleinen Pobacken. Sie schlug die Bettdecke zurück und legte sich nackt ins Bett. Was blieb ihr anderes übrig? Sie hatte keine andere Kleidung als die, die sie getragen hatte.

Nach einem Moment des Nachdenkens folgte Michel ihrem Beispiel und entkleidete sich. Er zog seine braune

Kordjacke und das Hemd aus. Dann wurde er rot und wandte sich vom Bett ab, um seine restliche Kleidung abzulegen. Er schaltete das Licht aus und legte sich neben Solange auf das Bett. Er versuchte, so weit am Rand zu liegen wie möglich, ohne aus dem Bett zu fallen. Sie sollte nicht den Eindruck gewinnen, daß er sich an sie schmiegen wollte.

»Gute Nacht, Solange«, sagte er, mit dem Rücken zu ihr, damit sie ihn nicht verdächtigte, eine ›krumme Tour‹ zu versuchen, wie sie es genannt hatte.

»Gute Nacht«, erwiderte sie und wälzte sich herum, um auch ihm den Rücken zuzudrehen.

Auf der Straße war es still. Selbst am Tag gab es hier kaum Verkehr. Nur wer hier wohnte, ging zu Fuß zu Arbeit, und selten verirrte sich mal ein Autofahrer hierhin. Und um drei Uhr morgens regte sich nichts. Selbst die Katzen auf den Dächern in der Umgebung verhielten sich ruhig. Binnen fünf Minuten war Solange eingeschlafen, und Michel hörte ihre gleichmäßigen Atemzüge.

Zeit verging. Michel konnte nicht einschlafen. Er wälzte sich immer wieder von einer Seite auf die andere, achtete dabei jedoch sorgfältig darauf, Solange nicht im Schlaf zu stören. Das Kissen war heiß unter seiner Wange, und er fand keine bequeme Lage. Das Bett war schmal, und die alte Matratze hing in der Mitte durch. So vorsichtig er sich auch bewegte, er rutschte immer wieder in die Mitte, bis seine Hüften ihren nackten Po oder die Oberschenkel berührten.

Sein Glied wurde steif. Es galt als vereinbart, daß er nicht das geringste Interesse auf Sex mit dieser Fremden hatte, mit der er das Bett teilte. Er liebte Suzette Bernard, und keine andere Frau auf der ganzen Welt konnte ihn in Versuchung führen. Doch zu seiner Verwunderung hielt er seine Erektion fest, als befürchte er, sie könne gegen seinen Willen Verrat an seiner Liebe zu Suzette begehen.

Nein, nein, nein – es war völlig unmöglich, auch nur daran zu denken, dem Drang nachzugeben, nur weil er mit einer nackten Frau im Bett lag. Wenn er intensiv genug an Suzette dachte, würde die Versuchung vielleicht vorübergehen. Aber noch während er sich mit dieser vagen Aussicht tröstete, dachte er daran, wie einfach es wäre, sich näher an Solange heranzuschieben und …

»Was machst du da?« fragte sie schläfrig. Irgend etwas mußte sie aus dem Schlaf gerissen haben, vielleicht ein leichtes Vibrieren der Matratze, als er sich etwas bewegte hatte. Sie stöhnte leise und drehte sich zu Michel herum, und dabei berührte ihr nackter Bauch seine Hand und die Härte darin.

»Ah, so ist das«, sagte sie sachlich. »Das hätte ich mir denken können. Ihr Männer seid alle gleich!«

Sie schob seine Hand fort, umfaßte seinen Penis und rieb ihn heftig. Michel wollte sie bitten, aufzuhören, denn er fand es erniedrigend, so herablassend und gleichgültig behandelt zu werden – und das von einer Frau, die er so nett bei sich aufgenommen hatte.

Es war jedoch zu spät.

Sie hörte nicht auf, und keuchend und zitternd und beschämt ergab er sich ihr.

»Und jetzt schlaf«, sagte sie danach mit keiner Spur von Gefühl in der Stimme. Sie gähnte und drehte ihm wieder den Rücken zu.

Aber der arme Michel lag lange Zeit wach, von Gewissensbissen gequält. So sehr er auch nach einer Rechtfertigung suchte, er war der, die er aus ganzem Herzen liebte, untreu geworden. Und das schlimmste war, daß Suzette nur lächeln und ihm die Wange tätscheln würde, wenn er ihr erzählen würde, was geschehen war.

Sie behauptete ihn zu lieben, und sie verhielt sich auch so, wenn er mit ihr zusammen war. Aber Treue war ohne Bedeutung für sie – sie gewährte keine, und sie verlangte keine.

Aber Michel wollte Suzette treu sein, als Beweis seiner wahren Liebe! Ihr *Laisser-faire*-Verhalten stieß einen so glühenden Verehrer wie Michel ab. Wie konnte er so überzeugt sein, sie zu lieben, wenn sie nicht darauf bestand, daß er keine andere Frau anrührte? Warum war sie nicht eifersüchtig? War ihre Gleichgültigkeit ein Anzeichen dafür, daß ihr seine Liebe unwichtig war?

Beim Versuch, diese schwierige Frage zu beantworten, schlief er ein.

Er erwachte mit einem Schreck im hellen Tageslicht, verwirrt und erhitzt, und stellte fest, daß Solange auf ihm hockte und ihn streichelte! Er starrte überrascht zu ihr auf, an ihren kleinen, hängenden Brüsten, zwischen denen das Medaillon baumelte, vorbei zu ihrem Gesicht. Ihre Wangen waren gerötet, und ihre Augen glänzten.

»Du hast es in der Nacht versucht, während ich schlief«, sagte sie. »Obwohl du mir versprochen hattest, es nicht zu tun. Und als ich am Morgen aufwachte, habe ich deine Hand zwischen meinen Beinen gespürt.«

Als ob ihre Worte ein Stichwort für einen Schauspieler waren, blickte Michel zu dem dichten schwarzen Busch gekräuselter Härchen, der über seine Brust rieb.

»Aber … ich … ich …«, stammelte er und fand keine Worte mehr. Er konnte sich nicht erinnern, in der Nacht seine Hand zwischen ihre Schenkel geschoben zu haben. Vielleicht hatte sie es geträumt. Wenn es tatsächlich geschehen war, dann hatte er es unbewußt getan.

»Leugne nicht«, sagte Solange. »Du hast tief geschlafen, warst hart wie ein Besenstiel und hattest die Hand zwischen meinen Beinen.«

Sie rieb sich in sanftem Rhythmus an seiner Brust. Michel packte ihre Schenkel und versuchte, sie von sich zu schieben, aber sie hatte die Oberhand und nagelte ihn förmlich auf dem Rücken fest.

»Du willst mich wirklich«, sagte sie. »Du willst meine …« Und jetzt benutzte sie das Wort für das Geheimnis einer Frau, das Michel so abstoßend fand.

»Ich habe wach dagelegen und über dich nachgedacht, Michel«, fuhr sie fort. »Ich habe mir gesagt, wenn er mich so sehr im Schlaf begehrt, dann muß er es haben! Deshalb, Michel, darfst du es Tag und Nacht tun, wenn du mich willst. Nimm mich, *chérie!*«

Michel war zu erregt, um noch einen klaren Gedanken fassen zu können.

Erst als er Solanges Wünsche erfüllte, dachte er:

Verzeih mir Suzette, verzeih mir. Nichts von alldem ist von Bedeutung. Ich liebe dich, und ich werde dich ewig lieben ...

Suzettes Schallplatte wurde so oft im Radio gespielt, daß all ihre Bekannten sie hörten. Sie beglückwünschten sie telefonisch oder schickten Karten und Blumen. Es war für Suzette keine große Überraschung, etwas von Antoine Ducasse zu hören. Er lud sie zum Mittagessen ein.

»Komm gegen vierzehn Uhr, wenn du magst«, sagte sie, »oder eine Stunde früher, wenn du nichts dagegen hast, nur einen kleinen Salat mit mir zu essen.«

»Phantastischer Gedanke! Ich werde um dreizehn Uhr bei dir sein«, versprach er am Telefon. Er klang lächerlich begeistert angesichts der bescheidenen Mahlzeit, die sie anbot.

Natürlich war er ein Schauspieler, und seine Glückwünsche verschleierten die wahren Motive seines Besuchs. Aber beim Essen – ein hartgekochtes, zerhacktes Ei mit Chicorée, zwei grüne Salatblätter, ein Scheibchen Hartkäse und ein einziges Glas Weißwein – lobte er zuerst überschwenglich die Schallplatte.

Und weil er ein Schauspieler war, verstand er völlig Suzettes Wunsch, ihre Figur und Schönheit zu bewahren – er sorgte sich ja ebenfalls um sein Gewicht.

Schließlich rückte er mit dem wahren Grund für seinen Besuch heraus: Er erzielte keinen Fortschritt mit einer Filmkarriere. Nachdem Emile ihn mit Suzette auf die Premiere geschickt hatte, waren die Dinge für ihn gut gelaufen. Er hatte Probeaufnahmen gemacht, und einige Leute der Filmindustrie hatten ihm ein interessantes Potential bestätigt. Selbst der große Julien Brocq war beeindruckt gewesen und hatte ihm eine Filmrolle in Aussicht gestellt.

Danach hatte sich nichts mehr getan. Vielleicht konnte Suzette Julien Brocq fragen, ob wirklich erwogen wurde, ihm eine Filmrolle anzubieten? Er wußte, daß sie mit Brocq befreundet gewesen war. Dabei blickte Antoine bedeutungsvoll auf das Diamantarmband an Suzettes

Handgelenk. Sie lachte und drehte den Arm, damit die Diamanten im Licht glitzerten.

»Sind das echte Diamanten?«

»Ja, sie sind echt«, sagte Suzette und lächelte.

Sie wußte es genau, denn sie hatte das Armband von einem Juwelier schätzen lassen, nachdem Julien es ihr geschenkt hatte.

»Julien ist in Hollywood«, erklärte sie Antoine. »Hat dir sein Büro das nicht gesagt? Er wird noch gut einen Monat fort sein.«

»Das hat keiner erwähnt«, sagte Antoine, und sein Gesicht spiegelte Enttäuschung wider. »Dann bleibt mir nichts anderes übrig, als auf seine Rückkehr zu warten. Wenn Emile nichts anderes arrangieren kann, muß ich die Rolle annehmen, die mir von der Comédie Française angeboten worden ist. Molières *L'Avare* – ich habe die Rolle schon gespielt und gehofft, diesmal nicht damit behelligt zu werden. Ich nehme an, Brocq hat bei dir nicht über mich gesprochen, oder?«

Antoine wirkte ziemlich niedergeschlagen, weil er die Rolle wohl annehmen mußte, und Suzette schloß daraus, daß er des klassischen Schauspiels überdrüssig war. Er erwähnte nichts über den Einfluß von Madame Laplace bei seiner Bühnenkarriere oder seinem Leben außerhalb des Theaters. Seine Mundwinkel waren heruntergezogen, und seine Miene wurde noch betrübter, als Suzette wahrheitsgemäß antwortete, daß Julien bei ihr nie etwas über ihn erwähnt hatte.

Um ihn ein wenig aufzuheitern, griff sie unter den Tisch und streichelte über seinen Oberschenkel.

»Ah, das hast du schon einmal getan, im Kino«, sagte er und schaute sie immer noch traurig an.

»Und deine Reaktion war die gleiche wie jetzt«, erwiderte Suzette, »du bist erschauert und hart geworden.«

Ihre Fingerspitzen glitten wieder leicht über die Wölbung seiner Hose. Der betrübte Ausdruck verschwand aus Antoines Gesicht, und er begann jungenhaft zu grinsen.

»Es ist wie damals«, sagte er.

Nein, es ist anders, dachte Suzette. *Diesmal gibt es keinen Spiegel, in dem du dich selbstverliebt dabei betrachten kannst. Diesmal wirst du dich als Mann beweisen müssen!*

Sie gingen Hand in Hand in ihr Schlafzimmer. Dort zog Suzette sich schnell aus. Sie wollte ihm keine Gelegenheit geben, den Gleichgültigen und Kühlen zu spielen, sondern sie wollte ihn in eine Situation bringen, in der er gezwungen war, die männliche Rolle zu übernehmen, keine narzißtische. Er schaute ihr beim Entkleiden zu, seine perfekt geschwungenen Augenbrauen hoben sich etwas – aber ob das ein Ausdruck von Bewunderung, Besorgnis oder gar Panik war, konnte sie nicht genau sagen.

Als Suzette entkleidet auf dem Bett lag, blieb Antoine unsicher am Fuß des Betts stehen. Dies war keine Szene, die gespielt wurde, wenn Leonie Laplace seine Partnerin war und er wie ein Schauspieler war, der seinen Text vergessen hatte und darauf wartete, daß ihm souffliert wurde.

Schließlich gelangte er zu einer Entscheidung. Er zog sich aus.

Jedenfalls ist er erregt, dachte Suzette, als er nackt vor ihr stand.

»Ich habe nie eine schönere Frau als dich gesehen, Suzette«, sagte er. »Dein Gesicht und Körper sind wunderbar, einfach perfekt! Hast du dich jemals nackt fotografieren lassen?«

Während er ihre Schönheit pries, schaute er sie nicht an. Er hatte den Blick gesenkt, und Suzette erkannte, daß er seine eigene Nacktheit bewunderte. *Du kleiner Narziß,* dachte sie belustigt. *Das einzige Geheimnis, das kein Mann für sich behalten kann, ist seine Meinung über sich selbst. Es erregt dich mehr, dich selbst zu bewundern, als meinen Körper zu betrachten – keine Frau findet das schmeichelhaft!*

»Willst du das, Antoine, mich fotografieren?«

»Wenn ich es könnte, würde ich dich nackt fotografieren«, antwortete Antoine und betrachtete sich immer noch selbst. »Und ebenso malen!«

»Keine Fotos«, sagte Suzette. »Sie würden in ganz Paris als schmutzige Postkarten an Touristen verkauft werden.«

»Niemals«, sagte Antoine hastig und schüttelte den Kopf. »Schönheit kann nicht auf diese entwürdigende Art benutzt werden – die Seele eines Mannes wird davon inspiriert. Man wählt reizlose Frauen für solche schmutzigen Postkarten, Frauen mit hängenden Brüsten und fettem Hintern, damit nichts von dem ablenkt, was sie vor der Kamera treiben.«

»Du bist offenbar ein Experte für Postkarten«, sagte Suzette und räkelte sich sinnlich.

»Nein, nein!« versicherte Antoine hastig. »Ein Bekannter hat mir mal solche Karten gezeigt, das ist alles.«

»Und deiner Meinung nach lenkt meine Schönheit deine Gedanken vom Sex ab und du denkst an höhere geistige Dinge – ist das so?«

»Nein!« beteuerte er und erkannte die Falle, in die er sich selbst hineinmanövriert hatte.

Um weiteren unbequemen Fragen zu entgehen, gab er seine Selbstbetrachtung auf, trat näher zum Bett, sank auf die Knie, schmiegte den Kopf zwischen Suzettes Schenkel und küßte sie.

»Das ist schon besser«, sagte sie leise, während sie das erregende Spiel seiner Zunge genoß. »Ich dachte schon, du willst mich nicht, Antoine.«

Sie reizte ihn und bestrafte ihn ein bißchen für seinen Narzißmus, aber er merkte es nicht. Wenn es einen Spiegel an der Wand gegeben hätte, in dem er seinen nackten Körper gesehen hätte, dann hätte ihn der Anblick so erregt, daß er sich nicht mehr hätte zurückhalten können. Doch so blieb er passiv und wartete darauf, daß Suzette die Initiative ergriff.

Diesmal nicht, mein lieber Antoine, sagte sie sich und unterdrückte ein Lächeln. *Diesmal bestehe ich darauf, daß du der Mann hier bist. Ich erwarte, daß du mich nimmst, nicht nur küßt und das Weitere mir überläßt. Erstaune mich, chérie, und zeig mir, daß du ein ganzer Mann bist.*

Sie beobachtete ihn, während er langsam auf ähnliche

Gedanken kam. Denn er wurde leidenschaftlicher, und Suzette hätte ihm nie zugetraut, daß er ihr so köstliche Wonnen bereiten könnte.

»*Je t'adore, Suzette!*« keuchte er kurz vor dem Höhepunkt und überraschte sich selbst mit dieser Erklärung. Und es stimmte – sie war die erste Frau, die es verstand, ihn so sehr zu erregen, daß er nie geahnte Lust empfand.

»Oh, Antoine ...« Es klang fast wie ein Jubelschrei, als Suzette das Gefühl hatte, von Wogen der Lust erfaßt und emporgetragen zu werden. »*Oh, chérie!*«

Er nahm ihre Ekstase wahr, sah die höchste Entzückung auf ihrem Gesicht – und *er*, Antoine Ducasse, hatte das bei dieser schönen Frau bewirkt!

Er war unglaublich stolz auf sich.

Später am selben Tag, als er mit Leonie zusammen war, kam Antoine der Gedanke, daß Suzette ihn als Mann behandelt hatte, nicht als Schoßhund. Er war mit Leonie zum Abendessen ausgegangen, und sie hatte ihm lang und breit erklärt, wie glücklich er sich preisen durfte, das Angebot für die Rolle in dem Stück von Molière erhalten zu haben. Als sie in ihr Appartement zurückkehrten, ergriff Leonie seine Hand, als wäre er ein Kind, dem gezeigt werden mußte, was es tun sollte.

»Komm«, sagte sie, führte ihn geradewegs in ihr Schlafzimmer und schloß die Tür. Der Duft von ihrem Parfum erfüllte das Zimmer. Leonie bevorzugte Piguets ›Visa‹ und versprühte es großzügig.

Da stand das große Himmelbett mit den goldenen Girlanden, auf dem Leonie Demut und Bewunderung von ihren Liebhabern verlangte. Antoine war in vielen Nächten und an Nachmittagen in diesem Bett gewesen und war von ihm mit Körper und Seele förmlich verschlungen worden – und von Leonie.

Antoine starrte jetzt auf das Bett, das Blut stieg ihm in die Wangen und er erinnerte sich aufgewühlt an Worte, die Suzette an diesem Nachmittag gesagt hatte. Als er sie gefragt hatte, was er tun sollte, hatte sie geantwortet: *Sei ganz einfach du selbst, Antoine.*

Aber wer war dieser Antoine? Wie konnte *Antoine* definiert werden? War er ein großer Schauspieler? War er eine Person von Wert? Oder war er nur Leonie Laplaces Sklave – ein gutes Gesicht, ein muskulöser Körper?

Er hatte sich das zuvor nie gefragt, und es wäre ihm nicht einmal in den Sinn gekommen, diese Frage zu stellen.

Doch jetzt war alles anders.

Wenn Leonie seine Grübelei bemerkte, so zeigte sie es nicht. Sie war heute nicht in der Stimmung für die Freuden in ihrem Himmelbett – sie führte Antoine durch das Schlafzimmer zu einem Sessel und drückte ihn darauf.

Die Vorhänge vor den Fenstern waren zugezogen. Sie waren aus einem elfenbeinfarbenen hauchdünnen Material, das die Helligkeit nur dämpfte und das Zimmer nicht verdunkelte – sie schützten die Geheimnisse vor neugierigen Blicken aus den gegenüberliegenden Fenstern. Während Antoine zuschaute – mit einem gewissen Mangel an Interesse, das mußte man zugeben –, zog Leonie ihr Kleid und die weiße, seidene Unterwäsche aus. Dann war sie nackt bis auf ihre durchsichtigen Seidenstrümpfe, den Hüfthalter und eine sehr lange Halskette mit blauen Steinen, die bis zwischen ihren kleinen, birnenförmigen Brüste baumelten. Sie lächelte Antoine ernst an und nahm eine Reihe von Posen für ihn ein, weniger zu seinem Vergnügen, sondern um zu zeigen, welche Macht sie mit ihren Reizen über Antoine hatte. Sie wollte ihn mit dem Anblick ihres Körpers verrückt machen, bis er sich ihr zu Füßen warf.

Sie drehte sich nach links und rechts, um ihre Behendigkeit und ihre kleinen Brüste zu zeigen. Sie hob die Arme wie eine Ballettänzerin. Sie sank anmutig zu Boden und zeigte mit einem Spagat, wie biegsam sie für eine Frau ihres Alters war.

Antoine schaute sich das alles leidenschaftslos an – und

traurig, weil es ihn nicht veranlaßte, vor ihr auf die Knie zu sinken und demütig um ihre Erlaubnis zu bitten, ihr die Füße zu küssen. Oder anderes.

So vergänglich ist die Liebe mancher Männer! Antoine hatte bequemerweise vergessen, daß er bei seinem ersten Besuch in Leonies Appartement vor zehn Jahren so erregt gewesen war, daß er seine Leidenschaft nicht hatte zurückhalten können. Es war geschehen, ohne daß er sie überhaupt berührt hatte. Und auch beim zweiten Mal war es ihm nicht gelungen, seine Erregung unter Kontrolle zu halten.

Und jetzt? Sie posierte nackt vor ihm – und er blieb schlaff. Gewiß, er hatte Suzette an diesem Nachmittag zweimal geliebt, aber seither waren Stunden vergangen. Er hätte jetzt wieder zu einer zufriedenstellenden Reaktion fähig sein müssen. Wenn Suzette vor ihm gestrippt hätte, wäre er sofort auf die Knie gesunken und hätte sie leidenschaftlich und heiß geküßt. Aber nicht Suzette posierte nackt vor ihm, sondern Leonie.

Und Leonie hatte sich ihrer Meinung nach genug bemüht; jetzt war Antoine an der Reihe, sie zu erfreuen. Sie glitt wie eine Schlange über den Teppich zu ihm, richtete sich vor ihm auf, wiegte sich sinnlich und stürzte sich auf ihn wie eine zustoßende Kobra, um seine Hose zu öffnen.

Sie hatte Härte erwartet und fand statt dessen Schlaffheit. Ihre Miene verfinsterte sich, und sie starrte in Antoines Gesicht auf.

»Was ist los?« fragte sie wütend. »Du wagst es, mich zu beleidigen? Ich enthülle dir die Schätze meines Körpers – und du bleibst kalt?«

Bevor Antoine sich irgendeine Antwort überlegen konnte – nicht, daß er oder ein anderer Mann in dieser gefährlichen Situation passende Worte finden könnte, um die zornige Frau zu besänftigen –, erkannte Leonie den Grund für seinen Mangel an Reaktion. Er war bei einer anderen Frau gewesen!

Sie starrte ihn an. Ihre Miene verriet deutlich, daß sie

ihm wünschte, auf der Stelle tot umzufallen. Aber sie sagte nichts. Sie preßte die Lippen zusammen und hielt die Worte des Hasses zurück. Worte wären sinnlos gewesen. Wenn sie ihn zur Rede gestellt hätte, dann hätte er nur gelogen und seine Unschuld beteuert.

Doch Leonie *wußte*, daß er sie betrogen hatte. In diesen Dingen lassen sich Frauen nicht täuschen – sie wissen es mit Sicherheit, wenn ihr Geliebter bei einer anderen gewesen war. Sie sehen es ihnen an den Augen an, an den Händen, an ihrem Verhalten.

Vielleicht gibt es eine Art Elektrizität, von der Wissenschaft noch unentdeckt, die an diesem wichtigen Körperteil eines Mannes haftet, nachdem er es bei einer anderen Frau benutzt hat, den Rest einer Art statischen Aufladung, die ihn verrät.

Leonis Zorn entstand aus dem Gefühl, um etwas betrogen worden zu sein, das rechtmäßig ihr gehörte. Es war, als ob ein Einbrecher in ihre Wohnung eingebrochen und einen Wertgegenstand gestohlen hätte. Nicht ihre Juwelen – Antoine stand nicht so hoch auf ihrer Werteskala –, und auch kein wertvolles Gemälde. Vielleicht eine Figurine aus Limoges-Porzellan – etwas in dieser Art.

Natürlich würde dieser betrügerische kleine Antoine nicht ungestraft davonkommen! Sie würde ihm zeigen, welche Pflichten er hatte. Er brauchte eine Lektion, damit er seine Pflichten erfüllte.

Leonie ging mit den Fingernägeln auf ihn los, und dabei zischte sie wie eine zustoßende Schlange ihren Zorn und ihre Verachtung hinaus.

»So kannst du nicht mit mir umspringen!« begehrte Antoine auf.

Leonie ignorierte das. Sie traktierte ihn mit dem Halsband! Sie schlug auf ihn ein und beschimpfte ihn.

»Leonie, hör auf!« flehte er.

Trotz aller Demütigungen und Schmerzen, die Leonie ihm zufügte, spürte er bestürzt, wie Erregung in ihm aufstieg. Er wollte Leonie nicht befriedigen. Er war kein Gigolo, der sich benutzen ließ, wann immer sie ihr Vergnügen haben wollte. In diesem Moment verabscheute er sie wegen ihrer besitzergreifenden Art und Überheblichkeit – und vor allem wegen ihres Wutanfalls.

»Ich lasse mich nicht mißbrauchen!« sagte er und bemühte sich um eine feste Stimme, doch es klang eher weinerlich als entschlossen.

Leonie wütete weiter wie eine Furie.

Natürlich war Antoine in diesem Moment nicht in der Verfassung, um das Absurde dieser Situation zu erkennen. Ebensowenig war Leonie dazu in der Lage – sie hätte auch niemals akzeptiert, etwas, das sie tat oder getan hatte, als *absurd* oder *possenhaft* zu bezeichnen. Ihr Handeln, ihr Leben, war *dramatisch*, ja, und manchmal *tragisch*. Aber *absurd?* Niemals.

Mit ihrem Zorn hatte sie erreicht, was sie bezweckte – Antoine war bereit. Er versuchte, sich mit den Händen zu bedecken, doch sie schlug ihm die Hände zurück.

»Leonie … bitte …«, flehte Antoine.

Doch Leonie ließ im keine Chance. Sie lachte ihn nur aus und zerrte ihn auf sich.

Vielleicht war es dieses Lachen, das alles veränderte.

Plötzlich erkannte sich Antoine selbst nicht wieder.

Er packte Leonie und nahm sie, und es war wie eine Befreiung für ihn. Niemals war sie von einem Mann so wild und beherrschend genommen worden, nicht einmal von ihrem groben dritten Mann. Antoine trieb sie zur Ekstase – und darüber hinaus.

Und als sie völlig erschöpft war, empfand Antoine ein tiefes Triumphgefühl. Nach einer Weile setzte sein klares Denken wieder ein, und er informierte sie, daß er sich entschlossen hatte, ein Filmstar zu werden – ob sie es billigte oder nicht!

»Was immer du willst, *chérie*«, hauchte Leonie schwach.

Antoines Sieg war komplett, er hatte ihr nach all den Demütigungen gezeigt, wer der Herr war. Und nachdem das nun klar war zwischen ihnen, wäre es ein Jammer, sie zu verlassen.

Und Leonie hatte durch den veränderten Antoine so

tiefe Befriedigung gefunden, daß sie keinen Sinn darin sah, ihm zu widersprechen.

Ah, mein armer Antoine, dachte sie. *Du gehörst mir, du wirst immer mir gehören – bis du mich langweilst und ich dir den Laufpaß gebe,* chérie.

Sie küßte ihn hingebungsvoll und hoffte, daß er bald wieder im Vollbesitz seiner Kräfte war ...

Nach Gaby Demaines Rückkehr nach Paris von ihrer Tournee durch die Provinz beeilte sie sich nicht, einen anderen Job zu finden. Nicht, daß sie vom Schaugeschäft enttäuscht oder des Tanzens vor gesichtslosem Publikum überdrüssig gewesen wäre. Aber sie hatte das Gefühl, nach so vielen Reisewochen und Übernachtungen in billigen Hotels eine Pause verdient zu haben.

Der lustige, perverse Tristan Villette, den sie in Lyon kennengelernt hatte, war jetzt ihretwegen ständig in Paris. Er wohnte bei seinen Eltern, und es gab dauernd Streit wegen seines Junggesellenlebens. Er verbrachte sowenig Zeit wie möglich bei seinen Eltern und führte Gaby oftmals zum Essen aus. Und zum Tanzen in schicke Klubs.

Und zum Einkaufen – um ihr teure Kleider und Kosmetika zu kaufen. Die einzige größere Ausgabe, die sie selbst bestreiten mußte, war die halbe Miete für das Appartement, das sie mit Suzette teilte.

Nach einer Weile fand sie Tristans absonderlichen Sex gar nicht mehr so lustig wie einst. Er war ein netter Kerl, und sie mochte ihn, aber manchmal ging er ihr mit seinen Kapriolen auf die Nerven. Und als er es eines Tages unbedingt in einem Kino während des Films im vollen Zuschauerraum mit ihr machen wollte und das Licht anging und sie in flagranti erwischt wurden, kostete es ihn viel Geld, um die Gemüter zu beruhigen und einer Festnahme zu entgehen.

»Der Mann ist pervers«, sagte Suzette, als ihre Freundin von dem Zwischenfall erzählte. »Und er hat nicht mehr alle Tassen im Schrank.«

Schließlich sagte sich Gaby, daß sie lange genug Urlaub gemacht hatte. Zufällig ergab sich eine Chance für sie. Sie saß eines Nachmittags mit Suzette auf der Terrasse des Café Flore, als Angelique Brabant auftauchte. Sie war eine hübsche Brünette, die in dem elfenbeinfarbenen Seiden-

kleid, das ihre Kurven umschmeichelte, sehr begehrenswert wirkte. Sie wurde von ihrem Freund begleitet, einem
Mann mit einem aufgesetzten Lächeln auf dem sonst aus-
druckslosen Gesicht.

Suzette und Angelique begrüßten sich mit Küßchen auf
die Wangen herzlich wie langjährige Freundinnen. Die
Neuankömmlinge wurden vorgestellt und an den Tisch
gebeten.

Gaby erfuhr, daß Angelique und Suzette sich in den
Folies Bergère kennengelernt hatten. Angelique war ein
Showgirl, wie Suzette eines gewesen war. Und sie trat
immer noch mit einer Straußenfeder auf. Aber außer Tan-
zen mußte sie auch noch andere Talente haben, was durch
die Anwesenheit von Jean-Jacques Chelle und mehreren
Päckchen mit den Aufschriften von berühmten und teuren
Geschäften bewiesen wurde, die er für sie trug.

Jean-Jacques beteiligte sich nur wenig an der Unterhaltung. Er schien sich damit zufriedenzugeben, Angelique
anzuhimmeln. Sie erklärte stolz, daß er ein Privatier sei,
der von den Erträgen seines Vermögens lebte. Er besaß ein
paar Wohnhäuser in Paris – und Angelique wohnte mit
ihm in einem seiner besten Appartements, in einem
modernen Gebäude am Boulevard Raspail.

»Es ist kaum zu glauben, es hat ein eingelassenes Bad
aus pinkfarbenem Marmor«, sagte Angelique und verdrehte verzückt die dunkelbraunen Augen.

Suzette und Gaby schauten Jean-Jacques mit neuem
Interesse an. Er wirkte still und bescheiden. Er war um die
Vierzig, nicht häßlich, aber auch nicht attraktiv, ein Durch-
schnittstyp, den man in der Menge sah und sofort wieder
vergaß. Er trug einen dunkelgrauen Anzug von der
Stange, und man konnte ihn für einen kleinen Büroange-
stellten halten.

Seine Rolle in Angeliques Leben bestand darin, ihre
Rechnungen zu bezahlen, wenn sie essen oder einkaufen
gingen, so wirkte er jedenfalls. Als Gegenleistung hatte er
eine schöne Partnerin. Eine Null mit voller Brieftasche,
hätte man auch sagen können.

Doch er mußte geheime Talente haben, denn sonst hätte sich Angelique mit ihm gelangweilt – pinkfarbenes Marmorbad oder nicht. Einkaufsbummel waren nicht genug.

Was auch immer das Geheimnis der Beziehung zwischen Angelique und ihrem *rentier* war, eine nützliche Information kam bei all der Plauderei heraus. Bei den Folies Bergère war eine der Tänzerinnen ausgeschieden, und eine zweite hatte ebenfalls gekündigt. Der Verlust von einem Mädchen der Tanzgruppe fiel kaum auf, aber wenn zwei fehlten, war das schon schwerwiegender.

Warum war Marie ausgeschieden? Wer wußte das schon genau? Gerüchte besagten, daß sie zur Zeit mit einem Brillenhersteller auf einer Jacht in Monaco war, mit einem kleinen, glatzköpfigen Mann, der ihr regelmäßig Blumen zu schicken pflegte. Und Chloe, die nächste, die ausfiel, behauptete, sie werde einen reichen Winzer aus Bordeaux heiraten, aber man tuschelte, daß sie schwanger war, und zwar von einem Barkellner mit Frau und drei Kindern.

Jedenfalls ergab sich eine Chance, und Gaby nutzte sie. Am nächsten Tag stellte sie sich bei den Folies Bergère vor und durfte vortanzen. Sie war sehr gut und wurde angenommen. So wurde sie eine Nachfolgerin von Suzette.

»Und du zeigst deine *nichons*«, sagte Suzette lächelnd.

Gaby zuckte die Achseln und erwiderte das Lächeln. Im Café-Mouchard und auf der Tournee waren die Tänzerinnen nicht oben ohne aufgetreten, obwohl sie sehr wenig angehabt hatten. Im Theater wurden Tänzerinnen bevorzugt, die schlank und muskulös unten herum waren, aber weniger oben – es konnte komisch wirken, wenn ungestützte üppige Brüste bei schnellen Tanznummern herumwackelten.

Bei der berühmtesten Revue der gesamten zivilisierten Welt sah man das anders. Dort wurden Tänzerinnen mit großen, straffen Brüsten ausgewählt, damit sie unbekleidet gezeigt werden konnten.

»Der Mann, bei dem ich vorgetanzt habe, sagte, die Folies Bergère haben die Ehre gehabt, vor dem Ersten

Weltkrieg die erste völlig nackte Frau auf der Bühne zu zeigen«, sagte Gaby. »Stell dir das vor – vor so vielen Jahren! Ich wette, unseren Opas wurde es ganz heiß!«

»Die Folies Bergère haben die Zurschaustellung von Nacktheit zu einer Art Kunstform erhoben«, sagte Suzette. Gaby kicherte und schaute auf Suzettes üppige Brüste, die eine Kunstform an sich unter ihrem dünnen Pullover waren.

Eigentlich war es überhaupt nicht verwunderlich, daß sie beide von den Folies Bergère angenommen wurden – es gab nicht so viele Vergnügungsstätten in Paris, an denen ihre Talente voll zur Geltung kamen. Da war natürlich das Moulin Rouge und das Casino und das Lido in den Champs-Elysées. Wenn Suzette ein Showgirl geblieben wäre, hätten sie und Gaby fast mit Sicherheit früher oder später als Kolleginnen getanzt.

Bald nach ihren Auftritten auf der Bühne der Folies Bergère lernte Gaby Remy Courtauld kennen. Eine der Tänzerinnen gab in ihrer Wohnung eine Party, um ihre Verlobung zu feiern. Obwohl Gaby eine Neue war, wurde sie eingeladen, und dort war auch Remy, plaudernd und trinkend – jedoch hauptsächlich plaudernd. Und er gefiel Gaby.

Wenn Suzette nach ihrer echten und objektiven Meinung über ihre liebste Freundin gefragt worden wäre, hätte sie Gaby vielleicht als sprunghaft bezeichnet. Und sie hatte in puncto Freunden nicht immer Glück. Einige von Gabys Freunden waren leider sehr skurril – und das schloß nicht nur ihren gegenwärtigen Freund Tristan Villette ein, den Mann, der Sex auf den Straßen liebte! Vor ihm hatte es einige ebenfalls sonderbare Typen gegeben. Gaby war in der Liebe unberechenbar.

Aber selbst Suzette hatte nichts an Remy Courtauld auszusetzen. Er war Ende Dreißig, groß und attraktiv, hatte eine breite Stirn und glattes, schwarzes Haar. Sein Schnurrbart war sorgsam gestutzt und sehr gepflegt. Er trug einen eleganten dunkelblauen Anzug mit Weste.

Remy kannte anscheinend die meisten der Frauen auf

Simones Party, war jedoch mit keiner liiert. Gaby entschloß sich, mit ihm zu flirten – eine aufregende Erfahrung für jeden Mann, von dieser großen, langbeinigen Tänzerin mit dem platinblonden, schulterlangen Haar umgarnt zu werden. Gaby wußte, daß sie schön war, und sie sorgte dafür, daß andere das bemerkten – besonders Männer und ganz besonders attraktive. Wie Remy.

Natürlich lud er sie nach der Party zu sich nach Hause ein, und natürlich nahm sie die Einladung an. Das hatte sie seit dem Moment geplant, an dem sie einander vorgestellt worden waren. Aber Remy sollte es für seine eigene Idee halten, denn manche Männer werden ärgerlich und gereizt, wenn sie bemerken, daß ihnen die Initiative aus der Hand genommen wird.

Remy wohnte im wohlhabenden Viertel Parc Monceau. Genauer gesagt, er hatte ein großes Appartement in einem schönen Haus in der Rue de Courcelles, fast neben dem Gebäude, in dem Marcel Proust, einer der bedeutendsten Romanciers des zwanzigsten Jahrhunderts, gewohnt hatte, als er den Zyklus *Auf der Suche nach der verlorenen Zeit* konzipiert hatte.

Natürlich liest es jetzt kaum einer, allenfalls einige Professoren. Und vielleicht hat es kaum einer zwischen den beiden Weltkriegen gelesen. So viele Bände, so viele Worte! Aber keiner würde Prousts literarische Bedeutung leugnen. Das heißt, keiner derjenigen, die von ihm gehört hatten. Der schönen, blonden Gaby war dieser Name unbekannt, und sie hatte nie etwas von ihm gelesen. Und Remy, mit dem Vorteil höherer Bildung, kannte den Namen und wußte ihn zu schätzen, aber das war auch schon alles. Auch er hatte niemals etwas von Proust gelesen.

Aber warum sollte es anders sein? Gabys Lebensstil brachte sie in intimen Kontakt mit Charakteren, die sonderbarer waren, als sie in jedem Roman gefunden werden konnten. Literatur war für Gaby eine zu farblose Unterhaltung, um eine Frau mit ihrer Erfahrung zu interessieren. Und Remy war Arzt und hatte mehr über die Menschheit erfahren als jeder Romancier, selbst wenn der einst in derselben Straße gewohnt hatte.

Gaby war fasziniert, als sie erfuhr, daß ihr neuer Freund Arzt war – und auch noch Gynäkologe! Nach Gabys Erfahrung waren diese nützlichen Leute förmlich und geschäftsmäßig, und sie hatte sich gefragt, wie ein Mann kühl und sachlich bleiben konnte, wenn eine Frau sich auszieht, um sich von ihm untersuchen zu lassen.

Remys Wohnzimmer war angenehm maskulin eingerichtet – dunkelgrüne Ledersessel, schlichter Teppich, Drucke mit Jagdszenen an den Wänden, Türklinken aus Messing. Er bestückte seinen Plattenwechsler mit passenden Platten für das Beisammensein mit einer Frau zu so später Stunde, schaltete die Deckenbeleuchtung aus, damit nur noch eine Stehlampe gedämpftes Licht spendete, und schenkte Cognac ein. Auf einer der Schallplatten sang Suzette *Rue de la Paix,* doch Gaby erwähnte nichts von ihrer engen Freundschaft mit der Sängerin. Das würde zu einer Unterhaltung über ihre Freundin führen. Zwar war Gaby sehr stolz auf Suzettes Karriere, aber sie war nicht in Remys Wohnung mitgegangen, um sich darüber zu unterhalten.

Sie blieben auch nicht lange im Wohnzimmer. Remy war erfreut darüber, daß sie seine Einladung angenommen hatte, und er wollte sie so schnell wie möglich im Schlafzimmer haben. Gaby verweilte auf der grünen Ledercouch nur so lange, wie es ihrer Ansicht nach den Anstandsformen entsprach. Dann gab sie Remy zu verstehen, daß sie in der Stimmung war, die anderen Annehmlichkeiten seiner Wohnung zu betrachten.

Gaby liebte diese bezaubernden Momente in Schlafzimmern, wenn ein gutaussehender Freund ihren nackten Körper bewunderte und küßte. Alle Unterhaltungen der Welt, ob geistreich oder amüsant, waren für sie nichts im Vergleich zu einer Stunde köstlicher Gefühle in den Armen eines erfahrenen Liebhabers, der sie zur Ekstase trieb.

Das Schlafzimmer wirkte weniger maskulin als das

Wohnzimmer. Das Bett war niedrig und sah bequem weich aus. Die blaßgelbe Überdecke hatte ein Rosenmuster. Das fand Gaby gut, denn es ließ darauf schließen, daß Remy es verstand, eine entspannende Atmosphäre für seine Freundinnen zu schaffen, wenn er sie hierhinbrachte.

Er begann vielversprechend – er zog Gaby behutsam und geschickt aus. Er streifte ihr das dunkelrote Abendkleid über den Kopf, ohne ihre Frisur zu ruinieren, und er hakte mit kundiger Hand ihren BH auf, um ihre perfekten Brüste zu entblößen. Er küßte sie, blickte lächelnd zu ihr auf und küßte dann ihren Mund, als wäre es ihm nachträglich eingefallen.

Gaby schloß seufzend die Augen, als er ihre Brüste streichelte und mit der Zungenspitze die rosigen Knospen umschmeichelte. Alles lief äußerst gut ab, und Gaby freute sich auf eine Nacht wunderbarer Leidenschaft.

Remy setzte sich auf die Bettkante, zog sein Jackett aus und drehte Gaby auf den Rücken. Er hob ihre Beine mit den Seidenstrümpfen an und trat dann näher an sie heran, so daß ihre Füße an seiner Brust ruhten. Dann zog er ihr die glänzendroten Pumps aus und ließ sie auf den Boden fallen.

»So schön«, sagte er leise, »so wunderbar schön – die Beine einer Tänzerin, feste Schenkel, wohlgeformte Knöchel, schlanke Fesseln. Die Perfektion deiner Beine haben mich als erstes fasziniert, als ich dich auf Simones Party sah. All die Frauen dort sind von den Folies Bergère und deshalb schön, aber du hast alle übertroffen – ich konnte einfach nicht den Blick von dir nehmen.«

Lachhaft, dachte Gaby, *er ist tatsächlich davon überzeugt, mich mit seinem männlichen Charme herumgekriegt zu haben!*

»Du hast auf meine Beine geschaut«, sagte sie. »Das war natürlich alles, was du dir angeschaut hast. Oder hast du dir erlaubt, auch etwas anderes zu betrachten?«

»Deine langen wunderbaren Beine«, wiederholte er. »U(nd dann habe ich den Rest von dir angeschaut. Besonders dein langes blondes Haar. Und deine Figur – du bist offenbar in ausgezeichneter physischer Verfassung. Ich nehme an, jeder Mann hat dir gesagt, wie schön du bist. Was kann ich sagen, um auszudrücken, welch gewaltige Wirkung du auf mich hast?«

Ausgezeichnete physische Verfassung? dachte Gaby. Welch blöde Formulierung. Es muß daran liegen, daß er Arzt ist.

Sie gewann fast den Eindruck, daß er sie gynäkologisch untersuchen wollte.

»Was du mir sagen kannst?« erwiderte sie lächelnd. »Sag all die üblichen Dinge. Frauen hören gern, daß sie begehrenswert sind, ganz gleich wie oft sie es schon gehört haben.«

»Du bist begehrenswert, Gaby«, sagte er sofort und lächelte sie an. »Das sage ich dir so oft, wie du willst.«

»Und jetzt …«, murmelte er, »ist der Moment gekommen …«

Und er zog ihr das winzige schwarze Seidenhöschen aus und starrte auf ihre *chatte.*

»Ich hätte nie gedacht, so erregt zu werden vom Anblick, einer …« begann Remy und verstummte, weil ihm klar wurde, daß die Fachbegriffe, die er normalerweise benutzte, völlig fehl am Platz waren.

»Du hast viele gesehen« sagte Gaby lächelnd.

»Tausende«, murmelte er, »sechs Tage pro Woche zeigen mir Frauen diesen Teil von sich …«

»Ich hoffe, du langweilst dich nicht zu sehr dabei«, sagte Gaby und kicherte. »Sahnetorte mit Kirschen schmeckt sehr gut, aber wer mag sie schon zehnmal pro Tag?«

»Jede, die ich sehe, ist anders«, sagte Remy leise. »Aber ich liebe sie, jede einzelne, ob blond oder braun oder schwarz oder rothaarig. Ich langweile mich niemals bei diesem Anblick – niemals.«

»Ein Enthusiast!« sagte Gaby. »Ein Mann, der seine Arbeit liebt!«

»O ja, ja«, murmelte er, ohne ihren leichten Spott zu bemerken.

Und das bewies er, und es wurde die erregendste

Untersuchung, der sich Gaby jemals unterzogen hatte. Daß er dabei Fachbegriffe vor sich hin murmelte, fand Gaby ein wenig befremdend, aber im Grunde interessierte es sie nicht, denn sie spürte ihn nicht als Arzt, sondern als Mann in sich.

»*Bon Dieu!*« stieß Suzette hervor, als Gaby ihr von ihrem neuen Freund und seiner merkwürdigen Art im Schlafzimmer erzählte. »Noch ein Irrer! Wo findest du nur deine Freunde, *chérie*? Vor einem Irrenhaus? Du gehst unmögliche Risiken mit einem Mann ein, der es nur kann, wenn er befürchten muß, in der Öffentlichkeit erwischt zu werden – und wenn du ihn nicht mehr ertragen kannst, findest du einen Gynäkologen, der seine irren Phantasien bei dir auslebt! Das ist zuviel!«

»Ja, das ist es, das verstehe ich jetzt!« sagte Gaby und kicherte. »Remy will Macht über Frauen haben – oder zumindest über einen Körperteil von ihnen. Der Rest interessiert ihn nur flüchtig, aber der eine Teil fasziniert ihn. Er ist besessen darauf, ihn zu beherrschen.«

»Ein Gynäkologe, der einen Psychiater braucht. Du solltest ihn dir vom Hals schaffen«, sagte Suzette.

Seit Suzette Gaby kannte, hatte die Freundin behauptet, es zu lieben, von einem Mann beherrscht zu werden. Und sie glaubte das selbst, doch Suzette bezweifelte, daß es stimmte. Sie nahm an, daß sich Gaby selbst täuschte, um ihr Vergnügen zu finden.

»Ich soll ihn mir vom Hals schaffen? Bist du verrückt?« sagte Gaby. »Es war das aufregendste Erlebnis, das ich seit Jahren hatte, so hart gepackt zu werden, daß ich kaum Luft bekam, während Remy meinen Körper beherrschte und für seine verrückten Phantasien benutzte! Ich habe es genossen!«

Suzette zuckte mit den Schultern. Sie kannte ihre Freundin zu gut, um sich vorzustellen, daß sie ihre abenteuerlustige Art mit Männern ändern konnte.

»Ich kann verstehen, daß es einen bizarren Kitzel für dich hat, jedenfalls für eine Weile«, sagte sie. Es muß seltsam faszinierend sein, zu wissen, daß das Äußere einer

Frau für einen Liebhaber nicht so wichtig ist. Man braucht nicht stundenlang vor dem Frisiertisch zu sitzen oder schöne Kleidung oder sexy Höschen anzuziehen – für diesen Typ zählt nur diese perverse Lust, ein paar Zentimeter von dir zu beherrschen und zu kontrollieren!«

»Pervers? Welch ein Blödsinn!« protestierte Gaby. »Ähnliches wünschen alle Männer. Und bei Remy gibt es keine Verstellung oder Täuschung – er packt dich und hält dich in einer hilflosen Position, während er mit dir anstellt, was er will. Und es ist wunderbar!«

»Offenbar hat er den Verstand verloren«, sagte Suzette. »Er hat zu viele nackte Frauen untersucht und hält sich wohl für einen Doktor Casanova.«

Gaby zuckte die Achseln. »Ich habe ihn gefragt, und er hat mir erzählt, er sei schon seit seinem dreizehnten Lebensjahr von diesem weiblichen Körperteil fasziniert.«

»Das hat er dir gesagt?«

»Er hat kein Geheimnis daraus gemacht. Und ich wette, du wärst hingerissen von ihm, wenn er dich mal gründlich untersucht.«

»Darauf kann ich gut verzichten«, sagte Suzette. »Ich stehe auf einen anderen Männertyp.«

Tristan Villette war bekümmert, als ihm klar wurde, daß Gaby seine gefährlichen Spiele nicht mehr mitmachen wollte. Sie behauptete, ihn sehr zu mögen, aber diese öffentlichen Auftritte … nein, alles in allem betrachtet konnte es für sie so nicht weitergehen. Es hatte bereits drei katastrophale Zwischenfälle gegeben – in einer Gasse hinter einem Laden, im Kino und unter einem Baum im Jardin du Luxembourg.

Für ihn war es ein Kitzel, das wußte Gaby, aber für sie war es zu peinlich, mit heruntergelassenem Slip in der Öffentlichkeit erwischt zu werden. Und wenn sie von einem Polizisten in flagranti ertappt worden wären – was dann? Nein, es konnte nicht so weitergehen, und sie spielte nicht mehr mit, basta.

Natürlich erzählte sie Tristan nichts von ihrem neuen Freund, dem Gynäkologen, der Dinge mit ihr anstellte, die sie in bisher unbekannte Ekstase trieb. Schließlich wäre es äußerst unfreundlich gewesen, Tristan unnötig Kummer zu machen – es brach ihm ohnehin fast das Herz, weil er Gaby verlor.

Und nachdem Gaby ihm gesagt hatte, was nötig war, aber nichts darüber hinaus, legte sie den Hörer auf und meldete sich nicht, als Tristan nur drei Sekunden später wieder anrief. In den nächsten drei Tagen konnte er sie nicht telefonisch erreichen, sooft er es auch versuchte. Meistens meldete sich niemand, aber zweimal bekam er Suzette an die Strippe, und er flehte sie an, bei Gaby ein gutes Wort für ihn einzulegen, damit sie ihre Entscheidung noch einmal bedachte. Er behauptete, sie hätte ihm das Herz gebrochen, sein Leben sei ruiniert, er könne weder essen noch schlafen noch klar denken. Und so weiter, das Übliche, was Männer so sagen, deren Freundinnen ihnen den Laufpaß gegeben haben.

Suzette lehnte eine Vermittlung höflich ab. Als Tristan

behauptete, Gaby wahnsinnig zu lieben und sicher zu sein, daß sie ihn in ihrem Herzen immer noch liebte – und ähnliche Idiotien, die manche Männer unter solchen Umständen von sich geben – informierte Suzette ihn über eine einfache Wahrheit, die er anscheinend nicht kannte.

»Liebe dauert, solange sie dauert«, sagte sie, und selbst Tristan hörte am Klang ihrer Stimme, daß sie dabei die Achseln zuckte.

Sie sagte Tristan nichts davon, aber sie war erfreut, daß sich Gaby von ihm losgesagt hatte. Er war geistig krank, das war gewiß. Wer brauchte schon einen Freund mit solchen Vorlieben? Er mochte freigebig sein, amüsant und nett – all dies und vielleicht noch mehr, aber nach Suzettes Meinung war es gut für Gaby, wenn sie ihn los war. Sollte er zu seiner Verlobten zurückkehren, zu dem Mädchen mit der tyrannischen Mutter, das war mehr sein Stil.

Leider hatte der arme Tristan in Wirklichkeit keine Verlobte mehr, zu der er zurückkehren konnte. Er hatte Lucile vor einigen Wochen zum letztenmal gesehen, am Tag nach dem Besuch der Pferderennen in Longchamp, bei dem sie verschwunden war. Sie hatte jede Erklärung, warum sie fortgegangen war, rundweg verweigert. Aber sie hatte schmerzlich klargemacht, daß ihre Beziehung beendet war und er eine Heirat vergessen konnte.

Zuerst Lucile, jetzt Gaby – es war zuviel! Tristan liebte sie beide, dessen war er sich absolut sicher. Er liebte sie beide gleichzeitig, und jetzt war sein Herz zweifach gebrochen! Er fragte sich, ob er zuviel vom Leben erwartet hatte und ihn jetzt das Schicksal bestrafte, weil er wahnsinnig stolz darauf gewesen war, von *zwei* schönen Frauen geliebt zu werden. Er grübelte über eine Antwort auf diese Frage nach und entschied sich schließlich, sich Luciles Gnade auszuliefern, ihr sein Herz auszuschütten und sie von seiner unsterblichen Liebe zu überzeugen. Und sie anzuflehen, ihn zu heiraten.

Auf dem Weg zur Wohnung der Champlains dachte er an den letzten Sex mit Lucile vor dem schrecklichen Tag der Pferderennen, an dem er seine Verlobte verloren hatte – und ein dickes Bündel Francs, die er auf den Favoriten gesetzt hatte, der nur Fünfter geworden war.

Es war ein unvergeßlicher Tag in Versailles gewesen, und noch jetzt stieg Erregung in ihm auf, als er daran dachte, daß sie es im Gras getrieben hatten und beinahe von Spaziergängern erwischt worden wären.

Doch wie trostlos war sein Leben jetzt ohne seinen Liebling Lucile! Sie hatte sich über Nacht verändert, gerade hatte sie noch alles getan, um ihn zu erfreuen, und am nächsten Tag hatte sie ihn nicht mehr wiedersehen wollen. Es war zu verwirrend! Und dieser Zustand mußte aufhören. Er würde darauf bestehen, daß sie zu ihm zurückkehrte. Er war entschlossen, sich nicht abweisen zu lassen.

Die Dinge entwickeln sich selten, wie sie sollten, doch das Leben geht weiter – eine Binsenweisheit. Tristan traf beim Appartement der Champlains mit einem Strauß gelber Rosen in einer Hand und einer Flasche Champagner in der anderen ein, darauf vorbereitet, Lucile wieder in die Arme zu schließen und Versöhnung zu feiern. Aber Lucile war nicht daheim, und ihre Mutter runzelte die Stirn, als sie dem Ex-Verlobten die Tür öffnete.

Es braucht kaum gesagt zu werden, daß Tristan Madame Champlain nie sympathisch gefunden hatte. Als er mit Lucile verlobt gewesen war, hatte er sich des öfteren betrübt Madame Champlain als zukünftige Schwiegermutter vorgestellt. Sie war eine große, schwergewichtige Frau Anfang Vierzig mit kurzem, blondem Haar, ausgeprägtem Kinn und dominantem Verhalten.

Wenn sie ärgerlich war wie jetzt, wirkte sie geradezu furchterregend. Jeder nicht so Entschlossene wie Tristan hätte eine Entschuldigung gemurmelt und die Flucht ergriffen. Doch Tristan wollte Luciles Liebe zurückgewinnen, und deshalb blieb er tapfer stehen, während Madame ihn finster anstarrte. Sie hatte die Arme verschränkt, das Gesicht war gerötet und ihr gewaltiger Busen wogte unter dem graugestreiften Kleid.

Sie erklärte, nicht zu wissen, wo Lucile war und wann sie zurückkehren würde.

Aber offenbar wußte sie, bei wem Lucile war. Und das schien sie zu ärgern. Sie *bat* Tristan nicht in die Wohnung, sie *befahl* es ihm. Im Wohnzimmer hocke er sich nervös auf die Kante eines Sessels und bemühte sich, Madames Blick standzuhalten, ohne mit der Wimper zu zucken. Madame nahm gegenüber von ihm Platz und starrte böse auf den Rosenstrauß und die Flasche neben ihm. In ihrem Blick war etwas Verächtliches – als ob sie diese kleinen Geschenke für verdammenswert hielt.

Als ob das nicht schon schlimm genug gewesen wäre, erzählte sie ihm mit boshafter Freude, daß sie wußte, mit wem Lucile zur Zeit zusammen war. Madame Champlain freute sich über Tristans entgeisterte Miene, als sie ihn informierte, daß Lucile sich in eine andere Frau verliebt hatte!

»Was sagen Sie da?« rief Tristan empört und mit rotem Gesicht. »Das ist unmöglich! Ich glaube Ihnen kein Wort!«

»Ob Sie mir glauben oder nicht, es stimmt«, sagte Madame Champlain mit kaltem Zorn. »Meine Tochter ist verrückt auf eine Frau namens Gruchy – Nicole Gruchy, die zehn Jahre älter ist als sie. Diese Hexe ist reich, wohnt in der Avenue Victor-Hugo und ist verheiratet. Die Situation ist so schrecklich, daß mir die Worte fehlen.«

Es war unmöglich, an der Aufrichtigkeit von Blanche Champlain in dieser außergewöhnlichen Angelegenheit zu zweifeln. Tristan starrte sie erschüttert an. Er versuchte, sich seine geliebte Lucile in leidenschaftlicher Umarmung mit einer anderen Frau vorzustellen – aber nein, das war unmöglich! Er sah in seiner Phantasie Frauenhände mit Ringen und gefärbten Fingernägeln Lucile den BH ausziehen und ihre Brüste streicheln. Unvorstellbar!

Er stellte sich vor, wie sich diese perverse Frauenhand unter Luciles Rock und in ihren Slip und zwischen ihre Schenkel schob. Und er sah vor seinem geistigen Auge Lucile im Moment äußerster Ekstase, während sie sich einer Frau hingab. *Ah, non, non, non, quelle horreur!* hörte er sich zornig, schockiert und ungläubig sagen.

»Und *Sie* sind dafür verantwortlich«, sagte Madame

Champlain. »Wenn Sie mehr Mann wären, dann wäre dies nie passiert.«

Die Ungerechtigkeit ihrer anklagenden Worte verschlugen Tristan einen Moment lang die Sprache. *Wenn er mehr Mann gewesen wäre!* Und wer war daran schuld, daß er gewisse Probleme beim Sex bekommen hatte? Wilder Zorn stieg in ihm auf, und er wußte nicht mehr, was er tat. Er riß sich die Hose auf!

Er wollte Madame Champlain verständlich machen, was sie angerichtet hatte, als sie in das Zimmer hereingeplatzt war, während er mit Lucile im Bett gewesen war. Diese unnötige und unkluge Störung hatte bei ihm ein Trauma bewirkt, das ihn impotent machte, wenn sich die Umstände nicht wiederholten – wenn nicht das Risiko einer Entdeckung äußerst groß war.

Madame Champlain hatte ihn damals seiner Manneskraft beraubt, und jetzt sollte sie sehen, was sie angerichtet hatte, wodurch sie Lucile in das Bett einer Frau getrieben hatte. Hier war der Beweis, vor ihren Augen!

Aber mit Staunen sah Tristan einen anderen Beweis. Als er seine Hosen aufriß, sprang sein männlicher Stolz praktisch heraus – lang, hart, pulsierend!

»Aber, aber, aber …«, stammelte er und konnte nicht die neue Entwicklung begreifen.

»Aber, aber, aber«, echote Madame Champlain, jedoch aus anderen Gründen. Das Blut stieg ihr in die Wangen, die sich tiefrot färbten, und ihre Augen quollen hervor, als sie auf Tristans Erektion starrte.

Wie lange hatte sie so etwas nicht mehr gesehen, sich aber insgeheim danach gesehnt!

»Tatsache ist …«, begann Tristan, aber er war sich nicht mehr sicher, was er sagen wollte.

»Was?« fragte Blanche Champlain schwach. »Warum tun Sie das?«

»Sie haben mir die Kraft genommen, normal mit Lucile zu verkehren«, sagte er. »Sie haben die Schuld an allem, was passiert ist. Sie haben mein Leben und das von Lucile zerstört!«

Mit unglaublichem Staunen erkannte Tristan, daß er jetzt äußerst erregt war. Er erlebte noch einmal den Augenblick, in dem Madame Champlain in Luciles Zimmer gestürmt war, als er mit ihrer Tochter im Bett gelegen hatte, gerade in dem Augenblick, als Lucile einen Orgasmus gehabt hatte.

Madame Blanche hatte empört und angewidert auf das nackte Paar gestarrt, und Tristan hatte diesen Blick genau in dem Moment gesehen, in dem es ihm gekommen war.

Die Szene war noch so lebendig in seiner Erinnerung, daß seine Erregung übermächtig wurde und er sich nicht mehr beherrschen konnte.

Er riß Blanche Champlain die Kleidung vom Leib!

Ob sie zu überrascht oder schockiert war, um etwas dagegen zu unternehmen – sie war schließlich eine stattliche Frau, die viel mehr wog als er – wird für immer ihr Geheimnis bleiben.

Jedenfalls ließ sie es geschehen.

Und sie sagte auch nichts, als Tristan sie wie von Sinnen nahm und dabei seinen Zorn herausschrie: »Du bist an allem schuld. Ich war in Lucile verliebt und sie in mich. Aber du mußtest alles mit deinen Verboten und deinen altmodischen Ansichten zerstören! Seit Jahren mußten wir uns heimlich in Parks und Gassen lieben, weil ich es nicht mehr anders konnte und halb hoffte, dabei entdeckt zu werden. Das war der größte Kitzel für mich, die Furcht vor der Schande und der Peinlichkeit, wenn wir erwischt wurden!«

Ob Madame Champlain seine wütend hervorgestoßene Anklage verstand oder nicht, ist zu bezweifeln. Sie war zu durcheinander, um einen klaren Gedanken fassen zu können. Tristan war ein starker junger Mann, und er weckte Gefühle in ihr, die sie nie zuvor erlebt hatte. Und irgendwie glaubte sie auch, etwas wiedergutmachen zu müssen. Vielleicht war etwas dran an seiner Behauptung, daß sie an der Entwicklung der Dinge schuld war. Wenn sie in seiner Schuld stand, wie er anscheinend dachte, dann mußte sie diese Schuld begleichen.

Als es vorüber war, sagte Blanche weich: »Hol die Flasche Champagner, die du mitgebracht hast, und wir trinken sie zusammen.«

Tristan wälzte sich überrascht von ihr und setzte sich auf.

»Was?« fragte er verständnislos.

»Und zwei Gläser«, fügte sie hinzu.

»Aber er ist nicht gekühlt«, sagte er und wußte nicht, wie er ihre Einladung zum Champagner deuten sollte, nachdem er ihr allen Grund gegeben hatte, ihn zu verabscheuen, weil er sich so hatte gehenlassen. Er musterte sie. Ihre Augen glänzten, und ihr Körper wirkte erhitzt. *Soviel Fleisch,* dachte er, *soviel Frau!*

Er holte den Champagner. Als er neben dem Bett die Flasche öffnete, und der Korken mit lautem Knall an die Decke schoß, sprudelte Champagner aus der Flasche und über Blanches nackten Körper, über die enormen Brüste mit den roten Kirschen, über den Bauchnabel, den üppigen Leib und bis zwischen ihre prallen Schenkel.

Kein Mann hatte sie jemals so erregt und ihre schlafende Leidenschaft auf derart bizarre Weise geweckt. Und als Tristan sah, daß sie sich ekstatisch aufbäumte, stieg heißes Verlangen in ihm auf, und er stellte die Flasche ab und warf sich von neuem zu ihr aufs Bett.

Suzette war erstaunt über den schnellen Fortschritt ihrer Karriere, nachdem die Platte mit dem Chanson *Place Vendôme* erschienen war. Sie wurde jeden Tag im Radio gespielt und verkaufte sich in den Geschäften wie warme Semmeln. Suzette wurde gebeten, live im Rundfunk zu singen, und Emile handelte das Honorar aus. Die Plattenfirma bot einen Vertrag für eine weitere Platte und eine Option auf eine dritte an – und das alles binnen weniger Wochen!

Das Geld strömte nur so herein. Und wenn ihr Glück anhielt, würde noch viel mehr hereinkommen. Dies führte bei Suzette zu gemischten Gefühlen. Ihr Ehrgeiz, ein berühmter Star zu werden, mochte in Erfüllung gehen, aber wegen des Geldes hatte sie ein mulmiges Gefühl. Sie war in Belleville aufgewachsen – vor gar nicht so langer Zeit, denn sie war erst dreiundzwanzig –, und ihre Familie war arm. Suzette wußte alles über das Elend der Armut.

Mit fünfzehn Jahren hatte sie einen Job in einem kleinen Textilgeschäft gehabt, nur eine Straße von dem Haus entfernt, in dem sie das Licht der Welt erblickt hatte. Der Besitzer war Monsieur Meran, ein Mann in mittleren Jahren mit herunterhängendem Schnurrbart, und er nutzte jede Gelegenheit, um ihren Po zu betatschen.

Zweifellos wollte er Suzette an die Wäsche gehen, dieser Textilhändler mit Bierbauch, um ihre jungen Reize zu spüren. Vielleicht glaubte er, ein Angebot von kostenloser Unterwäsche reiche, um sich ihre Bereitschaft zu sichern. Aber jung wie sie war, erhielt sie bereits Angebote von Männern, die viel besser aussahen als Monsieur Meran. Angebote, aus denen sie den Schluß zog, daß sie etwas besaß, das für Männer aller Altersklassen von enormem Interesse war.

Und weil das Leben in den Hintergassen ein harter Existenzkampf ist, war sie nicht bereit, ihre Schönheit an schäbige Ladenbesitzer zu verschwenden. Sie wollte sich nicht in den Schmutz ziehen lassen. Sie wollte nach oben.

Meran war ein verklemmter Mann, der jedoch ständig lüstern nach jungen Mädchen schielte, und seine Frau kannte seine Neigungen sehr gut. Das Ehepaar Meran wohnte über dem Laden, und sie konnte ihn scharf im Auge behalten. Suzette war dankbar dafür, denn sie wollte nicht ihren Job verlieren, indem sie ihren unattraktiven Arbeitgeber verärgerte. Trotz Suzettes mangelndem Interesse an ihrem Chef war Madame Meran der Ansicht, daß die Arbeiterin im Geschäft viel zu hübsch war und verschwinden mußte.

Sie redete Suzette ein, daß sie zu Besserem geboren sei. Jeder wisse doch, daß Künstler Modelle brauchten, die bereit waren, nackt für sie zu posieren, und daß sie natürlich schöne Mädchen unscheinbaren vorzogen.

Natürlich hatten Künstler ihre Studios nicht in Belleville. Die gab es in Montmartre und Montparnasse, was Suzette nur gut fand, denn sie wollte ihr Viertel so schnell wie möglich verlassen. Sie zog Erkundigungen ein und verdiente sich sogar ein paar Francs, indem sie einem Maler namens Boguette in seiner zugigen Mansarde Stunde um Stunde nackt Modell stand. Nachdem sie jetzt wußte, daß sie sehr hübsch war, genierte sie sich nicht, sich auszuziehen.

In Gesprächen mit anderen Modellen in den örtlichen Cafés erfuhr sie, daß diese sogenannten Künstler nie Geld hatten und nie mehr als einen Hungerlohn zahlten. Und als Gipfel der Unverschämtheit verlangten einige dieser selbsternannten ›Künstler‹ von einem armen Mädchen nach einer langen Sitzung, wenn ihm vom langen Stillhalten die Muskeln von Kopf bis Fuß schmerzten, daß es bereit war, mit dem Meister zu schlafen!

Das paßte Suzette überhaupt nicht, sie haßte die nach Knoblauch stinkenden ›Künstler‹ in elenden Studios. Wenn sie eine Hure sein wollte, dann brauchte sie nur in der Rue de Belleville zu bleiben. Dort war ein ständiger

Bedarf an jungen Mädchen. Fast die Hälfte der Mädchen, mit denen sie die Schule besucht hatte, waren als Prostituierte auf der Straße gelandet.

Viele waren entweder mit arbeitslosen jungen Trunkenbolden verheiratet, von denen sie geschlagen wurden, oder sie lebten in wilder Ehe mit Männern, von denen sie ähnlich schlecht behandelt wurden. Es erübrigt sich zu sagen, daß viele schon mit sechzehn Jahren schwanger waren, einige sogar zum zweiten Mal.

Bei ihrem beharrlichen Herumfragen fand Suzette eine Beschäftigung bei der Ecole des Beaux-Arts. Sie saß oder stand oder kniete, je nach den Wünschen des Professors, und die Studenten saßen im Kreis um sie herum und malten sie. Sie war natürlich nackt – welcher Kunststudent verschwendet schon seine Zeit mit dem Malen von Frauen, die billige Kleider trugen? Für Suzette waren die Vorteile dieses Jobs offenkundig: sie wurde anständig bezahlt, sie mußte nie darum kämpfen, daß sie überhaupt Geld bekam, und keiner erwartete nach den Sitzungen Sex von ihr.

Das Aktzeichnen nach lebendem Modell war sehr beliebt bei den Studenten. Meistens mußten sie sich in die große, kuppelförmige Galerie setzen und die klassischen Statuen malen, die dort herumstanden – antike Götter und Helden in griechischem Gewand oder römischer Rüstung. Es war etwas interessanter für die Studenten, wenn sie eine nackte Venus oder einen Apollo, nur mit Helm, malen durften, doch es blieben nun mal Statuen aus Stein.

Interessanter war die Aufgabe ›Aktzeichnen nach lebendem Objekt‹. Als Modell posierte öfter eine Frau als ein Mann, denn der Professor teilte die Begeisterung eines Durchschnittsfranzosen für den nackten weiblichen Körper. Suzette stellte fest, daß die Modelle gutaussehende Frauen waren, überwiegend um die dreißig Jahre, ein wenig mollig an Bauch und Po und nicht allzu reichlich mit Busen ausgestattet.

Dennoch strömten die Studenten zu diesen Kursen. Sie waren mittellos, und ihre Erfahrung mit nackten Frauen war zum größten Teil darauf beschränkt, mal eine Dirne nackt zu sehen, die sie in den Gassen des Quartier Latin aufgegabelt hatten. Und dieses Kennenlernen der weiblichen Anatomie war zwangsläufig kurz, denn die Prostituierten wollten so schnell wie möglich auf die Straßen zurück. Sie opferten nur ungern Zeit für die Kunst. Sie arbeiteten hart und vergeudeten nicht ihre Zeit mit Herumsitzen und Plaudern, nachdem der Freier den Gegenwert für sein Geld bekommen hatte.

Ein paar Stunden lang eine nackte Frau zu betrachten und zu malen, war für die Studenten jedenfalls ein besonderes Vergnügen.

Natürlich war Suzette eine Sensation. Als sie zum ersten Mal auf das Podium stieg und ihren neu gekauften Morgenrock abstreifte, um sich den Studenten nackt zu zeigen, gab es ein allgemeines Seufzen der Bewunderung. Mindestens eine Viertelstunde verging, bis der erste Student zu malen begann. Alle waren völlig darin versunken, Suzettes Schönheit zu betrachten.

Selbst die Studentinnen starrten sie mit neidischer Bewunderung an. Diese jungen Frauen wollten eher Architektinnen oder Designerinnen werden als Künstlerinnen. Aber sie besuchten diese Kurse fast so oft wie die Männer. Die Männer konnten sich bei Suzettes Anblick kaum auf ihr künstlerisches Schaffen konzentrieren. Der Professor gewann den Eindruck, daß er mit Mademoiselle Bernards Verpflichtung als Modell einen Fehler begangen hatte. Sie behauptete, achtzehn zu sein, doch er schätzte sie jünger ein. Aber dieser Körper – diese Brüste und Schenkel! Wenn der Professor jünger gewesen wäre, hätte er ihr vielleicht das Angebot gemacht, sie privat in seiner Wohnung zu porträtieren.

Während der Professor nach einer Lösung suchte, um dieses Modell loszuwerden, das die Konzentration seiner Klasse störte, erlag er ihrem Zauber wie seine Studenten. Er war schließlich ein Mann, wenn auch über Fünfzig und ein Professor der schönen Künste. Er malte sie selbst, wenn er sich unbeobachtet fühlte.

Mit neunzehn Jahren wurde Suzette bei den Folies Bergère angenommen. Ihre Schönheit und ihre Selbstsicherheit beim fast nackten Auftreten waren ihre Talente. Showgirls erhalten nie ein Vermögen für ihre Arbeit, das muß man sagen. Aber das Geld, das sie verdiente, verschaffte ihr Unabhängigkeit. Sie tat sich mit Gaby zusammen, und gemeinsam konnten sie sich die Miete für eine richtige Wohnung mit Badezimmer leisten. Aber für den Kauf von seidener Unterwäsche, schicker Kleidung, Schmuck und teurem Parfum – und die vielen anderen Luxusartikel, die für schöne Frauen wichtig sind – waren sie immer noch auf wohlhabende Freunde angewiesen.

Aber für ihre Karriere brauchten sie keine Protektion – jedenfalls Suzette nicht. Ihre erste Schallplatte war ja bereits von durchschlagendem Erfolg. Suzette fand einfach unglaublich, wieviel sie jetzt verdiente. Andererseits gab es verschiedene Verpflichtungen, an die sie nie auch nur im Traum gedacht hatte. Zum Beispiel erhielt sie Hunderte Briefe von Fans und unbekannten Bewunderern, von Gratulanten, von Fanatikern, die sie vor Hochmut und dem Sturz in die Sünde warnten, von Bettlern mit herzzerreißenden Geschichten, von Spinnern, die Geld für karitative Zwecke schnorren wollten, die sie erfunden hatten – und von geistig gestörten Männern, die in allen Einzelheiten erklärten, was sie mit ihr anstellen wollten, wenn sie ausgezogen war.

Emile riet ihr, eine Sekretärin anzustellen, die all die Fanpost las und erledigte. Dies kam Suzette komisch vor, und sie fragte Gaby um ihre Meinung. Gaby befürwortete jeden Vorschlag, der half, die Berge von ungeöffneter Post abzutragen, die sich im Wohnzimmer stapelten. Aber jemand aus der eigenen Tasche zu bezahlen – nur damit er Briefe von Fremden las –, widerstrebte Suzette. Schließlich fand sie einen Kompromiß. Sie bat die dicke Arlette Saumur im Appartement über ihrem, jeden Tag eine Stunde lang für sie zu arbeiten.

Die blondgefärbte Madame Saumur stimmte bereitwillig zu. Sie brauchte stets mehr Geld, als sie vom Kreis ihrer

Freier bekommen konnte. Und sie hatte Zeit. All ihre
Freunde hatten Jobs, und niemand besuchte sie in den
Morgenstunden. Die meisten kamen erst am Nachmittag
zu ihr. Mit Ausnahme des Sekretärs vom Arbeitsministerium, der sie während seiner Mittagspause besuchte, und
des Abteilungsleiters, der nur an Sonntagen zu ihr kam
und seiner Frau sagte, er schaue sich im Stadion ein Fuß-
ballspiel an.

»Der vom Arbeitsministerium ist ein komischer Typ«,
vertraute Arlette Suzette an. »Er liebt es, mich von Kopf
bis Fuß mit pinkfarbenem Geschenkpapier einzupacken.
Das erregt ihn unheimlich. Nun, jeder nach seiner Fasson,
wie man sagt. Er ist einer der höflichsten Männer, die ich
jemals kennengelernt habe.«

Die Fanpost wurde nach oben in Arlettes Wohnung
gebracht, damit sie gelesen und beantwortet werden
konnte. Und einmal pro Tag kam Arlette herunter, um
weitere Post abzuholen.

»Wir alle wissen, daß Männer verrückt sind«, sagte sie
eines Tages, »aber es erstaunt mich, daß dir viele, die nur
deine Platten gehört und dich nie gesehen haben, Heirats-
anträge machen. Sie fügen alle Einzelheiten über ihre Jobs
und die Verwandtschaft auf. Du hast die freie Wahl – diese
Woche kannst du einen Filmvorführer haben, einen Flei-
scher mit einer Metzgerei in Clichy, einen geschiedenen
Bankangestellten aus Nancy, einen Buchhändler, der
behauptet, eine geheime Methode entwickelt zu haben,
nach der du zehnmal pro Tag totale Befriedigung findest,
und ...«

»Das reicht!« sagte Suzette und lachte. »Die müssen
plemplem sein, alle.«

»Das sind nur die netten«, sagte Arlette. »Ich schreibe
ihnen eine kurze Antwort und erkläre ihnen, daß du nicht
heiraten willst. Die anderen sind wirklich irre. Sie wollen
mit dir einige der absurdeten Dinge anstellen, von denen
ich jemals gehört habe – als Beweis ihrer Liebe! Dagegen
ist mein armer Daniel, der mich in Geschenkpapier ein-
wickelt, völlig harmlos!«

Suzette mußte von neuem lachen, und diesmal fiel Gaby in das Lachen ein – nicht über die lächerlichen Possen von Männern im allgemeinen, sondern über das Bild, das Arlette von ihnen gezeichnet hatte. Arlettes *nichons* waren unglaublich groß und wogten bei jeder Bewegung. Die Vorstellung, daß diese Riesendinger in pinkfarbenes Geschenkpapier eingepackt wurden, war einfach zu erheiternd.

Was tut er danach, dieser Daniel? fragte sich Suzette amüsiert. Sie fing Gabys Blick auf, als sie lachten, und sie wußte, daß sich ihre Freundin mit der gleichen Frage beschäftigte.

»Ich hoffe, du beantwortest nicht die Briefe der Irren, Arlette«, sagte Suzette.

»Nein, meine Liebe, sie schreiben fast nie ihre Adresse auf die Briefe. Nun, einer hat das getan. Er versprach, dir ein diamantenes Armband zu kaufen, wie in dem Lied, wenn du mit ihm eine Woche lang in ein Nudistencamp irgendwo an der Küste gehst, nicht weit von Biarritz entfernt, nehme ich an. Er schreibt, er besucht das Camp seit Jahren, und er hat ein Nacktfoto von sich beigefügt. Er hat nicht viel, auf das er stolz sein könnte, wenn du mich fragst, aber er bildet sich anscheinend viel darauf ein.«

»Zum Glück kennen diese Typen nicht meine Adresse!« sagte Suzette. »Sonst stünde eine Schlange von Männern im Treppenhaus, die mich heiraten oder ihre wahnsinnigen Phantasien in die Tat umsetzen wollen!«

Ihre Fans wohnten natürlich nicht nur in Paris, sondern in ganz Frankreich. Und in Belgien und sogar einige in Holland. Sie schickten ihre schriftlichen Ergüsse an die Plattenfirma und die Rundfunksender, und von dort wurde die Post routinemäßig an sie weitergeleitet.

Aber es war nicht unmöglich für jemanden, der entschlossen genug war, ihre Adresse herauszufinden. Eines Morgens erhielt Suzette einen Anruf von einem Mann, der sich als Raoul de Montmilieux-Pontillard vorstellte. Der Name war so falsch wie ein Neunfrancschein, aber Suzette wußte, um wen es sich handelte. Sie hatte ihn kennengelernt, obwohl ihr nach seinem Verhalten am Telefon klar war, daß er sich nicht daran erinnerte.

Er bezeichnete sich als Schlagerarrangeur. Er hatte jahrelang eine große und wichtige Rolle bei dem Erfolg von Armand Regence gehabt, zu dieser Zeit Frankreichs bekanntester Weltexport. Eine Zeitlang war Regence ein solcher Frauenschwarm gewesen, daß Mädchen von zu Hause ausrissen und verheiratete Frauen Mann und Kinder im Stich ließen, um zu ihm zu eilen!

Heute war er jedoch ein wenig zu alt als Herzensbrecher. Zwanzig Jahre zu alt, um genau zu sein. Aber er war immer noch ein internationaler Star und erhielt noch phänomenale Gagen für Bühnenauftritte. Sein Gesangs- und Tanzauftritt war mehr ein Krächz- und Schlurfauftritt geworden, aber sein Charme war noch zuckersüß und mit seinem wissenden Zwinkern konnte er immer noch die Herzen der Frauen erobern.

Raoul Sowieso war der Mann hinter den Kulissen, der mittelmäßige Texte und Allerweltsmelodien zu Liedern arrangieren konnte, die mit der jetzt heiseren Stimme von Armand Regence an die Spitze der Hitliste schossen. Und dieser Raoul wollte zu Suzette kommen und mit ihr reden!

Sie war Regence einmal begegnet, und er war sehr charmant gewesen. Beim gleichen Anlaß hatte sie den angeblichen Montmilieux-Pontillard kennengelernt, ein ungehobelter und arroganter Typ. Suzette nahm an, daß es seine Art war, Leute wie seine Untergebenen zu behandeln, besonders Frauen.

Am Telefon war er ziemlich höflich gewesen, hatte jedoch nicht verbergen können, daß er sich für den Größten hielt. Er wünsche ein wichtiges Projekt mit ihr zu besprechen, hatte er gesagt, es sei zu ihrem Vorteil. Suzette nahm an, er wollte ein neues Lied groß herausbringen und sie überreden, es zu singen.

Sie erklärte sich bereit, ihn um vierzehn Uhr an diesem Nachmittag zu erwarten. Er kam eine halbe Stunde zu spät – ohne ein Wort der Entschuldigung –, offensichtlich geradewegs aus einem Restaurant, wo er das Angebot der Küche und den Wein genossen hatte. Besonders den Wein.

Er sah genauso aus, wie Suzette ihn in Erinnerung hatte, ein großer, fetter, rundgesichtiger Mann, dessen schwarzes Haar pomadisiert und glatt zurückgekämmt war. Er trug eine Hornbrille mit dicken Gläsern und hatte kleine Ohren. Sein Anzug war perlgrau, und zu dem blauen Hemd trug er eine beigefarbene Fliege.

Er verzichtete nicht nur auf eine Entschuldigung für seine Verspätung, sondern er benahm sich auch unglaublich überheblich und herablassend. Es fing damit an, daß er ein Glas Cognac haben wollte. Er bat nicht darum, er verlangte es. Dabei blickte er sich mit geschürzten Lippen im Wohnzimmer um. Offenbar gefiel ihm nichts, was er sah, nicht einmal Suzette.

Er kippte die Hälfte des Cognacs, zuckte die Achseln und gab dann widerwillig zu, daß sie für eine völlige Anfängerin gar nicht so viel falsch gemacht hätte. Suzette begann zu kochen – für wen hielt sich dieser fette Schwindler, der unter falschem Namen zu ihr kam und sie beleidigte?

Aber sie unterdrückte ihren Zorn, denn sie wollte immer noch wissen, warum er sie aufgesucht hatte. Halunken aus dem Schaugeschäft machten keine Höflichkeitsbesuche. Es steckte immer irgendein Plan hinter ihrem Vorgehen.

»Ihre Stimme taugt nicht viel«, erklärte er höhnisch. »Sie werden nie wie die Piaf singen. Aber vielleicht kann ich etwas für Ihre Lieder tun, wenn es auch viel Arbeit erfordern würde. Welcher Idiot komponiert die Musik für Sie – der Chef der Feuerwehrkapelle?«

»Wie freundlich von Ihnen, mich aufzusuchen, um mich zu beglückwünschen«, sagte Suzette so eisig, das Raouls *pompoms* vor Kälte hätten schrumpfen müssen. »Und jetzt auf Wiedersehen, und bemühen Sie sich nicht, Blumen zu schicken, wenn meine nächste Platte herauskommt.«

Raoul war zu abgefüllt vom Wein, um ihren Sarkasmus

zu bemerken. Oder vielleicht war er mit außergewöhnlich dicker Haut geboren worden. Ein Nilpferd mit Brille!

»Ich habe viele wie Sie in meiner Zeit erlebt«, sagte er mit überheblichem Lächeln. »Sie sind heute oben und morgen weg vom Fenster. Ihre Tralala-Liedchen sind doch kalter Kaffee. Der Texter hat einfach kein Talent, das kann Ihnen jeder sagen. Wer ist der Schwachkopf?«

»Ein Freund«, sagte Suzette, empört darüber, daß dieser fette Betrunkene Michels Fähigkeiten als Dichter heruntermachte.

»Jagen Sie ihn zum Teufel«, sagte Raoul, »er ist nur ein Klotz an Ihrem Bein.«

»Verschwinden Sie!« sagte Suzette laut und deutlich und stand auf, um ihn aus der Wohnung zu weisen. »Sie sind ein Widerling und ein Dreckschwein.«

Sie stammte aus einem Milieu, in dem sie ihren Zorn normalerweise mit stärkeren Vokabeln ausgedrückt hätte, doch sie war entschlossen, ruhig und einigermaßen höflich zu bleiben.

Raoul blieb breitbeinig mitten auf ihrem Sofa sitzen, einen leeren Cognacschwenker in der Hand, einen Ausdruck der Gleichgültigkeit auf seinem Mondgesicht. Er erklärte, wie glücklich Suzette über sein Interesse an ihr sein müsse. Normalerweise müßten aufstrebende Sängerinnen, Liedermacher und andere Möchtegernstars ein halbes Jahr lang warten, bis er ihnen ein paar Minuten seiner Zeit widmete, wenn er sie überhaupt empfing. Für gewöhnlich werfe seine Sekretärin die Briefe dieser Bittsteller gleich in den Papierkorb.

»Vielleicht bin ich sentimental«, sagte er nicht sehr überzeugend. »Ich bin vielleicht ein kompletter Idiot, aber ich glaubte, einen Funken Potential in Ihnen zu erkennen. Es wird möglicherweise nicht leicht sein, aber ich glaube, ich kann etwas aus Ihnen machen.«

»Wenn Sie nicht gehen, mache ich etwas aus *Ihnen!*« warnte Suzette.

»Kommen Sie mir nicht in diesem Ton!« erwiderte er. »Ich weiß, wer Sie sind, ich habe Sie überprüft. Sie waren ein Showgirl, das bei den Folies Bergère die Titten gezeigt hat. Wenn Sie als Sängerin scheitern, was wollen Sie dann anfangen? Wieder mit dem Hintern wackeln, wenn man Sie überhaupt noch haben will? In ein paar Jahren wird es selbst damit aus sein. Mit dreißig wird alles an Ihnen hängen und schwabbeln. Das habe ich alles schon erlebt.«

»Ja, das kann man an Ihnen sehen«, entgegnete Suzette in ihrem schärfsten Tonfall. »Das können Sie ja im Spiegel betrachten.«

»Ich habe Talent, Verstand, Kontakte und Erfolg«, prahlte er. »Mein Aussehen spielt keine Rolle. Was haben Sie denn, Mädchen? Ein hübsches Gesicht und ein Paar schöne *nichons*, das ist alles.«

Während Suzette bei dieser unerträglichen Arroganz sprachlos war, machte er ihr das Angebot, das der Grund für seinen Besuch war. »Wir werden einen Vertrag abschließen«, sagte er. »Ich manage Ihre Karriere. Ich suche die Texter und Komponisten, entscheide, was Sie singen, kümmere mich um die Buchhaltung, wähle Ihre Kleidung aus. Sie entscheiden nichts, Sie tun nur, was ich Ihnen sage, verstanden? Innerhalb von zwei Jahren mache ich Sie zum Star. Ich will nur fünfzig Prozent von allem, was Sie verdienen. Einverstanden?«

Suzettes Ärger war in Verachtung umgeschlagen. Sie sagte es Raoul mit den eindeutigen Worten ihrer früheren Jahre in den Hintergassen. Es war nicht sehr höflich, aber unmißverständlich.

Eine so wichtige Person, wie Raoul zu sein glaubte, war darauf nicht vorbereitet, besonders nicht von unbedeutenden Sängerinnen. Die schockierenden Worte drangen durch den Nebel seiner Trunkenheit, der ihn vor der Realität abschirmte, und hallten in erschreckender Offenheit in ihm nach. Er starrte Suzette mit runden Augen an, sein Mund klaffte auf und schloß sich wie bei einem Zierfisch im Teich. Aber nichts kam heraus, nicht mal eine Luftblase.

Im nächsten Augenblick stemmte er sich vom Sofa auf, fiel auf die Knie und umklammerte ihre Oberschenkel.

»Laß mich los, *crapaud!*« sagte Suzette verächtlich. Sie hatte keine Angst, daß er sie vergewaltigen könnte. Einen so überfütterten und offenbar konditionslosen Mann wie Raoul konnte sie sich leicht vom Leib halten.

Seine Position dafür war ideal. Er kniete dicht vor ihr. Wenn er zudringlich wurde, brauchte sie ihn nur mit einem gutgezielten Tritt außer Gefecht zu setzen.

Und dann würde sie ihn mit Tritten aus der Wohnung und bis auf die Straße befördern, diesen Fettwanst, der sie so beleidigt und so häßliche Dinge zu ihr gesagt hatte.

Aber Raoul wollte sie überhaupt nicht vergewaltigen, Suzettes Worte hatten seine Fassade der Täuschung eingerissen, und seine wahre Veranlagung war zum Vorschein gekommen. Er wollte plötzlich ihr Sklave sein.

Suzette hatte keine Ahnung gehabt, wie sonderbar veranlagt dieser Arrangeur namens Lasse war, der sich als Raoul de Montmilieux-Pontillard ausgab.

Sie war für das Treffen mit ihm einfach bekleidet – eine blaßrosa Seidenbluse mit Rüschen und grauer Plisseerock.

Und Raoul kroch um sie herum, hob ihren Rock an und wollte ihr den Slip ausziehen!

»Laß das!« rief Suzette.

Er ließ sich jedoch nicht mit Worten aufhalten. Da verteidigte sich Suzette mit einem Tritt nach hinten.

Sie spürte, daß sie hinter sich etwas Weiches traf, doch Raoul ließ nicht von ihr ab. Vielleicht hatte sie ihn nur an der Hüfte erwischt. Er stieß ein langgezogenes Seufzen aus, doch es war alles andere als ein Schmerzenslaut. Suzette verdrehte fast den Hals, um über die Schulter zu sehen und besser zielen zu können, doch sie konnte sein Gesicht nicht sehen. Sonst hätte sie das Entzücken darauf gesehen, das vom Anblick der dünnen Seide in der Spalte zwischen ihren Pobacken hervorgerufen wurde.

»Steh auf, du Idiot!«

Raoul erwiderte nichts darauf. Er hockte auf den Knien hinter Suzette, und es wurde ihm schwindelig, während er Suzettes Po küßte.

»Steh auf!« herrschte sie ihn von neuem an und hatte

Mühe, ein Lachen über die Inbrunst seiner Küsse zu unterdrücken.

»Du bist kalt und grausam zu mir«, brabbelte Raoul. »Du haßt mich!«

Er war von perverser Lust erfüllt, und seine Beine waren weich. Er wußte, daß er auf den Teppich stürzen würde, wenn er aufstand.

Suzettes Stimme klang wie aus weiter Ferne für ihn.

»Ich verabscheue dich mehr, als daß ich dich hasse. Aber wenn du nicht aufhörst, kann leicht Haß daraus werden.«

Für sie nicht zu sehen, zog er den Reißverschluß auf – mit der anderen Hand hielt er ihren Rock hoch.

Er bedeckte Suzettes nackten Po mit glühenden Küssen, und sein aufgedunsener Körper erbebte.

»Laß mich los!« sagte Suzette laut.

Sie fand es nicht mehr spaßig, und sie wußte nicht, daß es für Raoul längst Ernst geworden war.

»Ich hasse dich!« sagte sie scharf. »Du bist ein verkommenes Schwein ohne Manieren oder Verstand!«

Sie trat wieder nach hinten, und diesmal erwischte sie ihn zufällig zwischen den Beinen. Raoul schrie auf – nicht aus Schmerz, sondern in plötzlicher Ekstase – Suzettes verächtliche Worte und der Tritt bewirkten das. Er brach keuchend zusammen, taumelte zurück und fiel dann auf den Teppich.

Suzette fuhr herum und wollte zu einem weiteren Tritt ausholen. Sie verharrte jedoch mitten im Schwung bei dem Anblick, der sich ihr bot. Raoul hockte zusammengekrümmt auf dem Boden, hatte die Knie vor seinen dicken Bauch gezogen, und starrte verzückt durch seine dicken Brillengläser.

»Pah!« stieß Suzette angewidert hervor. Sie fühlte sich beleidigt durch diesen fetten Arrangeur.

Sie machte auf dem Absatz kehrt und ging in die Küche. Sie strich den Rock glatt und schaute nach, ob er verknittert war. Sie war wütend auf Raoul, der sie für seine bizarren Absichten benutzt hatte – und sie ärgerte sich über sich selbst, weil sie ihn an sich herangelassen hatte, ohne seine Motive zu erraten.

Mit zitternder Hand goß sie sich etwas Cognac in einen Schwenker. Sie setzte sich an den Küchentisch und trank langsam, wartete darauf, daß Raoul Sowieso aufstand und sich davonschlich. Eine Viertelstunde verging, und alles blieb still. Er mußte sich beschämt davongemacht haben. Oder nicht? Sie hatte keine Schritte und kein Zufallen der Wohnungstür gehört.

War es möglich, daß sie ihn mit ihrem letzten Tritt verletzt hatte? Lag er vielleicht noch auf dem Boden? Was war, wenn sie ihn von einem Notarzt aus ihrer Wohnung holen lassen mußte? Oder wenn sie die Polizei oder Feuerwehr rufen mußte?

Sie ging besorgt ins Wohnzimmer. Raoul war noch da, aber nicht mehr auf dem Teppich. Er hatte sich genügend erholt, um zu einem Sessel zu kriechen, und jetzt saß er darin und grinste albern.

Als Suzette sah, daß sie ihm keine größeren Schäden zugefügt hatte, war sie entschlossen, ihn aus der Wohnung zu jagen – wenn möglich mit Worten, notfalls aber auch mit Tritten und Schlägen. Aber er überraschte sie. Er strahlte sie an, als wären sie die besten Freunde.

»Du bist die liebenswürdigste Frau, die ich kenne«, sagte er. »Du mußt dich von mir managen lassen. Ich werde dich zu einem größeren Star machen als Regence je einer war und größer als die Mistinguett in ihren besten Tagen.«

Suzette war fassungslos angesichts seiner blinden Arroganz. »Du willst *mich* managen? Ich werde nicht einmal zulassen, daß du mich am A…« sie verstummte. Schließlich hatte sie es bereits geschehen lassen.

»Vergiß das, was ich über die fünfzig Prozent gesagt habe«, sagte er, als bemerke er gar nicht, daß sie vor Zorn kochte. »Das war nur ein Scherz. Nicht ernst zu nehmen, das versichere ich dir. Weil ich glaube, daß du ein internationaler Star wirst, weil ich in dir ein großes Talent sehe, das erst noch entwickelt werden muß, weil ich von deinem Potential fasziniert bin – aus all diesen Gründen biete ich dir an, dein Manager zu werden, und ich stelle keine Bedingungen. Ich bitte um nichts, nur um zehn Prozent, um meine Ausgaben zu bestreiten.«

»Was soll ich nur mit diesem Witzbold machen?« fragte sich Suzette kopfschüttelnd. »Der Kerl ist unerträglich!«

»Das mag sein«, stimmte Raoul zu. »Aber ich bin auch unentbehrlich, wenn du wirklich an die Spitze willst.«

»Du warst betrunken, als wir uns damals kennenlernten«, sagte sie. »Und ich nehme an, du bist auch jetzt betrunken.«

»Sind wir uns schon früher begegnet? Wann war das? Ich kann mich nicht daran erinnern.«

»Als Armand Regence zum letzten Mal nach Paris kam. Er trat sechs Wochen bei den Folies Bergère auf, um zu beweisen, daß jeder ihn noch liebt – und um den Verkauf seiner Platte zu fördern. Vor seiner Rückkehr nach Amerika gab er eine Party für das Ensemble. Du warst dort – die Party fand in der Suite statt, die er am Boulevard Lannes gemietet hatte.«

»Da waren so viele Leute«, sagte Raoul. »Aber wie könnte ich *dich* übersehen? Ich muß dich Hunderte Male auf der Bühne gesehen haben. Ich weiß nicht, warum ich dich bekleidet nicht erkannt habe. Du *warst* bekleidet, nehme ich an?«

»Du hast mich erkannt. Du hast mich Suzy genannt und mir gesagt, daß ich wunderbare Brüste habe! Du wolltest sie betatschen.«

Raoul rückte mit einem Wurstfinger seine Brille auf der Nase zurecht und setzte eine traurige Miene auf.

»Ich kann mich an nichts erinnern«, sagte er. »Man stelle sich vor, ich fühle solche prächtigen *nichons* und kann mich nicht daran erinnern!«

»Du hast sie nicht angefaßt, das kann ich dir versichern«, sagte Suzette hastig, denn sie wollte nicht, daß der Idiot sich das einbildete. »Du warst mit zwei Mädchen auf dem Bett ins Regences Schlafzimmer. Sie hatten sich bis auf die Slips ausgezogen, doch du warst bekleidet. Und sehr betrunken!«

»Ich hoffe, es war schön mit den Mädchen«, sagte Raoul grinsend, »aber ich kann mich an nichts von dieser Party erinnern. Ich weiß nur, daß es danach mit Regence einen Streit gab, aber ich bin mir nicht sicher, worum es ging.«

»Vermutlich gab es den Streit, weil ihr sein Bett mit Champagner vollgespritzt habt. Eines der Mädchen flößte dir Champagner in den Mund ein, und eines schüttete Champagner aus einer anderen Flasche in deine geöffnete Hose. Das meiste davon lief aufs Bett, und ich kann mir vorstellen, daß es ziemlich naß wurde.«

»Jetzt kommt mir die Erinnerung!« rief er erfreut. »Eine Flasche Champagner in meiner Hose! Als ich aufwachte, war ich ganz naß.«

Seine Miene verfinsterte sich, als ihm die ganze Bedeutung von Suzette Worten klar wurde.

»Bist du geblieben und hast bei dem Spaß mitgemacht?« fragte er vorsichtig. Dann gab er selbst die Antwort. »Nein, ich glaube nicht, nachdem du gesehen hast, was ablief. Den anderen Mädchen machte es anscheinend nichts aus – ich meine, es ist alles ein bißchen verschwommen in meiner Erinnerung, aber ich bin mir ziemlich sicher, daß ich beide hatte.«

Suzette glaubte ihm keine Sekunde lang. Er war viel zu betrunken gewesen. Er hatte es vielleicht gewollt, bildete sich vielleicht sogar ein, es geschafft zu haben, aber er war unfähig dazu gewesen.

Sie wollte, daß er ging. Er war ein perverser, arroganter und zugleich kriecherischer Kerl, und sie hatte nichts übrig für solche Männer. Daß er ihr Manager werden wollte, war eine Lüge, um an ihr Höschen heranzukommen. Er hatte bewiesen, worauf er aus war. Er würde es nicht bekommen.

»Raus!« sagte Suzette und packte ihn am linken Ohrläppchen. »*Fiche-moi le camp*!«

Sie zog ihn am Ohr aus dem Sessel. Er quiekte und

packte ihr Handgelenk, konnte ihren Griff jedoch nicht sprengen. Sie führte ihn durch das Zimmer, öffnete die Wohnungstür und drehte ihn, um ihn aus der Wohnung zu schieben.

»Aber mein Angebot!« sagte er schrill. »Laß uns darüber reden – es ist mir ernst. Ich möchte dein Manager sein. Bitte hör mich an!«

»Manche Tiere werden durch einen Ring in der Nase geführt«, sagte Suzette. »Da du keinen hast, muß das Ohr reichen!« Sie zog ihn am Ohrläppchen. »Raus!«

Er fummelte in seiner Innentasche, zog eine Handvoll Visitenkarten hervor und wollte sie ihr aufdrängen.

»Ruf mich an, wenn du es dir überlegt hast«, bettelte er, und es klang ernsthaft. »Hier sind meine Telefonnummer und meine Büroadresse. Ich erwarte, von dir zu hören. Du wirst ein großer Star werden, das verspreche ich!«

Sie hielt ihn mit einer Hand am Ohrläppchen, und mit der anderen stieß sie ihm gegen die Brust, um ihn rückwärts durch die Tür zu befördern. Als ihm klar wurde, daß sie keine seiner Visitenkarten nehmen wollte, versuchte Raoul verzweifelt, sie ihr in die pinkfarbene Bluse zu stopfen.

Natürlich nahm Suzette an, er wolle ihre Brüste betatschen. Das war zuviel! Zuerst belästigte er sie mit seiner Küsserei am Po, und jetzt begrapschte er ihren Busen – wer weiß, was er als nächstes versuchen würde.

»*Sale cochon!*« schrie sie. »Verschwinde!« Und sie stieß ihm das Knie zwischen die Beine.

Diesmal konnte er keine Hand schützend vor seine Genitalien halten. Der Plisseerock behinderte Suzette ein wenig bei ihrer Aktion, aber sie spürte, wie sich ihr Knie in Raouls Weichteile bohrte. Er schrie schrill auf und taumelte zurück. Suzette half noch nach, indem sie ihm einen Stoß mit der Hand gegen das Doppelkinn gab.

Er prallte mit dem Rücken an die Wand, groggy und schwankend. Ein Schritt weiter nach rechts, und er wäre die Treppe hinuntergepurzelt. Er preßte beide Hände zwi-

schen die Beine, und sein Blick hinter den dicken Brillen-
gläsern war glasig.

»Suzette!« keuchte er. »*Je t'aime, je t'aime!*«

Suzette schlug schnell die Wohnungstür zu und verrie-
gelte sie. Dieser Raoul war pervers.

Bei seiner Rückkehr nach Paris schickte Julien Brocq Suzette ein gewaltiges Blumengesteck in einem großen Korb und mit einer Karte, auf der er ihr herzlich zu ihrem Erfolg gratulierte. Offenbar hatte er sich während seiner Abwesenheit über die Ereignisse in Paris auf dem laufenden gehalten. Er schlug kein Rendezvous vor, und das gefiel ihr. Sie bevorzugte ihn als Freund, nicht als Geliebten. Aber er hatte ein PS geschrieben: *Wenn du jemals deine Meinung ändern solltest und doch Filmstar werden willst, ruf mich an.*

Julien tat natürlich, was Suzette an dem Abend vorausgesagt hatte, an dem sie die Folies Bergère und danach die Bar besucht hatten. Er ging eines Abend nach der Show in die Bar und hielt Ausschau nach Jasmin Bonaventure. Sie war schließlich außergewöhnlich schön.

Er hatte es nicht voraussehen können, aber sein Annäherungsversuch kam zum genau richtigen Zeitpunkt. Jasmin war vom akrobatischen Jongleur aus Gabun, der in der Show mit ihr auftrat, äußerst enttäuscht. Das Versprechung seines gewölbten *cache-sex* aus weißem Leder hatte er nicht einhalten können; es regte die Phantasie an, war jedoch nur Schau. Und nach Jasmins Ansicht war er knauserig. Er behauptete, er schicke das meiste seines Verdienstes in sein Heimatdorf in Afrika. Sein Vater und seine sechs Brüder und acht Schwestern seien von ihm abhängig, sagte er, sie seien arme Leute. Als Jasmin ihn jedoch besser kennenlernte, gelangte sie zu dem Schluß, daß er in der Heimat vermutlich zwei oder drei Frauen und eine Schar schokoladenfarbiger Babys hatte.

Sie erwiderte die Annäherungsversuche von Julien Brocq, als er in der Bar auftauchte und nach ihr Ausschau hielt. Eine Affäre mit fast jedem wohlhabenden Mann hätte Jasmin gereizt – sie war sehr geldgierig und berechnend –, aber besonders erfreut war sie, weil sich ein wichtiger Mann der Filmbranche für sie interessierte. Wer konnte wissen, wozu das vielleicht führte? Sie wollte nicht ewig als kleine Tänzerin auftreten.

Sie bewegte sich anmutig, war sexy, wußte Männern zu gefallen – das war kein großer Trick, sagte sie sich leicht verächtlich. Ihrer Ansicht nach war sie nur noch kein Filmstar, weil sich ihr noch keine richtige Chance geboten hatte. Jeden Abend mit einer Straußenfeder und Pailletten herumzuhopsen und Männer aufzuheizen, fand sie öde. Von der Gage konnte man die Miete bezahlen, jedoch keine richtige Karriere machen.

Und da war Monsieur ›Chance‹ persönlich, Julien Brocq, der Film-Mogul! Er wollte sie zu einem späten Essen nach der Show einladen, sagte er, und sie wußte, was er in Wirklichkeit von ihr wollte. *Er und die Hälfte der Männer in Paris!* sagte sich Jasmin mit einem selbstzufriedenen Lächeln und einem Achselzucken. Natürlich nahm sie die Einladung an.

Sie speisten köstlich in einem teuren, kleinen Restaurant in der Nähe der Oper. Sie aßen nichts Schweres – nur ein paar Weinbergschnecken und einen Hummer, den sie sich teilten. Dazu tranken sie eine Flasche Weißwein. Das reichte, abgesehen von einem Stückchen Brie und einem Glas Armagnac.

Dann brachte er sie in die Suite im Ritz, wohin sonst? Und Jasmin blickte sich im Schlafzimmer um und nickte anerkennend. Es war genau die richtige Kulisse für sie, fand sie, die luxuriöse Umgebung, die sie brauchte, keine schäbige Zweizimmerwohnung in einem heruntergekommenen Viertel. Sie wünschte sich, von Dienern umgeben zu sein, die herbeieilten, wenn sie klingelte und Champagnerflaschen auf Eis brachten. Sie wünschte sich Dienstmädchen, die das Bett machten und sich um all ihre Kleidung kümmerten – Personal, das all die lästigen Pflichten im Haushalt erledigte, die sie haßte.

Der liebe Julien konnte das alles für sie wahrmachen – wenn er es wollte. Er konnte ihr Filmrollen beschaffen, und sie würde ein Star werden und eine Villa in der Avenue Foch besitzen, einen langen weißen Wagen und einen Chauffeur in Uniform haben, einen Mantel aus Zobel, zweimal pro Jahr neue Kleidung von Dior und Chanel und jede Menge Juwelen …

Sie betrachtete Julien mit dem Interesse eines Boxers, der seinen Gegner im Ring abschätzt, bevor die Runde eingeläutet wird. Wie konnte sie seine Deckung überwinden, ihn schwächen, ihn unter Kontrolle bringen? Sie wußte, wo er angreifbar war wie jeder Mann, und das war natürlich ihr Ziel. Wenn es ihr gelang, dorthin vorzudringen, dann konnte er ausgezählt werden, und sie würde die Siegerin sein.

Unterdessen würde er versuchen, sie zu erobern – und er sah aus, als wisse er viel über Frauen und wie er sie rumkriegen konnte. Jasmin war sich im klaren darüber, daß sie nur seine neueste Freundin war, die er in dieses Schlafzimmer mitnahm. Wer konnte sagen, wie viele Vorgängerinnen hier gewesen waren? Julien war unersättlich.

Suzette war vor ihr hier gewesen, auf diesem eleganten Bett aus polierten Holz, das mit Schnitzereien versehen war. Und er hatte ihr ein Diamantarmband geschenkt, das sie niemals auszog, erinnerte sich Jasmin.

Sie war entschlossen, ihm zu zeigen, was ihm bisher entgangen war. Sie schaute ihn sorgfältig an und schätzte ihn ein. Er war ein sehr schwer gebauter Mann, breitschultrig und mit kräftigen Hüften, ungefähr fünfzig. Ein Alter, in dem das Feuer der Jugend weniger heiß brannte. Ein Alter, in dem er einer Frau dankbar sein würde, die es verstand, ihn zu größeren Bemühungen und tiefer Befriedigung zu stimulieren.

Julien zog sein Jackett und das seidene Halstuch aus, das er anstatt einer Krawatte trug. Jasmin stand beim Bett, während er sie küßte und völlig entkleidete. Er streifte das modische schwarze Kleid über ihren Kopf und hatte kaum einen Blick für die Schmetterlingsbrosche darauf. Der Schmetterling war aus Kristall und nicht aus Edelsteinen, aber sie träumte davon, daß sich das ändern würde.

Als Jasmin nackt war, ergriff Julien sie an den Hüften

und nahm mit glänzenden braunen Augen ihre Schönheit in sich auf. Sie war größer als er, wenn auch nur zwei oder drei Zentimeter. Ihr rötlichbraunes Haar hatte sich gelöst, als er sie entkleidet hatte, und fiel bis auf ihre Schultern. Er küßte begeistert ihr Brüste, entzückt vom Dunkelrot ihrer Knospen.

Sie legte sich auf das Bett, auf die blaßblaue Satindecke, und Julien schaute sie eine Weile bewundernd an. Besonders das rotgoldene, gekräuselte Dreieck zwischen ihren Schenkeln. Wie alle Showgirls bei den Folies Bergère hielt sie ihren Pelz kurz und klein, damit selbst der winzigste, mit Pailletten besetzte *cache-sexe* den Kunden nicht mehr zeigte, als sie bezahlt hatten.

Julien blickte auf ihre Reize, bis er seine Gefühle nicht länger unter Kontrolle halten konnte. Er legte sich neben Jasmin, streichelte ihre Schenkel und tastete dazwischen. Sie war bereit für ihn – ein Mann brauchte Jasmin nur begehrend anzuschauen, und sie wurde feucht; der richtige Mann natürlich, nicht jeder. Männer, die sie gut behandelten, sie in interessante Lokale ausführten und ihr teure Dinge kauften.

Gleich würde Julien zu ihr kommen und seine Hose öffnen. *Zu normal*, dachte sie, selbst als Einleitung einer Nacht ausgedehnter Lust. Es war, als gewähre man einem Gegner im Boxring die erste Möglichkeit, mit einem Treffer Punkte zu sammeln, wodurch sein Ehrgeiz gestärkt wurde. Aber er würde sie nicht beherrschen. Jasmin war entschlossen, ihn in die Defensive zu treiben, bis er sie anflehte, alles anzunehmen, was er ihr anbieten konnte.

»Zieh dich aus«, sagte sie in aufreizendem, verführerischem Tonfall. »Ich möchte dich nackt spüren.«

Er entledigte sich sofort seiner Kleidung. Als er nackt war, starrte Jasmin überrascht auf seinen behaarten Körper – der dichte braune Pelz gekräuselter Haare bedeckte ihn von den Schultern bis zu den Schenkeln. Jasmin hatte schon Männer mit behaarter Brust gesehen, aber nie einen so stark behaarten Mann wie Julien. Sein Glied ragte steif aus einem eindrucksvollen Haarbusch.

»*Gewaltig!*« hauchte sie atemlos.

Bevor er sich zu ihr aufs Bett legen und mit seinem *normalen* Liebesspiel beginnen konnte, hob Jasmin ihre langen, wohlgeformten Beine über seine Schultern. Julien würde nicht den Ton angeben, wenn sie das bestimmen konnte. Er sollte sich daran gewöhnen, ihrer Initiative zu folgen.

»O ja!« murmelte er und streichelte über ihren Leib und den Po – der durch ihre Position weit vom Bett angehoben war. Dann spürte sie seine Finger in sich, als er ihren rotgoldenen Haarbusch öffnete. Er teilte ihre zarten Schamlippen, um in sie einzudringen.

Im nächsten Augenblick spürte Jasmin ihn in sich, und sie seufzte auf. Sie schaute zu, wie er in sie hinein- und hinausglitt. Sie sah den feuchten Schimmer auf der noch blassen Vorhaut, die sich dann leicht rötete und zu pulsieren schien, die kleinen Adern an den Seiten, und sie sah, das er noch mehr anschwoll, als der Orgasmus nahte.

Obwohl Jasmin all dies beobachtete, war sie dennoch bei der Sache – sie war enorm erregt von Juliens Anblick über ihr, während sein behaarter Körper im starken Rhythmus seiner Stöße hin und her schwang. Mit ihren Beinen auf seinen Schultern und Juliens Händen an ihren Hüften fühlte sie sich seiner Gnade ausgeliefert, hilflos … sie erinnerte sich an Bücher ihrer Kinderzeit, stellte sich vor, in der Gewalt eines Wolfes im tiefen Wald zu sein – und sie liebte jeden Augenblick davon!

Sie war bereit für den höchsten Moment, wollte spüren, wie es ihm kam, und selbst Erlösung von den ekstatischen Gefühlen finden, die er in ihr hervorrief. *Ja*, stöhnte sie, *jetzt, chérie, jetzt!*

Julien keuchte und wurde schneller. Er hob kurz den Blick und sah, wie ihre prächtigen Brüste im Rhythmus ihrer Vereinigung auf und ab wippten und ihr Gesicht Verzücken und Lust widerspiegelte.

»Ja!« sagte er heiser. »O ja, Jasmin, jetzt!«

Sie wurde auf den Gipfel getragen und schrie ihre Lust heraus – und genau in diesem Augenblick kam es auch

Julien. Jasmin hatte das Gefühl, von einer heißen Woge der Leidenschaft fortgeschwemmt zu werden. Und dann sank Julien auf sie. Sie rangen um Atem, verloren sich in tiefer Befriedigung. Ihre Körper waren schweißüberströmt und heiß. Jasmin spürte Juliens behaarten Oberkörper über ihre Brüste gleiten. Es war wie ein zweiter Liebesakt.

Es erübrigt sich, zu sagen, daß Julien entzückt von seiner neuen Freundin war und sie von ihm. Er führte sie zweimal pro Woche zum Abendessen aus, ging mit ihr in exklusiven Nachtklubs tanzen, machte mit ihr Einkaufsbummel und kaufte ihr sexy Dessous. Sie bekam von ihm Geschenke, aber nichts so Beeindruckendes wie Suzettes Diamantarmband. Er nahm sie immer wieder mit in seine Suite im Hotel Ritz und bereitete ihr höchste Wonnen. Aber es war keine Rede davon, daß er sie zum Filmstar machen wollte.

Als sie das Thema selbst zur Sprache brachte – natürlich taktvoll, als beiläufige Frage, ob sie seiner Meinung nach genug Talent für eine Karriere als Filmstar hatte –, lächelte Julian charmant, zuckte mit den breiten Schultern und tat es mit einem vagen *Wir werden sehen* ab.

Jasmin versuchte alles, was ihr einfiel, jedes erregende Spiel in einem Schlafzimmer, das sie kannte oder von dem sie gehört hatte. Sie war entschlossen, Juliens Herz ganz zu erobern. Er liebte alles, was sie vorschlug, und ging begierig auf ihre Spielchen ein.

Doch so entzückt Julien auch war, das Thema Filmkarriere brachte er nie zur Sprache. Die berechnende Jasmin zog ihre Freundin Angelique zu Rate, die das Herz des Rentiers mit dem Marmorbad erobert hatte und mit ihm luxuriös am Boulevard Raspail wohnte.

»Er hat schon alles erlebt«, sagte Angelique mit einem Achselzucken. »Er hat mehr Frauen gehabt als wir beide Abendessen in teuren Restaurants genießen konnten. Den beeindruckt nicht mehr viel, es sei denn, du kannst dir was ausdenken, was man nicht auf einer Postkarte betrachten kann, die du am Place Pigalle erhältst.«

Sie diskutierten eine Weile über dieses Problem und

verglichen ihre Erfahrungen, wie sie Sex auf diese oder jene Weise gehabt hatten. Schließlich kam Angelique auf eine Idee, die für Jasmin interessant klang. Angenommen, es ließe sich arrangieren, daß Julien sie beide zusammen hatte? Zwei schöne Frauen gleichzeitig, das sollte ihn aufregen!

»Warum nicht«, sagte Jasmin. »Im Hotel Ritz sind bestimmt schon ganz andere Dinge passiert.«

»Vielleicht bietet er uns beiden Rollen in seinem nächsten Film an«, sagte Angelique verträumt. »Wichtige Rollen, meine ich, nicht nur Statistenrollen.«

»Und was ist mit alldem?« fragte Jasmin überrascht und wies durch das luxuriöse Appartement, das Angelique mit ihrem reichen Freund teilte. »Langweilst du dich bereits mit Jean-Jacques?«

»Ehrlich gesagt, ja«, sagte Angelique mit sichtlicher Enttäuschung. »Er ist dauernd beschäftigt und hat nie Zeit für mich, nur wenn er es will. Ich sehne mich nach jemand, der auch mal auf mich eingeht und mich als Mensch akzeptiert. Dein Julien könnte für uns beide nützlich sein.«

»Es ist einen Versuch wert«, sagte Jasmin. »Ich werde Julien den Vorschlag machen – und wenn er einverstanden ist, dann ist eine Nacht im Ritz für dich drin.«

»Warum nicht hier?« fragte Angelique.

»Hier in Jean-Jacques Wohnung? Aber warum? Das ist wahnsinnig riskant. Julien würde nie zustimmen.«

»Für das Vergnügen, uns beide gleichzeitig zu haben, wird er liebend gern zustimmen, glaube mir. Männer sind in Sachen Liebe fähig, alles zu wagen. Das weißt du so gut wie ich.«

»Was für einen Sinn hätte es – wenn überhaupt einen?«

»Nur um ein bißchen Schadenfreude zu genießen. Wenn Jean-Jacques keine Zeit für mich findet, dann suche ich mir eben einen anderen. Er wird Donnerstag und Freitag nicht hier sein, weil er Immobilien an der Küste besichtigen muß. Es soll sich um ein heruntergekommenes Hotel handeln, und er will ein Ferienhotel für Ausländer daraus machen, das in ein, zwei Jahren riesige Gewinne abwerfen soll.«

So wurde es abgemacht. Julien war zuerst erstaunt, als Jasmin vorschlug, eine ihrer Freundinnen in ihr Liebesspiel einzubeziehen. Aber die Idee faszinierte ihn schnell, wie es wohl bei jedem Mann der Fall gewesen wäre. Er bestand darauf, anläßlich des Kennenlernens von Angelique, Jasmin und sie zum Abendessen ins Maxims auszuführen! Er sagte, die Vorstellung, mit zwei Frauen gleichzeitig im Bett zu sein, sei für so ihn außergewöhnlich, daß ein Essen im Maxims die einzig angemessene Einleitung für solch ein Abenteuer sei – mit Flaschen des besten Champagners!

Er glaubte, daß seine zwei atemberaubenden Showgirls ihn danach ins Hotel Ritz begleiten würden, und sie erzählten ihm erst von ihrem eigenen Plan, als er die Rechnung beglichen hatte. Einen Moment lang zögerte Julien, aber dann lächelte er und stimmte zu – wie von Angelique vorausgesagt –, ein Taxi zu nehmen und zu *ihrem* Appartement zu fahren. Natürlich bezeichnete sie es als ihres; sie hielt es für unnötig, den abwesenden Jean-Jacques zu erwähnen.

Mit diesen beiden Schönheiten am Tisch war es unmöglich für Julien, seine Zustimmung zu verweigern.

Jasmin mit dem rötlichbraunen Haar war groß und schlank und ungemein sexy in dem schulterfreien Kleid, das er ihr gekauft hatte. Natürlich war sie nicht schlank oben herum – die Brüste sprengten fast das dünne Satinkleid.

Und ihre schwarzhaarige Freundin Angelique mit einem Schönheitsfleck am Mundwinkel und großen glänzenden dunkelbraunen Augen war nicht minder sexy in ihrem schwarzen Chiffonkleid mit dem Dekolleté, das viel von ihren prächtigen Brüsten zeigte. Für das Privileg, sie nackt zu küssen, würde ein Mann den tiefempfundensten Schwur brechen, den er jemals gemacht hatte. Das dachte Julien jedenfalls, euphorisch benebelt von Champagner und Verlangen.

Diese beiden Schönheiten von den Folies Bergère verstanden es, einen Mann zu erregen. Sie wußten, welche Kleidung Männer reizt und wie schwarzer Satin und weicher Chiffon an kurvigen Frauenkörpern Männer zu erotischen Phantasien verführen …

Im Taxi saß Julien zwischen den beiden Frauen, hielt in jedem Arm eine und küßte sie abwechselnd. Seine Leidenschaft wuchs, als jede ihm eine Hand auf die Oberschenkel legte und ihn zärtlich streichelte. Er schenkte der Umgebung keine Aufmerksamkeit, als sie bei dem Gebäude eintrafen, nicht einmal der Wohnung. Angelique hatte alle Anzeichen auf den wahren Besitzer entfernt; alles war in einem der Schränke mit Jean-Jacques Kleidung versteckt, und der Schrank war abgeschlossen.

Mit Jasmin zu Juliens Rechten und Angelique zu seiner Linken ließen sie sich im Wohnzimmer zwischen zehn oder zwölf runder Kissen auf einem gewaltigen Sofa nieder, das mit rosafarbenem Samt überzogen war.

Sanfte Radiomusik erklang, und das Licht der Wandleuchten verbreitete gedämpftes Licht.

Es war anscheinend nur recht und billig, wenn Jasmin mit dem Spiel begann. Sie streichelte über Juliens Oberschenkel und die Wölbung seiner Hose. Angelique beobachtete mit wissendem Lächeln und wartete auf ihr Stichwort, während Jasmin Juliens Reißverschluß aufzog und seine harte Männlichkeit hervorholte.

Julien, nie ein passiver Mann, schob die Hand unter Jasmins Kleid, über den Seidenstrumpf zum Schenkel hinauf – und dann stockte ihm der Atem. Wo er seidene Unterwäsche erwartet hatte, berührte er warme Haut. Er erkundete sanft und stellte fest, daß Jasmin anstelle eines Slips ein winziges, dreieckiges *cache-sexe* aus Seide trug. Seine Finger tasteten darunter, um sie zu spüren, und er legte sich auf die Kissen zurück, den Blick auf Angelique geheftet, um sie in das Liebesspiel mit einzubeziehen.

Angelique lachte und ließ sich auf das rosafarbene Sofa sinken, bis sie fast auf dem Rücken lag, die langen Beine so weit gespreizt, wie es ihr Kleid erlaubte. Julien starrte sie entzückt an und schob die andere Hand in das Dekolleté ihres schwarzen Chiffonkleids, um ihre Brüste zu streicheln.

Dann schob er die Hand unter Angeliques Kleid und streichelte ihren warmen Leib bis hinab zu ihrem Höschen, um ihr *jouet* zu spüren. Es war köstlich weich und warm, in seiner Phantasie das feuchteste, das er jemals gespürt hatte.

»Ah, du liebst es, mich zu fühlen«, sagte Angelique. »Er spielt mit mir, Jasmin – ich spüre zwei Finger in mir, er wird mich in einer Minute glücklich machen!«

»Gut, ich werde ihm helfen«, sagte Jasmin.

Sie ließ Julien los und ließ sich zwischen Angeliques Füßen auf die Knie nieder. Sie schlug das schwarze Chiffonkleid hoch und half Julien, Angelique den schwarzen, spitzenbesetzten Seidenslip auszuziehen. Julien war entzückt von dem kleinen Busch schwarzer, gekräuselter Schamhaare – er seufzte vor Wollust, als er sah, wie Jasmins langfingrige Hände über die Oberschenkel ihrer Freundin streichelten.

Angelique hat die Augen geschlossen, um die Wonne auszukosten, die ihr von zwei Händepaaren bereitet wurden. Wessen Hände spürte sie gerade? Wer konnte das sagen? Wellen der Lust erfaßten ihren sinnlichen Körper.

Julien und Jasmin schauten sich in die Augen und küßten sich leidenschaftlich, während sie Angelique liebkosten, und ihre Hände berührten sich bei ihrem intimen Spiel. Fingerspitzen begegneten sich kurz, eine Handfläche glitt über einen Handrücken, ein Daumen schlang sich um einen Daumen und löste sich wieder. Angelique öffnete die Augen, als sie den Höhepunkt nahen spürte. Sie schaute auf Juliens weit offenstehende Hose. Julien zögerte nicht. Er stand auf und legte sich über sie.

»Ja!« rief Jasmin.

»Ja!« keuchte Angelique gleichzeitig.

Doch es war zu spät. Sie hatten Angelique zu stark erregt – sie stöhnte und bäumte sich im Orgasmus auf, bevor Julien in sie eindringen konnte. Und dann war es für sie vorüber. Bald auch für Julien.

Während sie sich erholten, stand Jasmin auf, um sich zu entkleiden. Sie zog ihr Kleid und den Rest ihrer Kleidung aus. Der *Rest* bestand nur aus einem durchsichtigen BH, der kaum etwas von ihren üppigen Brüsten verhüllte, und dem winzigen Dreieck von schwarzer Seide, das so gerade ihre *chatte* bedeckte, ihrem Strumpfhalter und ihren Seidenstrümpfen.

Julien lag halbbetäubt von Entzücken und Erwartung auf dem Sofa und hielt Angelique in den Armen. Er schaute Jasmin beim Ausziehen zu und seufzte bewundernd beim Anblick ihrer Schönheit.

Dann stand Julien ebenfalls auf, um sich auszuziehen. Er ergriff Angelique an den Handgelenken und zog sie auf die Füße. Bald waren alle drei nackt. Sie legten sich auf das Sofa und genossen es, ihre Haut zu spüren. Sie waren zu dritt, doch es hatte den Anschein, als ob sich Dutzende Münder küßten und unzählige Finger über heiße Haut streichelten …

Als Jasmin ihre Freundin Angelique als Partnerin beim Sex vorgeschlagen hatte, war sie sich nicht sicher gewesen, ob sie vielleicht eifersüchtig werden würde, wenn sie Julien tatsächlich mit einer anderen Frau sehen würde. Aber als es wirklich geschehen war, hatte sie ihn mit Küssen und Zärtlichkeiten dazu ermuntert. Jetzt wollte er Jasmin für das belohnen, was sie ihm durch Angelique geschenkt hatte.

»Julien, ja, ja, ja«, keuchte sie, als er sie nahm und zur Ekstase trieb.

Später schlug Angelique vor, ins Schlafzimmer zu gehen. Dort sei es viel bequemer als auf dem Sofa.

Jasmin wußte, warum sie den Vorschlag in Wirklichkeit machte – Angelique wollte einen anderen Mann im Bett ihres abwesenden Freundes haben. Sie wünschte, eine Erinnerung zu haben, in der sie schwelgen konnte, wenn er sie beim nächsten Mal vernachlässigte, um sich seinen Geldgeschäften zu widmen. Julien wußte davon natürlich nichts, aber er war kein Dummkopf. Angelique hatte behauptet, es sei ihr Appartement, aber er konnte sich denken, was die Miete kostete und daß ein Showgirl von den Folies Bergère sie kaum von ihrem Lohn bezahlen konnte.

Ein Mann war im Spiel. Sie wurde von jemand ausgehalten, daran gab es für Julien keinen Zweifel. Der Gedanke hinderte ihn jedoch nicht daran, die Freuden zu genießen, die sie ihm bot. Wenn das rosafarbene Sofa und das Bett einem anderen Mann gehörten, um so schlimmer für ihn!

Die drei Liebenden gingen Arm in Arm ins Schlafzimmer, Julien, der stämmige, behaarte Mann zwischen zwei nackten Schönheiten, der schwarzhaarigen Angelique und der brünetten Jasmin. Sie ließen ihre Kleidung achtlos auf dem Boden im Wohnzimmer liegen.

Das Schlafzimmer war groß, mit dem gleichen geschmacklosen Prunk eingerichtet wie das Wohnzimmer. Auf dem Boden lagen zwei große weiße Polarbärenfelle, komplett mit Kopf und offener Schnauze, in der gelbliche Fänge zu sehen waren. Das Bett zwischen den Bärenfellen war niedrig und rund, und die Satinlaken waren schwarz.

Julien schaute es schweigend an. *Welcher Typ Mann hat das gekauft?* fragte er sich. Lächelnd legte er sich auf das Satin, als Angelique die Bettdecke zurückgeschlagen hatte. Das Laken fühlte sich kühl und glatt an, und er fand die Antwort auf seine Frage: der Mann, der für all dies bezahlte, hatte einen Pascha-Komplex. Er wünschte sich einen Harem nackter Sklavenmädchen. Angelique war sein Harem aus einer Person, und sie betrog eifrig ihren abwesenden Pascha. Julien mußte unwillkürlich grinsen; er fand die Situation einfach komisch.

Julien streckte sich auf dem Rücken aus. Die beiden Frauen knieten sich links und rechts von ihm hin, und das erregende Spiel begann von neuem.

Es war das Unglaublichste und Heißeste, was Julien jemals erlebt hatte!

Und als es schließlich vorüber war, und sie alle drei restlos erschöpft und befriedigt auf dem Bett lagen, fielen Julien die Augen zu. Er war stolz – und nur ein bißchen überrascht –, weil er es geschafft hatte, diese beiden Schönheiten zur Ekstase zu treiben. Vor zwanzig Jahren, ja, das war eine andere Geschichte, da war er unermüdlich gewesen. Er hätte nicht geglaubt, jemals wieder solch ein Feuer in sich zu spüren.

Es war, als hätten diese beiden bezaubernden Geschöpfe von den Folies Bergère ihm seine heißblütige Jugend wiedergeben. Es kam ihm wie ein Wunder vor. Jede einzelne war so begehrenswert, und er hätte sich glücklich gepriesen, eine davon als Freundin zu haben – Jasmin *oder* Angelique. Und beide zusammen – welch köstlicher Gedanke!

So erschöpft und müde er auch war, als er einschlief, träumte er von ihnen, so sehr beschäftigten sie seine Phantasie. Und als er aufwachte, lag er allein auf dem großen runden Bett. Tageslicht fiel durch die Fenster, und er hörte Verkehrsgeräusche auf dem Boulevard unten. Er stand auf, streckte sich wie ein satter Kater und machte sich auf die Suche nach den Frauen. Er sagte sich, daß seine Kleidung vermutlich noch im Wohnzimmer lag, wo er sie ausgezogen hatte. Er erkundete die Wohnung barfuß und nackt.

Julien hörte Stimmen. Er öffnete eine Tür und sah einen Anblick, der das Herz des Kalifen von Bagdad erfreut hätte. Ein Badezimmer – aber was für eines! Es war groß und komplett mit einem weißen Teppich ausgelegt, der offenbar aus Ziegenfell war. Und in der Mitte befand sich das Bad – kreisförmig und aus rosafarbenem Marmor, eingelassen im Boden.

Wie eine Filmkulisse, dachte Julien. Er fühlte sich wie zu Hause. Im Bad saßen Jasmin und Angelique nebeneinander, und ihre Körper glänzten rosig im warmen, duftenden Wasser. Sie hielten Becher in den Händen und tranken Kaffee beim Baden und Plaudern. Julien setzte sich auf den Rand des Bades, die Beine bis zu den

Knien im Wasser, und schaute die Frauen bewundernd an.

»*Bon jour, chérie*«, sagte Jasmin und lächelte ihn an.

Julien hielt die Hand an die Lippen und warf beiden Kußhände zu. Er ließ sich ins Bad hinab, legte sich zwischen sie und nahm sie in die Arme. Beide Frauen gaben ihm einen schmatzenden Kuß auf die Wangen. Sie waren wie zwei schlanke Robben, die sich an ihn drückten, während das Wasser um ihre perfekt geformten Brüste spielte.

»Nicht, daß es wichtig wäre«, sagte er, »aber wie spät ist es?«

»Wen juckt das?« erwiderte Jasmin. »Gegen Mittag, nehme ich an.«

»Ich hole dir Kaffee«, bot Angelique an und stemmte sich aus dem Bad. Sie kniete sich am Rand hin und küßte Julien auf die Stirn, und ihre Brustspitzen drückten gegen ihn. Julien schob kurz eine Hand zwischen ihre nassen Schenkel, und sie lachte und schritt barfuß davon.

»Was meinst du, war meine Idee, Angelique einzuladen, gut oder nicht?« fragte Jasmin und streichelte ihn zärtlich.

»Eine hervorragende Idee«, sagte er. »*Je t'adore*, Jasmin.«

»Möchtest du, daß sie irgendwann noch einmal mit uns kommt?« fragte Jasmin betont beiläufig.

»Aber natürlich, *chérie*! Von jetzt an will ich euch jedesmal beide!«

Jasmin spielte die Empörte. Ein bißchen Spaß an einem Abend mit einer Freundin, die alleinstehend war und nichts anderes vorhatte, ja, das könne sie ja noch verstehen. Aber als ständiges Arrangement? Unerhört!

Juliens Gesicht spiegelte Enttäuschung wider, und er wirkte sehr traurig. Jasmin wußte, daß sie auf der richtigen Spur war.

Selbst wenn sie mit diesem schockierenden Vorschlag einverstanden sei, sagte sie, wäre Angelique vielleicht nicht bereit zum Sex zu dritt als ständige Verabredung. Und abgesehen davon gebe es andere Probleme.

In diesem Augenblick kehrte Angelique mit einem großen Becher *café-au-lait* ins Badezimmer zurück. Sie hatte beim Hinausgehen nasse Fußabdrücke hinterlassen, jedoch nicht bei ihrer Rückkehr, wie Julien beobachtete, während er entzückt den Schwung ihrer Hüften betrachtete. Angelique stieg wieder ins Bad, und während Julien am duftenden Kaffee nippte, erklärte Jasmin ihrer Freundin, worüber sie mit Julien gesprochen hatte.

»Was du möchtest, ist unmöglich, Julien«, sagte Angelique. »Selbst wenn ich mich überreden ließe – und ich weiß nicht, ob du mich überreden kannst oder nicht –, gibt es ein gewaltiges Problem. Du hast mein Appartement gesehen. Es ist kein schäbiges kleines Zimmer in einer Mietskaserne. Es gehört einem Mann, der mich heiraten will.«

Jasmin nickte mitfühlend, obwohl sie wußte, daß Jean-Jacques Chelle nicht daran dachte, sie zu ehelichen – oder sonst ein Mann sie heiraten wollte. Jasmin hielt es für sehr wahrscheinlich, daß der Rentier bereits verheiratet war und irgendwo eine Familie hatte.

Julien nahm die Geschichte für bare Münze. Seine Gedanken drehten sich ausschließlich um sein Verlangen nach dem schönen Duo, das mit ihm im Bad war.

»Ich verstehe völlig, daß du nicht weiter hier wohnen kannst«, sagte er. »Liebst du diesen Mann?«

Angelique zuckte mit den nassen Schultern.

»Ich habe eine gewisse Zuneigung zu ihm«, sagte sie. »Andernfalls hätte ich nicht zugestimmt, in einem Appartement zu wohnen, für das er zahlt. Aber Liebe, das ist etwas anderes.«

»Ich würde dir eine Wohnung besorgen, die so gut ist wie diese«, sagte Julien. »Für dich und Jasmin, damit ihr sie euch teilen könnt. Wir drei werden Platz und Bequemlichkeit und Intimsphäre brauchen. Über Wohnungen braucht ihr euch keine Sorgen zu machen.«

»Das ist ein sehr großzügiges Angebot von Julien«, sagte Jasmin zu ihrer Freundin und streichelte Julien unter Wasser. »Du solltest dir das ernsthaft überlegen.«

»Vielleicht kannst du mich zu dieser *ménage-à-trois* überreden, Julien«, sagte Angelique und glitt ins Wasser, bis nur ihr Kopf und eine Hüfte über dem duftenden Wasser zu sehen waren. »Ich habe eine sehr zärtliche Natur, Jasmin wird dir das bestätigen, wenn du das nicht schon gespürt hast – und ich mag dich sehr, Julien.«

»Dann werde ich alles in meiner Macht Stehende tun, um dich zu überreden«, sagte Julien. »Und Jasmin, die ich wahnsinnig liebe, wird mir dabei helfen.«

»Selbstverständlich, *chérie*«, sagte Jasmin und zwinkerte ihrer Freundin zu.

Als Solange Barbot in Michels schäbiges, kleines Zimmer zog, sollte es nur für eine Nacht sein, bis sie eine andere Bleibe finden würde. Aber als sie sein schmales Bett mit ihm geteilt hatte, änderten sich ihre Ansichten, und ein paar Stunden Sex mit ihr am nächsten Tag änderten seine. Nicht, daß er leidenschaftliche Liebe für sie empfand, in gewisser Weise fand er sie sogar gefühllos, aber sie war sofort und ständig für ihn verfügbar.

Im Gegensatz dazu war das bei Michels großer Liebe, Suzette Bernard, nicht der Fall. Gewiß, sie freute sich, ihn zu sehen, wenn er sie in ihrer Wohnung besuchte, und sie ließ sich von ihm lieben und paßte ihre eigenen Wünsche seinen an. Aber sie erwiderte seine Liebe nicht – sie mochte ihn, das war alles. Und eine so große Liebe, die unerwidert blieb, war schrecklich trostlos für einen sensiblen jungen Poeten.

Solange liebte ihn ebenfalls nicht, da machte er sich keine Illusionen, aber sie war immer für ihn da, Tag und Nacht, bereit für ihn, wenn er unter ihren schwarzen Rollkragenpullover griff und ihre kleinen Brüste streichelte. Solange war ein Freigeist und trug keinen hinderlichen Büstenhalter. Und wenn sie sich auf seinen Schoß setzte und sich von ihm unter dem Rock streicheln ließ, hatte sie auch keinen Slip an!

Schicke Unterwäsche konnte sie sich nicht leisten, und auf billige verzichtete sie. Sie besaß nur ihr schwarze Existentialisten-›Uniform‹. Sie hatte keine Stellung, keine Ausbildung und kein Interesse, etwas zu lernen. Ihre wenigen Bedürfnisse erfüllte sie, indem sie zu jungen Männern zog, die ihr etwas zu essen kaufen konnten. Und natürlich eine Flasche billigen Wein.

Obwohl Solange nie Studentin gewesen war, hatte sie mit achtzehn von einem Studenten, mit dem sie geschlafen hatte, die Hauptdoktrin des Existentialismus gelernt –

die Existenz hat nur den Zweck, das zu tun, was dem Individuum gefällt. Diese Lektion verwandte sie mit simpler Logik für ihr eigenes Alltagsleben. Nach ihrem Streit mit dem Künstlergenie zog sie zu Michel Radiguet. Er war in einer konventionellen religiösen Familie aufgewachsen und konnte nichts mit ihrer modernen Philosophie anfangen, aber das war nicht wichtig. Nach ihrem Standpunkt war Michel eine Verbesserung gegenüber dem Maler; er sah besser aus, war unbeschwerter, freundlicher und nicht jähzornig.

Und im Bett befriedigte er sie besser als Jules, das Genie, es gekonnt hatte. Der Grund dafür war leicht zu erkennen – der Kunststudent belegte von Zeit zu Zeit Kurse und verbrachte Stunden damit, Bilder von enormer Wichtigkeit zu malen, wie er meinte. Michel hatte alles Studieren aufgegeben, tat nichts und wandte all seine Energie und Phantasie dafür auf, Solange zu erfreuen.

Was Geld anbetraf, gab es keinen Unterschied zwischen den beiden. Sowohl Jules als auch Michel waren auf Unterstützung von daheim angewiesen. Damit bezahlten sie die Miete und einfache Mahlzeiten in billigen Restaurants. Für Solange war das genug; sie lebte für den Moment und dachte nie darüber hinaus. Ob es für Michel genug war, sagte er nicht. Seine Trauer und Enttäuschung wegen Suzette waren sein Geheimnis; er erwähnte niemals etwas davon.

Aber bei menschlichen Affären kommt ein Tag, an dem ein lange ignoriertes Ärgernis die Aufmerksamkeit auf sich zieht. Und dieser Tag kam für Michel nach nur ein paar Wochen mit Solange. Es war am Nachmittag eines schönen sonnigen Tages, und auf den Straßen des Quartier Latin wimmelte es von interessanten Leuten, die scheinbar ziellos dahinschlenderten.

Obwohl die Sonne schien, war es für Michel und Solange überhaupt kein schöner sonniger Tag – ein Gewitter nahte. Eine unglückliche Folge von Ereignissen begann an diesem Morgen im Bett, als Michel erwachte und feststellte, daß Solange unter dem Laken seine Erektion streichelte und mit der feuchten Zungenspitze umschmeichelte.

Die Mehrheit der Männer wäre erfreut, mit solch liebevollen Aufmerksamkeiten geweckt zu werden – und warum auch nicht? Schließlich war Solange achtzehn, hatte eine gute Figur, war bereit für sexuelles Vergnügen – und splitternackt im Bett. Normalerweise wäre Michel glücklich gewesen, auf diese intime Art und Weise von ihr geweckt zu werden. Aber leider dachte er in seiner Schlaftrunkenheit an Suzette und träumte von ihr.

Sie waren im Schlafzimmer, und die Läden und Vorhänge waren geschlossen, um ein geheimes, parfümiertes Paradies des Verlangens zu schaffen. Er lag auf dem Rücken auf Suzettes Bett, sie hatte seine Hose geöffnet und spielte mit seinem steifen und pulsierenden Glied. Sie flüsterte, daß sie ihn liebte, für immer bei ihm sein wollte und ihn nie wieder verlassen würde. Die Berührung ihrer Hand rief köstliche Gefühle in ihm wach, und er spürte, wie sein männlicher Stolz bei jeder ihrer Bewegungen noch größer und härter wurde. Jeden Augenblick würde sie sich auf den Rücken wälzen und sich ihm öffnen, um ihn zu empfangen.

Dann wachte er auf und stellte fest, daß er auf seinem eigenen harten und schmalen Bett lag – und die Hand, die ihn streichelte, und die Lippen, die ihn küßten, die von Solange waren. Er starrte freudlos zur rissigen Decke, von Enttäuschung erfüllt – und von einem gewissen vagen Gefühl der Abneigung gegen Solange, die ihn aus dem wundervollen Traum gerissen hatte, der sich jetzt nicht erfüllen konnte. Sie hatte ihn betrogen, diese Solange, sie hatte seine tiefsten Gefühle geweckt, nur um sie zu zerstören, indem sie es war, als er erwachte, anstatt die Frau, die er in Wirklichkeit liebte! Das war gemein von ihr, und er verabscheute sie deswegen!

Trotz allem *war* er erregt, und Solange war in seinem Bett und äußerst bereitwillig … nur ein Dummkopf würde ihren warmen jungen Körper abweisen. Er schob seine Hände unter ihre Achseln, und zog sie hoch, um sie aufzusetzen und zu küssen. Sie hatte sich nicht die Mühe gemacht, ihr Gesicht abzuschminken, bevor sie am Abend zuvor mit ihm zu Bett gegangen war. Mit ihrem blassen Gesicht und den blauschwarzen, zu dicken Lidschatten wirkte sie fast wie ein Clown vom Zirkus Medrano!

Als Michel zwischen ihre Schenkel tastete, fühlte er, daß sie feucht und bereit war. Er vermutete, daß sie masturbiert hatte, bevor er aufgewacht war – sie hatte ihn geweckt, weil sie sich selbst erregt hatte und weitere Befriedigung finden wollte, die sie sich nicht selbst geben konnte. Gleich zu Anfang ihrer kurzen Freundschaft hatte Michel herausgefunden, daß dies etwas war, das Solange schamlos tat – und des öfteren.

Wenn sie einen Abend in einem Kellerlokal verbrachten, sich die Sänger anhörten und billigen Wein tranken und er ein wenig zu müde oder einfach ein wenig zu betrunken für Sex vor dem Einschlafen war, dann verschaffte sie sich selbst einen Höhepunkt. Manchmal wurde Michel dadurch hellwach, was zweifellos von Solange beabsichtigt war.

Wie an diesem Morgen, als er enttäuscht aus seinem Traum aufwachte.

Er legte sich auf sie, die Wange an ihre blasse Wange geschmiegt, und nahm sie, bis sie beide befriedigt waren. Und die ganze Zeit hielt er dabei die Augen geschlossen und dachte an Suzette und bildete sich ein, sie unter sich zu spüren. Danach fühlte er sich miserabel.

Ein schlechter Start in den Tag. Und es wurde schlimmer. Sie hatten kein Geld – Michel hatte seine monatliche Unterstützung ausgegeben und besaß keinen Franc mehr, bis sein Vater das nächste Geld schickte, und das war erst in einer Woche fällig. Bis dahin mußten er und Solange von etwas leben und die Miete bezahlen, obwohl letzteres warten konnte, wie er fand. Michel hatte die Hemden, die Suzette ihm geschenkt hatte, an einen Secondhandladen verkauft. Das war schon vor Wochen geschehen. Das einzige von Wert, das er oder Solange jetzt besaßen, war das St. Christophorus-Medaillon, das sie an der Halskette trug.

Es war nicht viel wert, denn es war nicht aus Gold, sondern nur vergoldet, und die lange Kette war ebenfalls unecht. Aber vielleicht brachte es ein paar Francs ein. Genug, um einen Laib Brot oder zwei, etwas Käse und eine Flasche Rotwein zu kaufen – Essen für ein paar Tage, wenn sie damit haushielten. Doch da gab es ein Problem: Solange wollte sich nicht von ihrem St. Christophorus trennen.

Für ein Mädchen, das behauptete, an gar nichts zu glauben, war sie merkwürdig vernarrt in ihren Talisman. Sie glaubte, daß St. Christophorus sie beschützte, ihre Schritte lenkte und sie vor Schaden bewahrte. Dies hatte man ihr als Kind beigebracht. Sie behauptete, es würde schreckliches Pech bringen, wenn das Medaillon verpfändet wurde.

Sie stritten sich eine Zeitlang darüber, Michel hungrig und unglücklich, Solange entschlossen, ihren Talisman nicht zu opfern. Schließlich kam sie auf eine Idee. Sie würde Tante Berthe bitten, ihr Geld zu leihen, damit sie über die Runden kamen, bis Michels Geld von daheim eintreffen würde. Wer war Tante Berthe? Auf seine Frage hin erfuhr Michel, daß sie eine Art Kusine von Solanges Mutter war. Michel zuckte die Achseln. Was machte es schon aus, welch eine Art Verwandte sie war, wenn sie nur aushelfen würde?

Laut Solange wohnte ihre Tante im vierzehnten Arondissement. Michel war kein Pariser und hatte nur eine vage Vorstellung, wo das vierzehnte Arondissement war. Und weil sie nur zehn Centimes zusammen besaßen, mußten sie zu Fuß dorthin gehen. Ohne Frühstück, ohne auch nur eine Tasse Kaffee zu trinken, machten sie sich auf den Weg. Zuerst zum Boulevard St.-Germain, dann durch die Rue de Rennes, vorbei an feinen Gebäuden und Geschäften, auf die südlichen Vororte zu.

Sie gelangten an den Friedhof Montparnasse und gingen daran vorbei zur Avenue du Maine. Weder Michel noch Solange wußten oder interessierten sich dafür, daß viele berühmte Franzosen auf dem Friedhof Montparnasse begraben sind. Guy de Maupassant, dessen Geschichten manchmal in Bordellen spielten und der mit dreiundvierzig Jahren an einer Krankheit starb, die er sich in einem dieser Häuser zugezogen hatte – und auch der berühmte Dichter Charles Baudelaire, der die Schönheit gerade der häßlichsten Dirnen in seinen Gedichten gepriesen hatte. Ihn hatte aus dem gleichen Grund wie Monsieur de Maupassant ein trauriger und früher Tod ereilt.

Aber der Friedhof Montparnasse ist nicht nur die letzte Ruhestätte von Persönlichkeiten der Stadt. Dort wird auch das Andenken an andere berühmte Unglückliche bewahrt, zum Beispiel an den Hauptmann Dreyfus, der 1894 unschuldig als Landesverräter verurteilt, auf die Teufelsinsel deportiert und erst 1906 freigesprochen wurde, nachdem der Schriftsteller Emile Zola für ihn eingetreten war.

Vielleicht ist der Unglücklichste von allen der große Entdecker Dumont d'Urville, der Anfang des neunzehnten Jahrhunderts jede Gefahr meisterte, als er rund um die Welt reiste. Er kehrte triumphierend zurück und starb bei einem Zugunglück in einem Vorort von Paris.

In der Avenue du Maine wirkte Solange ein wenig besorgt – sie meinte, sie sollten die nächste Straße rechts einbiegen oder vielleicht eine danach. An ihrer Unsicherheit erkannte Michel, daß Solange ihre Tante Berthe nicht oft besuchte. Er gelangte zu dem Schluß, daß ihr Verhältnis nicht so freundschaftlich war und es schwierig werden würde, von ihr Geld geliehen zu bekommen. Schließlich war Solange überzeugt, daß die Straße rechts die richtige war.

Es war eine kleine Straße namens Maison-Dieu, und von dort bogen sie in eine noch schmalere Gasse ein. Michel rümpfte die Nase und schaute sich mißtrauisch um. Alle Häuser waren alt und schäbig. Das Kopfsteinpflaster der Straße war holprig und wies Lücken auf. In einigen Hauseingängen, an denen Solange Michel vorbeiführte, standen Frauen zusammen. Es waren hartgesichtige Frauen mit billigen, geblümten Kleidern. Die Frauen lächelten nichtssagend, rauchten Zigaretten und musterten vorübergehende Männer mit lockenden Blicken. Es war kein Geheimnis, welches Gewerbe sie ausübten oder was sich in den Häusern hinter ihnen abspielte.

In einem Anfall von Nachkriegsmoral hatte die Regierung ein Gesetz erlassen, um die Bordelle zu schließen, die berühmten Etablissements, die ein Teil des Lebens von Paris gewesen waren. Aber keine Regierung kann den Verkehr zwischen Frauen und Männern verbieten. Wenn das eines Beweises bedurfte, war es diese kleine Straße mit den schäbigen Häusern. Es war äußerst unwahrscheinlich, daß Baudelaire oder de Maupassant jemals Zerstreuung in diesem elenden *quartier* gesucht hatten.

Solange rief *Tante Berthe!* und winkte jemandem weiter straßenabwärts zu.

Tante Berthe saß auf einem Stuhl, der auf dem Kopfsteinpflaster vor dem Haus stand. Sie war um die Vierzig und drall. Sie hatte ein rundes Gesicht und schwarzes, kurzgeschnittenes Haar. Eine Kette mit falschen Perlen baumelte vor ihrem beeindruckenden, übermäßig großen Busen.

Sie erhob sich und umarmte Solange, packte Michel und drückte ihn ebenfalls an ihre Fleischpolster unter dem dünnen Baumwollkleid.

Sie gingen ins Haus und gelangten in ein normales Wohnzimmer, sehr zu Michels Erleichterung, denn er hatte nicht gewußt, was ihn erwartete, und befürchtet, dort ein Doppelbett für die sofortige Benutzung zu sehen. Statt dessen sah er Sessel und einen Tisch, alles alt und schäbig, ein durchgesessenes Sofa und einen gerahmten farbigen Druck von General de Gaulle an der Wand, offenbar vor Jahren aus einer Zeitschrift ausgeschnitten.

Michel war sogar noch erleichterter, als Tante Berthe eine gewisse Zuneigung für Solange zeigte – das ließ darauf schließen, daß vielleicht ein kleiner Kredit möglich war. Und als Tante Berthe Kaffee anbot, war Michel überzeugt, daß sie sich in ihrer Not an die richtige Stelle gewandt hatten. Aber es störte ihn, daß er nicht in die

Unterhaltung zwischen Solange und ihrer Tante einbezogen wurde. Ganz im Gegenteil – er stellte fest, daß *er* das Thema der Unterhaltung war und sie so offen über ihn redeten, als wäre er gar nicht anwesend!

Wie versorgte er Solange, wenn er keinen Job hatte? wollte Tante Berthe wissen. Ein Student? War er von der Uni geflogen? Wo war seine Familie? Hatte er Schwierigkeiten mit der Polizei?

Die Fragen waren sehr direkt, die Antworten nach Michels Meinung unnötig offen.

Berthe musterte seinen dünnen Körper und die weichen Gesichtszüge mit zweifelnder Miene und fragte Solange, ob er im Bett etwas taugte.

»Er sieht nicht nach viel aus«, sagte sie. »Er hat kaum Fleisch auf den Knochen.«

Solange lachte. »Der Schein trügt. Er ist ein ganzer Mann, der keinen Tag ausläßt.«

»Das ist gut«, sagte Berthe mit einem anerkennenden Nicken. »Laß dich von ihm glücklich machen – zu mehr taugen die Kerle kaum. Und manche sind nicht mal für das zu gebrauchen.«

Vielleicht ist es Tante Berthes Lebensstil, der zu diesem Vorurteil über die Männer führt, sagte sich Michel. Er blieb ruhig und hielt den Mund, während Solange grinste und ihn mit Besitzerstolz betrachtete. Berthe starrte ihn abschätzend an.

Michel fragte sich, welcher Typ Mann bereit war, für Berthes Dienste zu bezahlen. Vor seinem geistigen Auge sah er sie nackt, ihre gewaltigen Fettmassen, den herabhängenden Busen … nein, nein, nein! Das wäre kein Vergnügen für ihn! Sein Stolz würde nicht zulassen, sich mit ihr einzulassen, selbst wenn sie sich ihm kostenlos anbieten würde.

Nach vielem persönlichem Blabla zwischen Solange und ihrer Tante wurde schließlich der Grund des Besuches erwähnt. Berthes rundes Gesicht spiegelte plötzlich Entsetzen wider. Die Vorstellung, Geld zu verleihen, selbst einer Blutsverwandten, schockierte sie. Man könnte sagen, obwohl der Vergleich hinkt, daß Tante Berthe all die Empörung einer keuschen jungen Jungfrau empfand, der ein junger Mann an die Wäsche zu gehen versucht.

Solange bettelte, bot sogar ihr Medaillon als Pfand an und schwor, so bald wie möglich die Schulden zurückzuzahlen. Michel erwarte Geld von daheim in einer Woche bis zehn Tagen – die Schulden würden sofort beglichen werden. Und was war schon eine Woche für Tantchen? Sie würde doch nicht die Nichte hungern lassen, die sie so liebte!

Tante Berthes Miene verhieß immer noch nichts Gutes. Solange stand auf, und küßte Berthes Wange und schmeichelte ihr. Michel wurde bei all dem immer deprimierter. Was, zum Teufel, tat er hier im Haus einer … Berthe? War er so tief gesunken, daß er von den Launen dieser gräßlichen Frau abhängig war?

Es ärgerte ihn, zu wissen, daß er Suzette um Geld bitten konnte und sie es ihm ohne Zögern geben würde. Sie war überzeugt, daß ihm ein Anteil ihres Verdienstes zustand, weil er den Text für ihre Lieder geschrieben hatte. Aber für Michel waren seine Gedichte ja nichts als Huldigung an sie, und er wollte keine finanzielle Belohnung dafür – es war völlig unmöglich, seine leidenschaftliche Liebe zu ihr durch etwas so Profanes wie Geld entweihen zu lassen! Und nach Wochen des Fernbleibens förmlich zu ihr zurückzukriechen – nein, er würde zu beschämt sein, ihr ins Gesicht sehen zu müssen!

Tante Berthe erwies sich als nicht ganz herzlos, doch es dauerte eine Weile, bis sich das herausstellte. Sie tätschelte Solanges Wangen, küßte sie und überreichte ihr zweimal soviel, wie sie erbeten hatte. Als Kredit, das galt als vereinbart, und nur für zehn Tage. Das Medaillon würde sie niemals als Pfand nehmen, sie könne doch nicht Solange ihres Schutzpatrons berauben. Auch sie besaß einen Talisman, den sie niemals weggeben würde.

Sie trennten sich nach Küßchen und Umarmungen. Michel wurde wieder gegen diesen riesigen Busen gepreßt, daß ihm die Luft wegblieb. Und als sie gingen, kniff Tante Berthe ihm sogar in den Hintern.

»Du sorgst anständig für meine Nichte«, ermahnte sie Michel.

Es war jetzt nicht nötig, den ganzen Rückweg zu Fuß zu gehen, denn sie hatten Fahrgeld. Sie fuhren mit der Metro, deren Station sich gegenüber dem Friedhof befand. Solange war erfreut über den Erfolg ihres Besuchs bei Tante Berthe, doch Michel war bedrückt und melancholisch. Der Metro-Wagen war überfüllt. Sie standen nahe bei der Tür, und Solange preßte sich an Michel. Offenbar hatte sie sich Tantchens Anweisung an Michel zu Herzen genommen und war begierig darauf, daß er anständig für sie sorgte.

Natürlich schenkte ihnen keiner Aufmerksamkeit. Liebespaare gehören einfach zur Szenerie von Paris wie eine Kulisse zu einer Show. Man beachtet sie nicht, wenn sie sich küssen, Händchen halten und miteinander Zärtlichkeiten in den Parks austauschen – und sogar wenn sie sich im Stehen in einer Gasse lieben. Solange preßte sich an Michel und streichelte über seine Hose.

Sie brauchte sich nicht sonderlich zu bemühen, um ihn zu erregen. Sie war ein junges Mädchen, und er war ein junger und heißblütiger Mann. Er mochte abgeneigt sein – und in diesem Moment verabscheute er sie fast –, doch sein Körper reagierte ohne Zögern.

»Wir werden nicht in einem Restaurant essen«, flüsterte Solange. »Wir kaufen unterwegs eine Flasche Wein und Brot und Aufschnitt und essen im Bett. Ich werde dich lieben wie noch nie.«

Solange hatte das Geld; sie hatte es in die Tasche ihres schwarzen Rocks gesteckt. Sie würde es ausgeben. Michel würde nie auch nur einen Sou davon in die Hand bekommen. Aber er würde Tante Berthe den Kredit zurückzahlen müssen, wenn das Geld von seinem Vater aus Fecamp eintreffen würde, der glaubte, einen Studenten zu unterstützen. Wohin sollte all dies führen? Was würde nur aus seinem Leben werden?

190

Diese und ähnlich deprimierende Gedanken und Überlegungen voller Selbstmitleid beschäftigten Michel, als er auf dem Bürgersteig vor einem Laden stand und wartete, während Solange Lebensmittel und eine Flasche Wein auf der anderen Straßenseite kaufte. Und an der Ecke sah er Straßenmusikanten.

Es waren drei, zwei Frauen und ein Mann mit einem alten Akkordeon. Dieser Mann hatte dünnes, schütteres Haar und einen bleistiftdünnen Schnurrbart. Offenbar betrachtete er sich als der Typ Herzensbrecher. Eine Zigarette hing in seinem Mundwinkel, und er hielt die Augen geschlossen, während er spielte. Eine der Sängerinnen war Anfang oder Mitte Vierzig, hatte ein schmales Gesicht mit spitzer Nase und einen schwarzen Haarschopf, der von zwei billigen Spangen gehalten wurde. Die andere Sängerin war jung genug, um die Freundin des Akkordeonspielers zu sein. Sie trug eine weiße Bluse mit roten Punkten, ihr langes blondes Haar wurde von einem Stirnband gehalten und war zu einem Ponyschwanz gebunden.

Ihre Stimmen waren nicht gut, und die musikalische Begleitung ließ zu wünschen übrig, aber das Lied trieb Michel Tränen in die Augen. Er hörte die vertrauten Worte von ›Place Vendôme‹, Suzettes Hit, der nach dem Gedicht vertont worden war, das Michel für sie geschrieben hatte, bevor er sie überhaupt richtig gekannt hatte. Und als er diese dürftige Version von einem Trio Straßenmusikanten hörte, wurde ihm zum erstenmal klar, wie erfolgreich Suzette geworden war. Sie war ein Star.

Und sie war die schöne Frau, die er wahnsinnig liebte. Nachdem er ›Rue de la Paix‹ für sie geschrieben hatte, war er mit gebrochenem Herzen von ihr fortgelaufen. Auch das war ein Hit geworden – das Lied wurde täglich im Radio gespielt. Und er, der Dichter, der diese Erfolge möglich gemacht hatte, was hatte er erreicht? Warum stand er vor einem kleinen Geschäft, während seine magere und untalentierte Freundin billiges Essen kaufte, um es im Bett nach dem Sex mit ihm zu verzehren? Ohne einen Gedanken an sein eigenes Wohl tauschte Michel die faszinierende und sinnliche Suzette gegen Solange.

»*Merde*!« sagte er laut und ärgerte einen Passanten, der das als eine Beleidigung auffaßte, die ihm galt. Er blieb stehen und zahlte das mit einem Schwall obszöner Worte heim.

Aber Michel war bereits verschwunden. Er rannte über die Straße, an der Gosse entlang, um langsam gehenden Passanten auszuweichen. Autofahrer hupten wütend, weil sie der Meinung waren, das alleinige Recht zu haben, die Straße zu benutzen. Michel machte es nichts aus. Er hatte ein Ziel. Ebensowenig interessierte ihn, was Solange denken würde, wenn sie mit einer Stange Brot unter dem Arm und einer Flasche Wein in der Hand aus dem Geschäft kommen und ihn nicht mehr antreffen würde.

Michel war auf dem Weg zu Suzette. Er würde sie um Verzeihung bitten, weil er sie verlassen hatte. Er liebte sie, wie konnte er so verrückt gewesen sein, sie zu verlassen? Und obwohl sie ihn nicht genauso liebte, mochte sie ihn sehr gern, und das mußte reichen. Es konnte ein Kompromiß geschlossen werden.

Selbstverständlich verursachte Michels impulsive Entscheidung, Suzette zu besuchen, gewisse Probleme, wie es bei unerwarteten Entscheidungen stets der Fall sein kann. Ihre Wohnung in der Rue de Rome beim Gare St.-Lazare war von hier aus genauso weit entfernt wie der Weg zu Tante Berthe. Und er konnte nur zu Fuß dorthin gehen – Solange hatte das Geld, das sie sich geliehen hatten.

Michel zuckte die Achseln, sagte wieder *Merde* und ging entschlossen den Boulevard St.-Germain entlang. Er wollte die Seine bei der Pont de la Concorde überqueren, an den Tuileries vorbei zur Rue Royale gelangen und ihr folgen. Er war hungrig wie ein Wolf; er hatte an diesem Tag noch nichts gegessen. Es war kein Geld dagewesen, um auch nur ein einziges Croissant zum Frühstück zu kaufen, und Solanges Tante hatte ihnen zwar *café-au-lait*, aber nichts zu essen gegeben.

Als Michel bei Suzettes Adresse eintraf, die Treppe hinaufstieg und an die Wohnungstür klopfte, war es achtzehn Uhr. Niemand öffnete. Er hatte den weiten Weg zurückgelegt, um Suzette zu sehen – und sie war nicht da. Und auch ihre Freundin Gaby mußte ausgegangen sein, denn sonst hätte sie ihm geöffnet und ihn wenigstens hereingebeten, damit er sich setzen und seine müden Beine ausruhen konnte.

Was nun? Zurück zu Solange und seinem schäbigen Zimmer auf dem linken Seineufer? Aber warum? Er hatte überhaupt nichts mehr für Solange übrig. Gewiß, im Bett war es mit ihr ganz nett gewesen, aber mit dem Herzen war er nicht mehr bei der Sache – er dachte nur an seine große Liebe Suzette.

Und er brauchte keinen Besitz mehr aus seinem Zimmer zu holen – es gab keinen mehr. Seine Bücher hatte er längst verkauft, ebenso das meiste der Kleidung. Alles, was er Solange zurücklassen konnte, waren ein abgenutztes Handtuch und ein billiger Rasierapparat. Sie konnte beides behalten; Suzette würde ihn stilvoll ausstatten.

Michel setzte sich auf den Treppenabsatz, um seine schmerzenden Beine auszuruhen. Er lehnte den Kopf an die Wand. Und prompt schlief er ein. Es war schließlich ein ermüdender Tag gewesen. Eine Stunde oder mehr verging, bis ihn eine Hand an der Schulter rüttelte und er aus dem Schlaf schreckte und nicht wußte, wo er war.

Dann erkannte er Suzette, deren schönes Gesicht leichte Überraschung widerspiegelte, und er setzte sein charmantes Lächeln auf. Sie sah hinreißend aus. Ihr Haar lugte rabenschwarz unter einem dreieckigen Hütchen hervor, und ihr maßgeschneidertes Sommerkostüm aus pfirsichfarbener Seide umschmeichelte ihre weiblichen Reize. Michels Herz schlug schneller. Er spürte, wie Erregung in ihm aufstieg.

»Was treibst du hier, Michel?« fragte Suzette.

»Ich war den ganzen Tag zu Fuß unterwegs«, sagte er und versuchte, ihr seine Gefühle zu erklären. »Ich bin beim Warten auf dich eingeschlafen. Ich liebe dich, ich kann keinen weiteren Tag leben, ohne dich zu sehen und dir zu sagen, daß ich dich liebe. Verzeihst du mir, daß ich weggelaufen bin? Ich bin ein Vollidiot.«

»Ja«, sagte Suzette ernst, »das weiß ich. Aber lassen wir das jetzt – komm rein. Du siehst dünn und hungrig aus.«

Das gute Kordjackett, das sie ihm gekauft hatte, mußte dringend gereinigt und gebügelt werden, ebenso die graue Flanellhose. Er brauchte eine Rasur, und sein lockiges, dunkles Haar war zu lang über den Ohren und im Nacken.

Er bekannte, daß er Hunger hatte, gab jedoch keine weitere Erklärung – er schämte sich zu sehr, Einzelheiten zu erzählen. Er folgte Suzette in die Wohnung und in die Küche. Dann setzte er sich an den Tisch, während sie für ihn deckte. Es gab Krustenbrot, Butter aus der Normandie, gekochte Kalbfleischscheiben, Salami und Würstchen. Suzette machte einen Salat aus Radieschen mit Schnittlauch an und holte Dijon-Senf aus dem Kühlschrank. Dann schenkte sie Michel gekühlten Wein ein und stellte die Flasche auf den Tisch.

Während Michel die Mahlzeit verschlang, zog sich Suzette im Schlafzimmer um. Sie wechselte das Dior-Kostüm gegen etwas Legeres. Als sie zehn Minuten später in die Küche zurückkehrte, trug sie einen dünnen weißen Rollkragenpullover und einen rosafarbenen Taftrock mit grauen Karos.

Michel starrte sie an und staunte über den Unterschied zwischen Suzette in ihrem prall gefüllten weißen Pullover und Solange in der schwarzen Kluft, unter der sie nicht viel zu bieten hatte.

»Glück für dich, daß du mich heute besuchst«, sagte Suzette, lehnte sich an den Türpfosten und schaute Michel beim Essen zu. »Nächste Woche werde ich fort sein, und das Appartement wird leer sein.«

»Du ziehst in eine bessere Wohnung«, sagte er und nickte leicht vor sich hin. Er verstand sofort, daß sie sich jetzt etwas Besseres leisten konnte. »Wo ist sie?«

»Boulevard Lannes«, sagte Suzette stolz. »Mit Blick auf den Bois de Boulogne.«

Michel war beeindruckt. Er wußte nicht, wie hoch die Mieten in einer solch noblen Gegend waren, aber er war überzeugt, daß Suzette eine Stange Geld für ihr neues Appartement zahlen mußte.

»Nicht in der Avenue Foch?« fragte er und lächelte sie an. Eines seiner Gedichte hieß ja so, und es war zu einem Lied vertont worden, das sie sehr oft gesungen hatte. Zur Erinnerung: Es erzählte von einer schönen Frau, die ihren kleinen weißen Hund auf der Avenue ausführte und bei einem Baum eine Pause einlegte. Ihr Geliebter wartete sehnsüchtig auf ihre Rückkehr. Es gab keine Namen in dem Gedicht, aber natürlich war die Frau Suzette und der Geliebte Michel.

Suzette lächelte und sagte nichts. Sie wollte ihm nicht erzählen, daß sie einst auf einer Party von Armand Regence in einer Wohnung dort gewesen war und jetzt beweisen wollte, daß sie ein großer Star war wie er. Oder daß sie eines Tages einer werden würde.

Michel beendete schließlich das Essen und schaute Suzette glühend an. Er wollte vieles von ihr. Er wünschte Verzeihen, Liebe und einen Platz in ihrem Leben, er wollte Geld für ein Hotelzimmer, damit er sich von seiner bisherigen Freundin fernhalten konnte, und er wollte Sex mit Suzette, in ihrem Bett, auf dem Küchentisch, auf dem Boden im Wohnzimmer – ganz gleich wo. Sein Verlangen war mehr als nur körperlich – er hatte das Gefühl, seine Seele und sein Körper schrien förmlich nach der erotischen Erfüllung, die sie ihm geben konnte, und er sehnte sich danach, von ihr akzeptiert zu werden.

Aber die Dinge zwischen ihnen hatten sich verändert. Wenn Suzette vor nur ein paar Wochen diesen Ausdruck in seinen Augen gesehen hätte, dann hätte sie sich für ihn ausgezogen und nackt vor ihm getanzt, ohne daß es eines Wortes bedurft hätte. Aber heute fragte sie, ob er ihr ein Gedicht mitgebracht hatte.

»Nein«, sagte Michel verlegen. »Ich habe in der letzten Zeit nichts geschrieben. Ich war nicht dazu fähig.«

»Wie schade!« sagte Suzette süß. »Nun, wenn du genug gegessen hast, solltest du dir vielleicht meine neue Adresse notieren, bevor du gehst.«

Michel brach fast in Tränen aus, weil er von der Frau, die er so wahnsinnig liebte, so gleichgültig behandelt wurde. Er wußte, daß er nichts Besseres verdiente – er hatte sich schlecht benommen, er war ein schrecklicher Dummkopf gewesen. Er hatte auf Verzeihung gehofft, aber Suzette war anscheinend nicht in der Stimmung, um zu verzeihen. Sie konnte ihn doch nicht einfach so wegschicken! Er war überzeugt, an gebrochenem Herzen zu sterben, bevor er den Fuß der Treppe erreichte.

»Suzette, *je t'aime*«, sagte er. »Ich kann nicht ohne dich sein, mein Leben ist sinnlos ohne dich. Ich habe mich auf den ersten Blick in dich verliebt, an dem Abend, an dem du in dem Kellerlokal in Montmartre gesungen hast. Ich bin dir auf die Straße hinaus gefolgt, und mein ganzes Leben hat sich verändert. Wir standen in einem Torweg und küßten uns – du kannst das nicht vergessen haben!«

»Ich erinnere mich gut daran«, sagte Suzette mit einem leichten Lächeln. »Ich habe dort in der Gasse meinen Slip ausgezogen, und als wir uns trennten, hast du ihn behalten – er war in deiner Tasche. Du hast mir in dieser Nacht Glück gebracht, Michel, und dafür werde ich dir immer dankbar sein.«

Dankbarkeit war nicht das, was er wollte. Er starrte sie mit großen Augen an und versuchte, seine schmerzliche Enttäuschung unter Kontrolle zu bekommen. So hatte er sich auf dem langen Weg vom linken Seineufer bis hierhin ihre Versöhnung nicht vorgestellt.

»Und *du* hast mir Glück gebracht«, sagte er mit einem kleinen traurigen Lächeln. »Durch dich sind meine Gedichte Hits geworden.«

»Dann mußt du weitere schreiben«, sagte Suzette entschieden. »Dein Talent verlangt es, dein Publikum verlangt es, ich verlange es.«

Er atmete tief und zitternd durch, als er sich bückte und mit beiden Händen unter ihren Rock griff. Sie streifte ihr Höschen ab und überreichte es ihm. Seine Hand zitterte, als er die Seide hielt, die von ihrem schönen Körper erwärmt war. Es war ein reizendes Dessous aus pfirsichfarbener Seide und Spitze, zu der Dior-Kreation ausgewählt, die sie bei der Ankunft getragen hatte.

»Du mußt dein Glück wiederfinden, *chérie*«, sagte Suzette. »Steck das Höschen in deine Tasche wie beim ersten Mal, und wer weiß? Ich hoffe, es wird dich inspirieren, wenn du wieder zur Poesie findest.«

Michel küßte die pfirsichfarbene Seide und wünschte sehnlich, er könnte die zarte Haut küssen, die sie bedeckt hatte. Aber Suzette hatte anscheinend nicht vor, ihn in ihr Bett zu bitten.

»Aber ich werde sterben, wenn du mich so fortschickst«, sagte er. »Ich lebe nur, wenn ich dich lieben kann.«

Diese alberne männliche Sentimentalität hatte keine Wirkung auf Suzette, denn seit sie sechzehn war, hatten Männer ihr ähnliche Worte vorgesäuselt. Es gab keinen Grund, diese Schwärmereien ernst zu nehmen. Aber sie mochte Michel und war ihm dankbar – und sie wünschte, daß er weiterhin Gedichte für ihre Chansons schrieb.

Jacques-Charles konnte die Melodien zu diesen Texten schreiben, wenn er nüchtern war. Der idiotische Raoul hatte das Genie, einfache, kleine Melodien und Texte zu Hits für sie zu vermarkten. Aber keiner der beiden konnte sich ohne Texte an die Arbeit machen. Und Michels bisherige Gedichte waren erfolgreich gewesen. Sie würde nie vergessen, was sie ihm zu verdanken hatte.

Aber Suzette wollte nicht, daß Michel einfach in ihr Leben spazierte und wieder verschwand, wie es ihm beliebte. Wenn er sie wirklich liebte, dann sollte er sich auch so verhalten. Durch den Umgang mit Raoul hatte sie gelernt, daß manche Männer unter Kontrolle gehalten werden mußten. Raoul war ein Kriecher, und die Beziehung zu Michel war völlig anders – er war ein Freund. Er war sensibel und zu leicht entmutigt. Sie mußte ihn in die richtige Richtung lenken.

Er küßte immer noch ehrerbietig ihr Höschen. Sie forderte ihn auf, sich auf den Boden zu legen. Die Küche war nicht groß, aber es war genug Platz zwischen Tisch und Herd für Michel, um sich auf dem schwarzweiß karierten Linoleum auszustrecken. Als er am Boden lag, schaute er zu Suzette auf und konnte sein Glück kaum fassen.

Suzette streifte ihre Schuhe ab und ließ sich rittlings auf Michel sinken. Er sah, wie sie den Taftrock hob, und er starrte an den langen Beinen mit den Seidenstrümpfen hinauf bis zu ihren Schenkeln. »*Ah*«, seufzte er, als er Suzette auf sich spürte.

»Du kannst also nur leben, wenn du mich liebst!« sagte Suzette mit leichtem Spott. »Nun, wir werden sehen, *chérie.*«

Sie legte die Hände auf ihre Hüften und drehte den Körper hin und her. Ihre Brüste wippten unter dem dünnen weißen Rollkragenpullover, und sie blickte stolz darauf und fand das rhythmische Auf und Ab sehr erregend.

Michel stammelte Unzusammenhängendes und begann zu keuchen. Suzette blickte auf ihn hinab, ohne mit ihren Bewegungen innezuhalten.

Sie kreuzte die Arme und zog ihren weißen Pullover über die Brüste und dann über den Kopf. Sie hielt den Pulli auf Armlänge von sich und ließ ihn fallen. Dann hakte sie ihren BH auf und warf ihn zu dem Pullover.

Sie liebte ihre Brüste, deren Straffheit, Größe und Form und die rotbraunen Knospen, die stolz hervorragten. Sie drehte sich ein wenig schneller und blickte hinab, um zu beobachten, wie ihre *nichons* hin und her schwangen.

Sie spürte Michels Hände um ihre Knöchel. Er umklammerte sie fest und blickte stöhnend hinauf zu ihrem wirbelnden Rock. Suzette schaute hinab und sah, daß er sich rhythmisch unter ihr aufbäumte.

Er war so erregt, daß er es kaum aushalten konnte.

»Ich frage mich, was du denkst, Michel«, murmelte sie mehr zu sich selbst als zu ihm. »Ich habe eine Überraschung für dich, mein Freund.«

Sie umfaßte ihre Brüste und streichelte sie. Dann stellte sie das Kreisen der Hüften ein, hob ihren Rock höher und beugte die Knie mehr – immer mehr. Sie ließ sich langsam über Michels Gesicht nieder. Er stieß einen Laut des Entzückens aus und hob eine zitternde Hand zwischen ihre Schenkel.

Beim Anblick ihrer *Orchidee* dicht über seinem Gesicht konnte er sein Verlangen nicht mehr zügeln. Er warf den Kopf hin und her, versuchte verzweifelt, sie näher zu ziehen und zu küssen. Suzette behielt ihre Position bei, verweigerte ihm jedoch die Erfüllung seiner Wünsche – sie reizte ihm mit dem für ihn Unerreichbaren.

Sie hörte an seinem Stammeln und Stöhnen, daß seine Verzweiflung und Erregung ins Unerträgliche wuchsen. Sie spürte seine Finger in sich, sein Aufbäumen, seine verzweifelten Versuche, sie in Reichweite seines Mundes zu ziehen. Ihr Höhepunkt war nicht mehr fern, doch sie wollte ihn noch nicht. Michel sollte seine Lektion bekommen.

Er hatte sie wegen einer anderen Frau verlassen. Dieser Schuft! Dieser undankbare Kerl! Wie konnte sich ein Mann von ihrer Schönheit abwenden? Und sich dann einbilden, er brauche nur um Verzeihung zu betteln und sein Betrug sei vergessen?

Michel schrie jetzt schrill auf, und Suzette sah, wie er sich unter ihr aufbäumte. Er konnte sich nicht mehr zurückhalten.

»Gut«, keuchte Suzette. »Sehr gut!«

Sie war selbst der Ekstase nahe – aber sie ließ es noch nicht geschehen. Sie wartete, bis Michels verzweifeltes Aufbäumen unter ihr nachließ und er die Hände zwischen ihren Schenkeln fortzog. Seine Beine zuckten noch, aber das war ein Reflex seiner Nerven.

Michel war ermattet. Jetzt dachte sie an ihr eigenes Vergnügen. Sie umfaßte ihre Brüste, und ihre Fingerspitzen rieben über die Knopsen, die so stolz hervorragten. Und fast im gleichen Augenblick wurde sie von höchster Lust erfaßt und auf den Gipfel getragen. Sie erbebte und sank lächelnd auf Michels schlaffen Körper.

Suzettes neue Wohnung am Boulevard Lannes, nicht weit von der Avenue Foch an der Porte Dauphine entfernt, bestand aus zehn Zimmern und drei Badezimmern. Die Hauptzimmer erlaubten einen Ausblick über den Bois de Boulogne und den See jenseits davon – alles in allem war es ein erstklassiges Zuhause für einen Star.

Der Umzug war sehr nötig. Wegen ihres wachsenden Erfolges wollten erstaunlich viele Leute mit ihr sprechen, und das waren nicht nur Komponisten und Texter und Agenten, die Angebote für Konzerte und öffentliche Auftritte machten. Es waren auch Reporter von Presse und Rundfunk, die sie interviewen wollten. Ihr Appartement in der Rue de Rome war zu klein für diesen täglichen Strom von Leuten. Und die Fanpost wurde schnell zuviel für Madame Saumur in der Wohnung über ihr.

Suzette überredete Gaby, zu ihr zu ziehen, doch die Tänzerin stimmte nur widerstrebend zu.

»Unmöglich, *chérie*!« sagte Gaby, als Suzette zum ersten Mal den Vorschlag machte. »Ich kann mich nicht von dir aushalten lassen!«

»Das schlage ich auch gar nicht vor«, erwiderte Suzette. »Ich erwarte von dir, daß du Miete zahlst, das ist nur fair.«

»Aber ich kann mir nicht die Hälfte der Miete für eine solche Wohnung erlauben! Du weißt, wieviel ich bei den Folies Bergère verdiene.«

»Du bekommst mehr, als man mir gezahlt hat, denn du tanzt und ich stand nur nackt herum und ließ mich anglotzen. Aber das spielt keine Rolle. Ich verlange von dir nur soviel, wie du hier zahlst – die halbe Miete für dieses kleine Appartement, das wir uns so lange geteilt haben.«

»Das ist ungemein großzügig! Ich würde natürlich gern dort wohnen. Stell dir nur das Gesicht eines Mannes vor, der mir anbietet, mich nach Hause zu begleiten, und fragt, wo ich wohne. Dann sage ich Boulevard Lannes – natürlich ganz lässig! Er stiert mich an und nimmt an, ich scherze. Oder er denkt, er hat sich verhört. Er bittet mich, die Adresse zu wiederholen ...«

Die Vorstellung amüsierte die beiden Frauen sehr, und sie brachen in Gelächter aus.

»Aber ich bezweifle, daß es klappen wird«, sagte Gaby. »Ich weiß, wir sind lange Zeit die besten Freundinnen gewesen, doch jetzt wirst du ein großer Star sein, reich und berühmt, und ich werde immer eine kleine Revuetänzerin bleiben. Ich möchte nicht abhängig sein, eine von deinem Gefolge, eine Art bezahlte Gefährtin.«

»Natürlich kannst du dein eigenes Leben führen«, pflichtete ihr Suzette bei. »Du kannst kommen und gehen, wie du willst, nichts wird sich verändern. Aber es ist wichtig für mich, daß du hier bist, wenn ich mit dir sprechen muß und deine Hilfe brauche.«

»Ich weiß nichts über das Leben eines Stars – ich bin nur in der Revue! Wie könnte ich dir jemals helfen?«

»Du hast gesagt, ich werde ein Gefolge haben. Es bildet sich bereits. Ich werde von vielen Leuten umgeben sein. Von Managern, Agenten, Dirigenten, Arrangeuren, Kostümbildnern, Maskenbildnern, Publizisten, Steuerberatern, Journalisten, Fotografen – und wer weiß was noch! Es wird eine Armee davon geben, von morgens bis abends. Sie werden alle etwas von mir wollen – und sie werden mich belügen. Ich brauche jemand, dem ich völlig vertrauen kann und der keinen Grund hat, mir Lügen aufzutischen, jemand, mit dem ich reden und lachen kann. Jemand, den ich wirklich mag. Kurz gesagt, dich, Gaby.«

»Wenn du es so siehst ...«, sagte Gaby.

So wurde es vereinbart, und sie umarmten sich und küßten sich auf die Wangen. Sie gingen hinaus, setzten sich auf die Terrasse in den Sonnenschein und tranken ein Glas *Kir*, während sie über Haushaltsfragen sprachen. Sie stimmten völlig darin überein, daß sie niemals mehr Haushaltsarbeiten erledigen wollten.

Suzette war dagegen, Bedienstete in dem Appartement wohnen zu lassen. Es war zu lästig, Fremde in der Wohnung zu haben, Und wie peinlich wäre es, wenn ein Dienstmädchen bei einem Rendezvous stören würde.

»Wir werden jeden Morgen ein paar gute, zuverlässige Putzfrauen kommen lassen. Aber ich bin keine Frühaufsteherin. Wir wollen nicht um neun vom Geräusch des Staubsaugers geweckt werden, wenn wir erst um drei ins Bett gegangen sind.«

»Eine der Frauen könnte frische Brötchen mitbringen und Kaffee kochen«, schlug Gaby vor.

Zum Zeitpunkt des Umzugs war Gaby noch liiert mit dem Gynäkologen Remy Courtauld. Als er die Wohnung zum erstenmal sah, war er äußerst beeindruckt. Er hätte ebenfalls gern am Boulevard Lannes gewohnt, aber leider fand er das ein bißchen zu teuer. Er ahnte nicht, daß er für Gaby langweilig wurde. Sie sprach mit Suzette darüber und fragte sie, ob sie ihn näher kennenlernen möchte.

»Ha! Der Gynäkologe, der einen Psychiater braucht! Du willst ihn loswerden? Es langweilt dich, dominiert zu werden, nicht wahr? Zu herrschsüchtige Typen sind nicht nach meinem Geschmack, das weißt du.«

»Aber du magst Männer, die Spiele lieben«, sagte Gaby mit einem wissenden Lächeln. »Genau wie ich. Und mit Remy ist es sogar noch interessanter, weil er nicht weiß, daß es nur ein Spiel ist. Für ihn ist alles sehr ernst – und das macht es so komisch!«

»Nach allem, was du mir erzählt hast, ist er ein Irrer«, sagte Suzette.

»Nein, er ist nicht irre, nur lächerlich wie viele Männer«, versicherte Gaby mit einem Achselzucken. »Du wirst über seine Besessenheit lachen.«

Ein Rendezvous war natürlich leicht zu arrangieren. Suzette hatte Remy bereits mehrmals in der Gesellschaft von Gaby angetroffen. Normalerweise hätte sie ihn für einen ausgezeichneten Freund für Gaby gehalten – er sah gut aus, sogar hervorragend mit seinem glatten, schwarzen Haar und dem sorgsam gestutzten Schnurrbart. Er verdiente gut – es war also unwahrscheinlich, daß er sich von Gaby Geld pumpen würde wie so viele Taugenichtse im Schaugeschäft, die es versuchten. Er war gebildet und hatte gute Manieren – kein Mann, der seine Freundinnen schlug.

Aber er war laut Gaby auch völlig besessen von der Zwangsvorstellung, nicht unterscheiden zu können, ob eine Frau ohne Höschen eine Freundin oder eine Patientin war. Nun, es würde interessant sein, seine Besessenheit zu erleben und festzustellen, wie weit sie ging.

Als Remy in das neue Appartement kam, zwinkerte Gaby Suzette zu und ging auf ihr Zimmer, um angeblich etwas zu holen, das sie vergessen hatte. So verschaffte sie Suzette Zeit, bei Remy zu erwähnen, daß sie am nächsten Nachmittag ab siebzehn Uhr allein sein würde.

Remy war natürlich äußerst beeindruckt von Gabys lieber Freundin – besonders, weil sie jetzt auf halbem Weg zum Star war und offenbar enormen finanziellen Erfolg hatte. Ganz davon zu schweigen, daß sie hinreißend schön war. Und als sie ihn indirekt für den nächsten Nachmittag zu sich einlud, zeigte er keine Sekunde lang irgendwelche Loyalität gegenüber Gaby oder wenigstens Skrupel, sie zu betrügen. Er lächelte ölig und verneigte sich.

Und dann stand er am nächsten Tag pünktlich um siebzehn Uhr vor der Wohnungstür. Er duftete nach teurem Rasierwasser und trug einen eleganten, hellbraunen Anzug, eine Fliege aus kastanienbrauner Seide und eine kleine gelbe Blume im Knopfloch.

Suzette reichte ihm die Hand, doch Remy küßte sie. Er tat es so behutsam, daß er seine Unsicherheit verriet. Sie hatte am Tag zuvor nur sachlich erklärt, daß sie ab siebzehn Uhr allein sein werde, sonst nichts. Suzette unterdrückte jetzt ein Lächeln, als sie sein Zögern bemerkte. Einige Männer hätten sie jetzt bereits in die Arme genommen. Es würde amüsant sein, ihn zu reizen und zappeln zu lassen.

Das große Wohnzimmer war in einem Stil möbliert, den er ein wenig zu … nun, vielleicht zu modisch für seinen Geschmack fand. Die Polstermöbel waren mit weichem, weißen Leder bezogen, und der Boden war mit glänzenden schwarzen Kacheln gefliest, auf dem Ziegenfellteppiche herumlagen. Remy zog das Konservative in der Ausstattung seiner Wohnung vor.

Sie plauderten eine Weile über dies und das, und Remy wartete auf einen Hinweis, wie es weitergehen sollte. Und schließlich kündigte Suzette mit ausdrucksloser Miene an, sie werde sich auf die Untersuchung vorbereiten. Ihr Schlafzimmer sei das zweite links – er solle in fünf Minuten dorthin kommen. Sein Gesicht spiegelte Erstaunen wider; dies war nicht das, was er erwartet hatte.

»Untersuchung?« murmelte er und hob die Augenbrauen. »Aber mir war nicht klar …«

Suzette blickte ihn fest an und schlug ihre langen, wohlgeformten Beine übereinander. Das leise Knistern der Seide, die über Seide glitt, erregte seine Aufmerksamkeit. Er fand seine Selbstsicherheit wieder und nickte sein Einverständnis mit soviel Würde, wie er aufbringen konnte. Suzette lächelte und verließ ihn.

Er wartete fünf Minuten lang und ging dann in ihr Schlafzimmer. Es war groß und freundlich eingerichtet, mit Blick über den Bois de Boulogne, aber Remy hatte weder Zeit noch die Absicht, den Ausblick zu bewundern. Suzette war nackt bis auf einen Hauch von Bettjäckchen aus rosafarbener Spitze, das durchsichtig war und nichts verbarg.

Sie lag auf dem breiten Bett mit modernstem Design auf dem Rücken, hatte die Knie aufgestellt und die Füße weit auseinandergeschoben. Ihre Hände waren im Nacken gefaltet, und sie wirkte entspannt. Sie blickte Remy entgegen, als er sich näherte.

»Alles bereit für dich«, sagte sie süß.

»Aber ich habe keine Instrumente mitgebracht …«, meinte er zweifelnd.

Remy starrte fasziniert zwischen Suzettes geöffnete Schenkel. Er war begeistert von ihrer glattrasierten Scham – so sehr, daß er seine beruflichen Bedenken völlig vergaß, sofern er wirklich welche gehabt hatte. Er zog sein Jackett aus, faltete es und legte es auf einen Sessel.

Dann krempelte er die Ärmel seines weißen Hemdes hoch.

»Es ist besser, direkter an die Sache heranzugehen«, sagte er. »Nicht von der Seite, sondern von vorne. Erlaube mir, dich in Position zu bringen.«

»Selbstverständlich«, erwiderte Suzette mit einem nichtssagenden Lächeln.

Dann begann er mit der Untersuchung. Seine Berührung war zart und enorm einfühlsam, und Schauer der Erregung durchpulsten Suzette, als sie Fingerspitzen wie Schmetterlinge an ihrer weichen Haut und schließlich in sich spürte.

Sein Gesicht rötete sich, und er atmete heftiger, aber er erinnerte sich daran, die meisten der Fragen zu stellen, die Gynäkologen bei diesen Anlässen an ihre Patientinnen richten. Suzette versicherte ihm, daß es keinerlei Probleme gab. Ihrer Ansicht nach sei alles bestens, was er zweifellos bestätigen würde.

»Ja«, murmelte er atemlos, »alles bestens – hervorragend. Es ist eine Freude, dies zu sehen ... ich meine, eine so gesunde und schöne ... äh ... eine so gut funktionierende ...«

Er hätte ebenso Suzettes Brüste bewundern können, denn das durchsichtige Bettjäckchen verbarg praktisch nichts vor ihm. Aber nein, er war ganz in die Untersuchung ihrer rosigen Orchidee und die Erkundung ihrer geheimen, kleinen Knospe vertieft.

Suzette betrachtete nicht länger sein Gesicht. Sie schloß die Augen und genoß die Gefühle, die Remys Berührungen in ihr auslösten und die immer intensiver wurden. *Bin ich jetzt eine Patientin oder eine Geliebte für ihn?* fragte sie sich mit einem leichten Lächeln. Er streichelte sie so geschickt und mit köstlicher Erfahrung, daß sie überzeugt war, jeden Augenblick den Höhepunkt zu erleben.

»Es ist nötig, die Position ein wenig zu verändern«, hörte sie ihn durch den Rausch ihrer Gefühle sagen. »Bleib ruhig und überlaß alles mir.«

Seine Hände glitten unter ihren Po, und er zog sie

behutsam auf sich zu. Ihre Beine befanden sich nun zu beiden Seiten seiner Hüften.

»Oh!« sagte Suzette überrascht, aber es war eine aufregende Überraschung.

»Ich werde die Reflexe prüfen, bleib einfach still liegen, entspanne dich und denke an nichts.« Der Klang seiner Stimme verriet Entzücken.

Sie spürte seine Fingerspitzen wie die Flügel von Schmetterlingen über ihre Knospe gleiten und nahm ein gewisses Zittern unter ihrem Gesäß war, ein leichtes rhythmisches Beben seiner Beine. Sie wußte, was es sein mußte – er hatte seine Hose geöffnet!

Sie hätte nur die Augen zu öffnen brauchen, um zu beobachten, wie er sich selbst befriedigte. Der Anblick ihrer glattrasierten *jou-jou* hatte ihn dazu getrieben! Der Gedanke verstärkte noch Suzettes Erregung, aber sie hielt die Augen geschlossen. Es war zu schön, sich im Strudel der Lust treiben zu lassen. Remy mochte vorgeben, ein Arzt zu sein, aber in Wirklichkeit war er im Bann seiner Leidenschaft. In einem Moment würde alles vorüber sein.

Sein Streicheln brachte Suzette zur Ekstase. Sie wand sich keuchend hin und her, und ihre Beine ruckten zu beiden Seiten von ihm. Sie hörte ihn laut nach Luft schnappen, und jetzt öffnete sie die Augen – und in diesem Augenblick kam es ihm. Sie spürte es heiß auf ihrer weichen Haut.

»*Zut alors!*« sagte Gaby, als Suzette diese Ereignisse erzählte. »Das hat er bei mir nie gemacht, bisher jedenfalls noch nicht. Aber ich habe nie so getan, als wollte ich mich untersuchen lassen. War er später besser?«

»Natürlich. Als er wieder zu Atem kam, sagte ich ihm, daß ich nichts gegen seine kleinen Freuden einzuwenden habe – ich würde mich von ihm *untersuchen* lassen, wann immer er es wünscht. Aber als Gegenleistung erwarte ich von ihm, daß er mich nicht vernachlässigt. Er ist sonderbar verlegen gewesen, aber schließlich haben wir uns verstanden. Ich werde ihn wieder einladen, wenn du nichts dagegen hast, *chérie*.«

»Du kannst ihn haben«, sagte Gaby großzügig. »Ich werde noch eine Weile mit ihm zusammenbleiben, denn ich brauche ihn zum Ausgehen. Aber wenn ich einen kennenlerne, den ich mehr mag, werde ich ihn aufgeben. Es sei denn, natürlich, er gibt mir zuerst den Laufpaß, weil er verrückt nach dir ist.«

»Diese Gefahr besteht nicht«, versicherte Suzette. »Ich habe nicht vor, mich ständig von ihm *untersuchen* zu lassen – seine Spiele sind zwar amüsant, aber nur gelegentlich, nicht regelmäßig.«

Es herrschte ebenfalls perfekte Übereinstimmung zwischen Suzette und Gaby, was den Dichter Michel anbetraf. Suzette bestand darauf, daß er in das neue Appartement einzog – es war zu riskant, ihn frei herumstreunen zu lassen wie einen heimatlosen Kater. Suzette gab ihm ein eigenes Zimmer, machte mit Gaby und ihm einen Einkaufsbummel, um ihm Kleidung zu kaufen, und gab ihm an jedem Wochenanfang Geld, damit er in Restaurants das Essen bezahlen konnte. Einem zuverlässigeren Mann hätte Suzette monatlich Geld auf ein Bankkonto überwiesen, aber sie traute Michel nicht zu, damit zurechtzukommen. Es war besser für ihn, wenn er nur einmal pro Woche Bargeld in der Hand hatte.

Michel reagierte gut auf sein neues Leben – er konnte wieder dichten! Eines dieser kleinen Gedichte, das anscheinend sehr vielversprechend war, hieß ›*Faubourg-St.-Honoré*‹. Es erzählte von einer schönen Frau in einer der schicken Boutiquen dort. Sie betrachtete seidene Dessous und fragte sich, ob ihr Geliebter sie in die Arme nehmen und glühend vor Verlangen werden würde, wenn er sie damit sehen würde.

Und so weiter. Ein nettes kleines Gedicht. Michel hatte seinen Platz im Leben gefunden. Er liebte Suzette abgöttisch, wohnte in ihrem Appartement, sah sie fast jeden Tag, und sie besuchte ihn in seinem Zimmer. Michel hatte sich damit abgefunden, daß er sie nie ganz allein besitzen würde, und das gab seinen Gedichten eine besonders interessante, oftmals melancholische Note.

Natürlich war Jacques-Charles Delise eifersüchtig auf Michels Vorrechte in Suzettes Haushalt. Aber nicht so sehr, um sich zu wünschen, auch in das Appartement einzuziehen. Er würde nie sein schäbiges Zimmer in Montmartre aufgeben, für nichts auf der Welt! Er wurde natürlich auch nicht eingeladen, in die Wohnung am Boulevard Lannes einzuziehen; seine Trunksucht war zu schlimm.

Aber selbst seine Eifersucht führte zu etwas Positivem: er war entschlossen, Michel bei dem, was er als Wettstreit um Suzettes Gunst betrachtete, zu übertreffen. Seine Melodien wurden besser. Und der andere eifersüchtige Rivale – Raoul Montmilieu-Pontillard, wie er sich selbst nannte – besuchte die Wohnung häufig. Von seiner erhöhten Warte des kommerziellen Erfolgs aus erlaubte er sich, seine Mitarbeiter Jacques-Charles und Michel grundsätzlich mit Verachtung zu strafen.

Aber er war wie sie verliebt in Suzette und kämpfte um ihre Gunst. Seiner Ansicht nach war ein Lächeln von ihr schon fast mehr, als er erhoffen konnte. Sie nannte ihn ihren großen Kriecher, und obwohl es als eine Art Kosename gedacht war, zeigte es auch ihre Abneigung vor körperlichem Kontakt mit ihm.

Er liebte sie, er wußte, daß sie ihn verabscheute, und es war ihm klar, daß er alles in seiner Macht Stehende tun mußte, um sie zu einem berühmten Star zu machen. Es war wichtig für ihn, verachtet und beschimpft zu werden, nicht nur von irgendeiner Frau, sondern vom größten Star von allen. Dann würde er wirklich glücklich sein, davon war er überzeugt, dieser sonderbare Mann.

Gaby haßte Raoul. Er widerte sie an wegen seines arroganten Auftretens, und sie konnte kaum glauben, daß er demütig und unterwürfig wurde, wenn er mit Suzette allein war.

»Bei dem bekomme ich eine Gänsehaut«, sagte Gaby erschauernd. »Von dem würde ich mich nie im Leben anrühren lassen. Wie erträgst du es nur, von diesem schleimigen Kriecher gemanagt zu werden?«

»Wenn ein eingebildetes Schwein wie er mich auf den

Knien anfleht, glaube ich fast, daß es doch Gerechtigkeit auf der Welt gibt.«

Ein berühmter französischer Schriftsteller hat einst festgestellt, daß man Mitleid mit Männern haben muß, wenn man die Frauen versteht – und daß man die Frauen entschuldigen muß, wenn man die Männer versteht. Suzette oder Gaby wußten nichts von dieser Erkenntnis, aber sie hätten beide sofort erkannt, wieviel Wahrheit darin liegt.

Sie wohnten noch nicht lange in dem neuen Appartement, als Julien Brocq überraschend zu Besuch kam. Es war am frühen Abend, und Gaby war im Begriff, zu den Folies Bergère aufzubrechen, doch sie blieb noch zehn Minuten, um Suzettes berühmten Freund, den Filmproduzenten, kennenzulernen. Bei einem Glas Wermut erzählte er Suzette, er sei auf dem Heimweg von seinem Büro und habe den angenehmen Gedanken gehabt, bei ihr vorbeizuschauen, in der Hoffnung, sie daheim anzutreffen. Das war völlig unglaubwürdig, und der teure Strauß dunkelroter Rosen in seiner Hand strafte ihn Lügen.

Als Gaby ging – höchst erfreut, weil Julien ihr beim Abschied die Hand geküßt und sich an ihren Namen erinnert hatte –, lud Julien Suzette zum Abendessen ein, falls sie nichts anderes an diesem Abend vorhatte, natürlich ... nur um der alten Zeiten willen.

Sie trug das Diamantarmband, das er ihr an dem Abend geschenkt hatte, bevor sie Geliebte geworden waren – wie lange war das jetzt her! Suzette trug das Armband noch immer, selbst wenn sie mit einem anderen Mann zusammen war. Es bedeutete ihr viel, denn es war wie ein Symbol für den Beginn ihres Erfolgs.

»Abendessen? Das wäre vielleicht nett«, sagte sie, aber mit keinerlei Regung im Tonfall. »Ich bin gestern Jasmin in der Rue de Rivoli begegnet. Wir haben lange bei einer Tasse Kaffee geplaudert.«

»Ah, ja«, sagte Julien, und es klang fast seufzend, »die liebe Jasmin. Dann hat sie dir wohl erzählt, daß wir Freunde geworden sind?«

»Sie erwähnte ebenfalls Angelique Brabant und ein

gewisses Appartement in der Rue Monge, in dem sie jetzt gemeinsam wohnen.«

»Ich habe also keine Geheimnisse vor dir«, stellte er mit Unbehagen fest. »Vielleicht mißbilligst du mein kleines Arrangement?«

Suzette mußte lachen.

»Mißbilligen? Welch ein Blödsinn! Ich bin beeindruckt von deiner Ausdauer und deinem Lebenshunger, *chérie*! Mit Jasmin und Angelique hast du dir besonders reizvolle Freundinnen ausgesucht. Ich gratuliere dir und wünsche dir jedes Glück. Du bist ein äußerst unternehmungslustiger Mann, das habe ich stets gewußt.«

»Unternehmungslustig … ah ja«, sagte Julien langsam. Er zuckte mit den Schultern. »Aber um ganz offen zu sein, Suzette, ich bin mir nicht mehr ganz sicher, wessen Unternehmungslust das war. Das interessante Verhältnis, in das ich jetzt verwickelt bin, hat sich mir anscheinend aufgedrängt.«

»Wirklich? Wie hat es angefangen?« Suzette sah ihn fragend an.

Julien, der erschöpfter wirkte als sonst, sank tiefer in den weißen Ledersessel. Er rieb sich übers Kinn, während er seine Gedanken ordnete. Dann berichtete er über den Ablauf der Ereignisse. Es hatte in der kleinen Bar in der Nähe der Folies Bergère begonnen, als er sich dort nach seiner Rückkehr aus Amerika nach Jasmin umgeschaut hatte.

Es hatte bezaubernde gemeinsame Abendessen und Nächte in der Suite im Hotel Ritz gegeben. Dann kam ein erstaunlicher Abend, an dem Jasmin ihre Freundin Angelique zum Abendessen mitbrachte, und danach fuhren alle drei zu Angeliques Wohnung.

»Erzähl mir davon«, drängte Suzette. Sie lächelte über die unglaubliche Naivität von Männern, wenn sie weiblichen Reizen erliegen.

Aber es war ihm zu peinlich, alle Einzelheiten zu schildern, und so stellte er die Ereignisse dieser denkwürdigen Nacht nur in groben Zügen dar. Er erwähnte kurz das Sofa, das große Bett und das eingelassene Marmorbad.

»Ich habe den Besitzer dieses Bades kennengelernt«, sagte Suzette, amüsiert über diese kurze Zusammenfassung von Juliens Abenteuern. »Ich glaube, er heißt Chelle, Jean-Jacques Chelle. Er sieht wie ein Bankangestellter aus.«

»Angelique hat ihn meinetwegen verlassen«, sagte Julien mit einer Spur von Stolz in der Stimme, »obwohl er zehn Jahre jünger ist. Das pinkfarbene Marmorbad reichte nicht, um sie zu halten. Ebensowenig seine Leistungen auf dem runden Bett mit den schwarzen Satinlaken.«

»Es freut mich, daß du eine so gute Kondition hast«, sagte Suzette mit einem charmanten Lächeln, mit dem sie verbergen wollte, was sie in Wirklichkeit dachte – daß Julien nur deswegen so anziehend auf Angelique und Jasmin wirkte, weil er ein bedeutender Mann in der Filmwelt war.

»Aber dieses Bad!« murmelte er. »Wenn ich nur mit Worten ausdrücken könnte, wie bezaubernd dieser Moment war, in dem ich aufwachte und meine beiden köstlichen Geliebten nebeneinander im parfümierten Wasser des pinkfarbenen Marmorbads sah! Sie waren wie Wassernymphen in einem Märchenbuch. Ihre Haut schimmerte naß, ihre schönen Augen glänzten vor Liebe ... es mag dumm für dich klingen, aber in meinem Herzen war ich plötzlich ein Zwanzigjähriger. Ich war ein Märchenprinz in einem Zauberwald und gelangte auf eine Lichtung, durch die ein kristallklarer Bach floß – verzeih mir meine Weitschweifigkeit, *chérie.*«

»Du solltest die Szene mit dem pinkfarbenen Marmorbad in einen Film einbauen«, sagte Suzette. »Vielleicht in einen historischen Liebesfilm. Hat Madame de Pompadour in Versailles in einem pinkfarbenen Marmorbad gelegen? Ich bin überzeugt, Jasmin und Angelique wären bereit, sich vor der Kamera auszuziehen und ein wenig in parfümiertem Wasser herumzuplanschen.«

»Welch interessanter Vorschlag von dir!« sagte Julien

begeistert. »Ich hatte den gleichen Gedanken! Aber nicht Madame de Pompadour, das ist ein bißchen zu alt. Ich ziehe ein modernes Bühnenbild vor. Ich habe den besten Drehbuchschreiber von Paris auf dieses Projekt angesetzt.«

»Ich werde auf eine Einladung zur Premiere warten, Julien. Du siehst müde und urlaubsreif aus. Du solltest ans Meer fahren und dich ein paar Tage lang in die Sonne legen. Du hast dunkle Ringe unter den Augen, Julien. Du hast zu hart gearbeitet und nicht genug Schlaf gehabt.«

»Nein«, sagte er ein wenig schuldbewußt. »In den vergangenen Wochen habe ich sehr wenig gearbeitet und sehr viel geschlafen. Um ehrlich zu sein, meine beiden reizenden Freundinnen machen mich fertig. Ich hole sie nach dem Auftritt in den Folies Bergère zu einem späten Essen ab, und nach einer langen Nacht mit ihnen schlafe ich bis zum nächsten Nachmittag. Leider fühle ich mich jetzt nicht mehr wie ein Zwanzigjähriger – aber ich kann sie unmöglich aufgeben, ich bin verrückt nach ihnen.«

»Dann mußt du sie seltener besuchen«, riet Suzette.

Sie hatte das Interesse an Juliens Problemen verloren. Bei ihrer Denkweise gab es kein Problem. Er sollte seine *ménage-à-trois* auf eine normale Zweierbeziehung beschränken und sich für eines der Mädchen entscheiden. Aber manche Männer überschätzen ihre sexuellen Fähigkeiten erheblich, und Julien war zweifellos der Typ, der mit dem Paar weitermachte, bis er ein Wrack war.

Als er abermals vorschlug, mit ihm zu Abend zu essen, zögerte Suzette. Sie mochte ihn, aber sie hatte keine Lust, einen ganzen Abend lang sein Gerede über das Thema Jasmin und Angelique zu ertragen. Als hätte er ihre Gedanken erraten, versprach er, an diesem Abend kein Wort mehr über die beiden zu verlieren. Und er hielt Wort. Er führte Suzette in ein sehr gutes Restaurant, und weil er sie nicht zu beeindrucken brauchte, war er so interessant und amüsant, wie sie ihn in Erinnerung hatte.

Es war erst kurz nach dreiundzwanzig Uhr, als sie mit einem Taxi am Boulevard Lannes eintrafen. Für Suzette war klar, daß Julien nicht bleiben würde. Er konnte auf ein Glas Wein oder einen Kaffee mit in ihre Wohnung kommen, aber vor Mitternacht würde er sich auf den Heimweg machen. Er brauchte Schlaf, und zwar allein. Sie hatte nicht vor, eine Zuflucht für erschöpfte Männer zu werden, auch wenn sie sie mochte. Sie mußten selbst mit ihren Problemen fertig werden.

Der Aufzug zu ihrem Appartement war klein. Julien lächelte, nahm Suzette in die Arme, küßte sie und lächelte von neuem.

»Ich weiß, daß ich ein Dummkopf bin«, sagte er. »Ich widme mich zwei Frauen, die weniger Interesse an mir haben als an ihrer Karriere – während ich stets dich geliebt habe und immer noch liebe.«

Suzette lächelte kurz und zuckte die Achseln. *Warum sind Männer so lächerlich sentimental?* dachte sie. Jemand sollte Julien zwingen, einen Monat Erholungsurlaub zu nehmen, zum Beispiel in den Alpen, wo er Zeit und Muße haben würde, um seine Gefühle zu ordnen.

Der Lift stoppte in ihrer Etage, und die Tür glitt auf. Anstatt Suzette hinaus und zu ihrer Wohnung zu begleiten, trat Julien dicht an sie heran und schob eine Hand unter die mit Perlen besetzte Jacke ihres Kostüms. Er streichelte ihre Brüste unter der braunen Seidenbluse. Es war eine federleichte Zärtlichkeit voller Respekt.

»Wenn ich nur bleiben könnte«, sagte er, »aber es ist zur Zeit unmöglich.«

Ob er die Wahrheit sagte oder nicht, er schob eine Hand unter ihren Rock und streichelte ihre Schenkel. Suzette schüttelte den Kopf.

»Julien, Julien, was soll ich nur mit dir anfangen?« sagte sie in leicht spöttischem Tonfall. »Ich bin nicht deine Freundin, *chérie* – Jasmin und Angelique warten auf dich. Aber du solltest zu dir nach Hause fahren und dich schlafen legen. Das wäre wirklich besser für dich.«

»Wenn wir alle täten, was das beste für uns ist, wäre das Leben schrecklich langweilig«, sagte Julien.

Er hatte jetzt die Hand in ihrem Seidenhöschen und

streichelte sie zärtlich und mit geschickten Fingern. Die Aufzugtür begann sich langsam zu schließen. Julien blockierte den Aufzug, indem er einen Fuß in den Türspalt stellte.

»Um der alten gemeinsamen Zeiten willen«, murmelte er, und streichelte sie noch erregender und schneller.

»Julien ... dies ist absurd«, flüsterte Suzette. Aber sie ließ ihn gewähren.

Er zog ihr das Höschen über die Schenkel, und sie spürte seine Hände auf dem Po. Suzette lehnte sich an die verspiegelte Seite des Aufzugs und schloß die Augen. Sie dachte an einen gewissen Abend in Montmartre, wo ihre Karriere als Sängerin begonnen hatte und ein junger Poet mit Rollkragenpullover sie in einem Torweg im Stehen genommen hatte.

Als sie die Augen öffnete, sah sie, daß Julien sie verzückt anschaute, als suche er in ihren Augen nach der Vergangenheit und erinnere sich all der gemeinsam erlebten Wonnen.

Sein Fuß glitt aus dem Türspalt, die Aufzugtür schloß sich leise und der Aufzug fuhr nach unten.

Und auf dem ganzen Weg zum Erdgeschoß küßte Julien sie. Für Minuten waren sie wieder ein richtiges Liebespaar.

Gaby fand Antoine Ducasse charmant, was er ja auch tatsächlich war, und umwerfend gutaussehend. Aber darauf beschränkte sich ihre Bekanntschaft. Er rief oftmals an, um Suzette in der neuen Wohnung zu besuchen, aber er wirkte nie interessiert an Gaby, so attraktiv die Blondine auch war. Dies war ein bemerkenswerter Kontrast zu Remy, dem Gynäkologen. Theoretisch war er Gabys Freund, aber er war zu einem Besuch in dem Appartement sehr bereit, wenn sie abwesend war und er all seine beruflichen Fähigkeiten der *Untersuchung* ihrer Freundin Suzette widmen konnte.

Für Suzette schien es eine Ewigkeit her zu sein, seit sie

mit Antoine zur Filmpremiere gefahren war, an dem Tag, an dem sie sich zum erstenmal begegnet waren, aber seither war noch kein Jahr vergangen. Und soviel war geschehen! In der Zeit ihrer Bekanntschaft hatte Suzette von seiner Affäre mit Leonie Laplace erfahren, der First Lady des französischen Theaters. Suzette hielt Antoine für schwach, weil er Leonies Launen ertrug, aber sie hatte auch ein wenig Mitleid mit ihm. Der arme Antoine mußte sich an den bescheidenen Erfolg klammern, den er hatte, bis das Schicksal oder Glück oder ein Julien Brocq ihm eine Möglichkeit boten, vom Theater zum Film zu wechseln, und er dadurch unabhängig von Leonies Tyrannei werden konnte.

Eines Nachmittags, als Leonie ein Interview gab und Antoine sich selbst überließ, besuchte er Suzette, um ihr Fotos von sich zu zeigen. Sie war allein und ruhte sich vor einem Auftritt am Abend aus. Gaby war mit Remy zum Mittagessen ausgegangen und würde von seiner Wohnung aus zu den Folies Bergère fahren. Michel war im Kino. Er liebte amerikanische Western, ein Film mit Gary Cooper wurde in französischer Fassung im Kino in der Rue de la Harpe gezeigt.

Suzette fühlte sich in Antoines Gesellschaft wohl; er war ein angenehmer, kultivierter Mann, und sie kamen gut miteinander aus. Antoine breitete die vielen Hochglanzfotos auf dem Boden aus, und sie streckten sich auf einem der weißen Ledersofas aus, um sie zu betrachten. Suzette trug einen Hosenrock aus schwarzem Satin. Die Wirkung war atemberaubend! Antoine hatte sein teures Tweed-Jackett auf einen Sessel gelegt.

Suzette erinnerte sich, daß er ihr einst gesagt hatte, sie sei so schön, daß er sie nackt fotografieren möchte. Sie hatte zu bedenken gegeben, daß Nacktfotos sehr leicht als Postkarten für Touristen am Place Pigalle auftauchen konnten.

Trotzdem hatte sich Antoine einen Fotografen gesucht, der eine Serie von Nacktaufnahmen von ihm gemacht hatte. Die Hochglanzfotos waren professionell aufgenommen, gut ausgeleuchtet und richtig belichtet. Und kein bißchen aufregend. Suzette blickte von einem Foto zum anderen und hörte sich an, wie Antoine jedes Bild lobte.

Sie kannte seinen Körper gut, seine schmalen Hüften und die breite Brust, den flachen Bauch und die langen Schenkel. Antoine war kein Athlet, aber gut proportioniert, und die Wirkung war gefällig, wenn er in den üblichen athletischen Posen dastand. Er trug nichts, nicht mal ein knappes *cache-sexe*. Die Fotos waren nicht für die Öffentlichkeit bestimmt, ihr Zweck war nur, Antoines Narzißmus zu befriedigen.

»Da ist noch eines«, sagte er und nahm das große braune Kuvert, in dem er die Fotos mitgebracht hatte. Er zog das Bild aus dem Umschlag und legte es nicht zu den anderen auf den Boden, sondern überreichte es Suzette.

Dieses Foto zeigte ihn in voller Größe. Er stand vor der Kamera, die Hände auf den Hüften, die Beine gespreizt. Sein Glied war nicht schlaff und klein wie auf den anderen Aufnahmen – es ragte steif aus den brauen Löckchen zwischen seinen Beinen. Er hätte stolz in die Kamera schauen können, doch sein Blick war nach unten gerichtet. Er bewunderte sich selbst.

»Das gefällt mir!« rief Suzette, doch noch erfreut. »Das zeigt dich perfekt, *chérie*!«

»Meinst du wirklich?« fragte Antoine mit einer Spur von Zweifel. »Ich meine, ist es nicht zu eitel?«

»Eitel oder nicht, Antoine, das bist *du*. Du lernst, du selbst zu sein.«

Inspiriert durch das Foto streichelte sie über seinen Oberschenkel und spürte die Wärme seiner Haut durch die Hose.

Antoine hatte sich in einer interessanten Hinsicht seit dem Tag verändert, an dem er mit Suzette Sex vor dem großen Spiegel in seinem Schlafzimmer gehabt hatte – er war jetzt nicht mehr passiv. Er küßte das Foto von sich selbst und ließ es fallen. Er drehte sich auf dem Sofa, bis er Suzettes Leib unter dem schwarzen Satin ihres Hosenanzugs streicheln konnte.

Ihre verdrehte Haltung war äußerst komisch. Die Köpfe berührten fast den Ziegenfellteppich, die Körper lagen entgegengesetzt auf dem Sofa, und die Beine ragten in die Luft. Antoine streichelte Suzette mit einer *finesse*, die Schauer der Erregung in ihrem ganzen Körper hervorrief. Sie umfaßte verträumt seine warme und pulsierende Härte.

Hier gab es keinen Spiegel, in dem Antoine sich selbst bewundern konnte, aber vielleicht erinnerte er sich an das Foto. Was auch immer der Grund war, er war erregt und schälte Suzette aus dem Hosenanzug, was nicht leicht war, denn sie standen fast Kopf. Aber schließlich hatte er sie entkleidet, und ihr schöner Körper war nackt für seine Berührungen und Küsse.

Als er in sie eindrang, befand sich ihr Hinterkopf auf dem Boden – ihr rabenschwarzes Haar ruhte auf dem weißen Ziegenfellteppich –, und nur ihr Unterkörper lag auf dem Sofa. Ihre Beine waren gespreizt, und die Füße wiesen zur Decke. Antoine lag zwischen ihren Schenkeln, den Mund dicht vor ihrem, und er küßte sie leidenschaftlich, während sie ihn in sich spürte.

Sie erreichten im gleichen Moment den Höhepunkt.

»Suzette!« stöhnte Antoine. »*Je t'aime, je t'aime ...*«

Und als ihre Erregung abklang, brachte Suzette Antoine in ihr Schlafzimmer, nicht um es noch einmal zu genießen, sondern um auszuruhen – an diesem Abend trat sie zum ersten Mal im Olympia auf. Sie mußte sich entspannen und schlafen, um später in Form zu sein. Der liebe Antoine hatte ihr solche Freuden verschafft – körperlich und seelisch war sie in Hochform –, und heute abend würde sie den Auftritt ihres Lebens haben.

Ihre Friseuse würde um siebzehn Uhr hiersein. Um achtzehn Uhr wurde sie mit einer Limousine abgeholt. Gebadet, gestylt und schön würde sie königlich in der Limousine sitzen, während sie über die Avenue Foch fuhr, um den Arc de Triomphe herum, über den Place de la Concorde zum Boulevard de la Madeleine und bis zum Olympia am Boulevard des Capucines.

Sie war ein Star, keiner konnte das bezweifeln. Heute abend würden Tausende sie im Olympia singen hören – im Mittelpunkt der Welt für französische Künstler! Die Mistinguett war hier oftmals in ihren großen Tagen vor dem Krieg aufgetreten – ebenso berühmt wegen ihrer Beine wie wegen ihrer Stimme. *Ah, aber meine nichons sind besser, als ihre es jemals gewesen sind,* dachte Suzette, als sie sich auf ihrem weichen, breiten Bett an Antoine kuschelte und die Augen schloß, um zu schlafen.

Er war ein faszinierender Liebhaber, dieser Antoine, charmant und kultiviert. Suzette spielte mit dem Gedanken, ihn Leonie Laplace auszuspannen und eine Zeitlang für sich zu behalten. Natürlich nur so lange, wie er amüsant blieb.

Band 13 945
Marie-Claire Villefranche
Amour Amour
Deutsche
Erstveröffentlichung

Suzette Bernard arbeitet als Tänzerin in einem Pariser Nachtclub der 50er Jahre. Auf der Bühne ist sie eine von zwölf verführerisch posierenden Frauen, die, mit nichts als einem Federnstrauß bekleidet, die Hintergrundkulisse einer Sängerin abgeben. Suzette weiß, daß es nur ihr wohlgeformter Körper ist, der auf dieser Bühne zählt. Aber sie hat Ehrgeiz und träumt davon, eines Tages selbst als Künstlerin auftreten zu können.

Zum Glück ist Suzette viel zu lebenslustig, um sich vom Ehrgeiz verzehren zu lassen. In vollen Zügen genießt sie ihr aufregendes Leben im Montmarte-Viertel. Sie liebt das Abenteuer, und unter ihren zahlreichen Geliebten finden sich Musiker, Poeten ebenso wie Akrobaten und Tänzer. Manche dieser Männer allerdings interessieren sich mehr als ihr lieb ist für die blonde Gaby Demaine, mit der Suzette ihre Wohnung teilt . . .

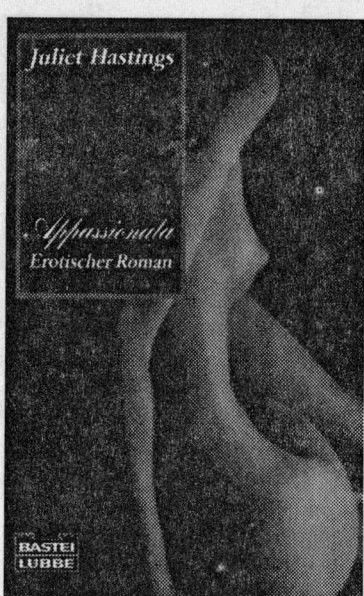

Band 13 919
Juliet Hastings
Apassionata
Deutsche
Erstveröffentlichung

Tess Challoner hat sich durchsetzen können: Sie spielt
die Carmen in einer neuen Londoner Produktion, die so
freizügig wie ungewöhnlich sein soll. Eine Gelegenheit,
die die junge Sängerin nicht verpassen darf.
Aber Tess hat kaum Lebens- und Liebeserfahrung. Um
die Carmen überzeugend spielen zu können, muß sie
viel mehr über Sehnsucht und Leidenschaft wissen. Tony
Varguez, der gutaussehende und eifersüchtige Tenor,
übernimmt diese Aufgabe.
Die Verwicklungen beginnen, als Tess sich in ein neues
Besetzungsmitglied verliebt ...

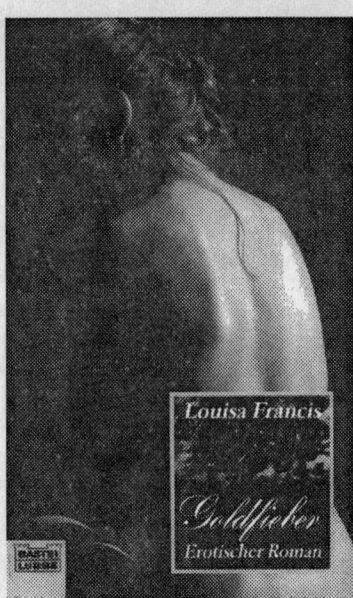

Band 13 998
Louisa Francis
Goldfieber
Deutsche
Erstveröffentlichung

In der trockenen Hitze Australiens wallen die Leiden-
schaften.
Ginny Leigh ist gefangen in einer erdrückenden Ehe, der
sie nach einem flüchtigen Abenteuer entkommt.
Dan Berrigan, Goldschürfer, ist auf der Flucht aus Mel-
bourne, nachdem eine junge Bürgertochter ihn – fälschlich – der Vergewaltigung beschuldigt hat.
Als Ginny – inzwischen verwitwet – ein altes Gasthaus
in der Einöde übernimmt, treffen sich Dan und Ginny
und verlieben sich sofort. Dan findet Gold in den Ber-
gen – aber neues Unheil droht. Ihre Vergangenheit holt
sie ein ...

Band 13 852

Roberta Latow
Laras Erwachen
Deutsche
Erstveröffentlichung

Mit ihren siebzehn Jahren ist Lara Stanton schon eine ungewöhnlich hübsche Frau. Als Tochter einer vom Erfolg verwöhnten New Yorker Bankiersfamilie hat sie alles, was sie begehrt. Was ihr noch fehlt, spürt sie erst, als sie ihren Cousin David, den sie schon seit langem verstohlen anhimmelt, mit zwei exotischen Schönheiten im Bett erwischt: Sex.
Für ihr erstes Erlebnis empfiehlt ihr der rührige David ihren alten Schulfreund Sam Fayne: Er ist nett, kein Zweifel, aber wird er Lara auch die sinnliche Erfüllung bringen? Die Bankierstochter lernt bald, daß es viele Wege zu jenem Glück gibt, nach dem sie so schnell süchtig geworden ist...

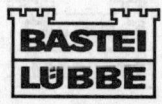

Band 13 934

Françoise Rey
**Der Duft
deiner Haut**
Deutsche
Erstveröffentlichung

»Sieh dir doch an, wie dein Mann sich in Szene setzt, herumscharwenzelt, der einen nachstellt, eine zweite begleitet und eine dritte auf dem Tisch flachlegt, wie er hier schmachtend schaut, dort Schweinereien flüstert, Hand, Knie, Mund vorschiebt und heißatmig ein Treffen vorschlägt, ein gemeinsames Mittagessen, ein Schäferstündchen von fünf bis sieben...«

Es ist nicht einfach, die Geliebte eines verheirateten Mannes zu sein, und oft weint sich eine Frau darüber bei ihrer besten Freundin aus. Dieses erotische Tagebuch ist anders: Hier klagt die Geliebte der Ehefrau ihr Leid, denn der unersättliche Liebhaber stellt gleich mehreren anderen Frauen nach. Doch sie will den Kampf um den geliebten Mann nicht aufgeben und läßt sich auf eine *ménage à trois* ein ...